인생 산책길

인생 산책길

초판 1쇄 인쇄일 2017년 3월 16일
초판 1쇄 발행일 2017년 3월 24일

지은이 박성준
펴낸이 양옥매
디자인 남다희
교　정 조준경

펴낸곳 도서출판 책과나무
출판등록 제2012-000376
주소 서울특별시 마포구 방울내로 79 이노빌딩 302호
대표전화 02.372.1537　**팩스** 02.372.1538
이메일 booknamu2007@naver.com
홈페이지 www.booknamu.com
ISBN 979-11-5776-412-9(03810)

이 도서의 국립중앙도서관 출판시도서목록(CIP)은 서지정보유통지원 시스템 홈페이지(http://seoji.nl.go.kr)와 국가자료공동목록시스템(http://www.nl.go.kr/kolisnet)에서 이용하실 수 있습니다.
(CIP제어번호 : CIP2017006655)

인생 산책길

가슴에 이는 보고픔으로 그대 생각에 젖습니다
그대를 생각해 보면 말 한마디 한마디가
하나로 통함이 참 기쁘고 즐겁습니다
당신으로 인하여 살맛이 납니다

박 성 준

창을 열며

내 삶의 길이 산과 들, 하늘을 열며 걷는 산책길이면 싶다.
걸음마다 자연이 든 생각을 열어가고 싶다.
욕심을 버린, 자연을 닮은 삶에 평안을 누리는 것!
생각하고 느끼는 것이 다 자연이면 좋겠다.
언젠가는 끝내 가고픈 길이다.
더러는 사람으로 인하여 힘들고 어려워도 "그래, 그럴 수 있어."
할 수 있는, 안에 넉넉함을 품는 마음이고 싶다.
산책하듯 걷고, 자연인 같이 소박한 삶이면 싶다.
마음의 창을 열면 열수록, 곱고 편안한 행복한 길이요,
인생이 환히 꽃 피는 길을 찾고 싶다.
안에서 풀며 명상하는 것들- 그 이야기를 표현하고 싶다.
꿈을 품고, 진실을 말하고, 느낌을 전하길 원한다.

선한 생각과 편한 맘으로 서로 사랑하는 이들 같이, 날마다 구김 없이 즐겁고 행복한 길을 가련다.
새롭게 나아가련다.
그 길이 선하고 진실한 사람들의 좋은 길이면 싶다.
늘 참되고 서늘한 길을 가고 싶다.
인연된 이들에게 느낌과 맑은 행복이 가득하기를 빌련다.
좋은 생각, 편안한 삶, 기쁨과 즐거움이 넘치면 좋겠다.
느낌과 깨달음이 있어 새로우면 좋겠다.
진솔하고 아름답고 사랑이 있는 사람들…… 좋은 느낌을 찾는 사람을 만나고 싶다.

2017년 3월

박 성 준

■ 목차

1. 낭만의 길을 가다

2. 가족은 필연이다

3. 그리움은 가슴으로 흐른다

4. 사랑에 닿다

5. 삶의 길을 딛다

6. 자연과 같이 살고 싶다

—

명상적이고 예술적이며 로맨틱한 것들을 그려본다.
엉뚱하고 비현실적이라도 줄 깬 느낌을 생각해 본다.
열리는 만큼 풍성한 깨달음과 느낌을 틔우고,
기쁨과 행복을 안에 품고 싶다.
가만히, 천천히, 차분하게 명상에 잠기고 싶다
생각에 빠져 깨인 낭만을 묘사하고 싶다.
늘 진실하고 참된 길 가는 변화를 꿈꾸고 싶다.
편하고 밝고 아름다운 곳에 젖어들고 싶다.

1. 낭만의 길을 가다

나만의 산책길

산이든, 들이든, 해변이든, 자연 속을 걷고 싶다.
자연 속을 걷는 건 참 행복한 일이다. 자연은 아름답고 맑고 깨끗하기 때문이다. 산책에 정해진 시간이 있을까만, 나는 유달리 황혼 무렵의 자연 속 산책을 좋아한다. 서녘에 등장하여 다변화된 모습을 보이는 저녁놀- 그 노을을 보며 걷기를 좋아한다. 이슬처럼 소리 없이 어둠이 내리듯, 조용히 자극된 운치를 자아내는 밤 숲 속의 정경을 좋아한다. 들려오는, 쓰르라미, 귀뚜라미, 베짱이 등의 풀벌레 소리-. 이런 것들에 편히 심취해 들기 때문이다.

오랜만에 관악산엘 올랐다. 내려다보이는 한 도시는 점차 다색을 놓아간다. 만조의 바다처럼 빛으로 술렁거린다.
밤을 즐기며 흥청대는 사람이나, 내일을 위해 혼신의 집념을 불태우는 사람이나, 모두 하루치의 밤을 맞는다.
도시를 뒤로하고 숲길을 오르며 느끼는 마음의 평화로움에 일상의 번뇌를 벗는다. 4부 능선쯤을 오르다 펑퍼짐한 바위 위에 몸을 편다.
산엔 인적이 없다. 어둠뿐이요, 고요뿐이다.
혼자 앉아 듣는 풀벌레 소리. 닿는 만큼 상쾌한 산들바람. 듬성듬성 성기게 드러나는 밤하늘의 별들…… 숲과 하늘과 바람으로 인하여 나는 평안을 누린다.

〈산책길에서〉 / 자작시

모든 구속을 꺾고 / 살랑살랑 스치는 몸짓으로 오는 / 바람에 기댄다./ 시원함에 기댄다. // 숲 바람이 친히 속삭인다. / 세상은 멈추지 않는 강물 같은 거라고 / 흐르는 달빛에 영근 / 이 밤 또한 산책의 문 같은 거라고. // 밤은 달콤하고 찬란하다. / 사운드 오브 뮤직의 중심을 딛는 아릿함 속에서 / 시의 음계를 딛는 이의 / 밤을 보듯이. // 모든 사유를 무론하고 / 산길에 취한 가슴을 열고 통한다. / 얼비치는 풀꽃을 따라 / 돌아올 길을 열듯 나를 품는다.

시詩같이 절절이 스미어오는 감성으로, 영화 〈사운드 오브 뮤직〉 속 오스트리아의 호수 풍경을 생각케 한다.
무엇보다 못 이룰 사랑인가 싶어 절망의 아픔이 가슴속에 내릴 때, 달빛 자옥한 숲길을 혼자 걷던 줄리엔드류스*의 뒷모습을 그려본다.

* 줄리 엔드류스: 사운드 오브 뮤직의 여주인공 본명

쓸쓸한 그 모습은 얼마나 가슴 아리게 했던가. 그리고 서로 간 마음 안에 둔 말들이 밝게 오고 가는 순간, 고백되는 길을 가듯 취한다. 호수를 배경으로 삼은 그 만남은 지울 수 없는 영상이다. 짙은 황홀함이다.

이 영화의 아련한 잔영 같은 것…….

내 산책은 그런 것이다. 자유로운 생각이 번뇌를 벗어나고 일상을 벗어나듯, 훨훨- 날개를 펼 수 있는 곳.

건강과 평화를 누릴 수 있는 곳.

그곳이 산책길이요, 편안한 여행길이다. 현실의 모든 일탈을 벗고 자연과 친화하며 생각을 풍요롭게 하는 환경이라 여겨지지 않는가. 생각해 보라. 마음이 상쾌하리라. 몸이 가벼우리라. 세상 모든 복잡한 일들을 잠시 접어두고 자연 속으로 가면, 나 또한 자연 안에 숨 쉬는 자연인이 되리라. 풀이 되리라. 나무가 되고 숲이 되리라. 여기 내 기쁨이 있다. 즐거움이 있다.

따뜻한 생각이 닿기까지

서늘하고 상쾌한 날처럼 시원케 하고 기쁨을 주는 이여!
그대는 청정지역의 맑음과 시원함을 닮았다. 자연 환경의 청결함 같다. 염려와 마음의 배려와 따뜻한 위로와 기쁨으로 오는 생각을 지닌 탓이다. 바르고 진실하려 애 쓰기 때문이다.
하루하루 행복하려 마음 쓰는 사람이여! "우린 서로의 힘과 정이 되어야 해." 마음을 다한 친구와 같고 오누이 같은 밝고 맑은 정을 품은 듯하다.
품은 일에 열정을 두자! 꼭 이루어지리라. 기대에 찬 그 노력이 있어 마음이 환해진다. 그대는 깨끗하고 아름다운 자연을 닮았다. 조금씩 발전되고, 뿌듯한 의미가 있어 살 만한 힘이 돋는 것. 오늘도 고운 언어의 빛을 놓는 그대여! 따뜻한 언어로 생각이 닿기까지, 신중하고 섬세한 표현들이란 늘 좋은 느낌을 더하는가 보다.
같은 정신을 지닌 인품 고운 사람끼리는 생각이 잘 통한다.
그렇다. 그 진리를 다시 되새겨 본다. 서로 간 쉽게 느껴보지 못한 배려와 진심을 놓자.
조금이라도 더 주려는 마음과 마음을 다한 관심을 보이자.
그것들이 있어 더욱 행복해지면 좋겠다.
"하루만 살다 헤어져도 저 사람의 배필이고 싶다. 가난해도 좋으니 저 사람 곁에서 살게 해 달라."는 염원처럼 맑고 밝은 맘으로 마음을 전해 보자.
"하하" 웃을 수 있는 깬 영혼이면 좋겠다. 짓궂게 해바라기하는 생명이 돋을 것 같다. 마음을 시원케 하는 매력을 지닌 사람으로 살기를 원한다. 그냥 편한 연인들 같이 경쾌하게 웃으며, 작은 일에 연연치 않기를 소망해 본다.
자연스런 마음으로 걱정 근심을 버리고 편히 가고 싶다.
보다 크고 높고 뜻 있는 곳에서 위대하고 가치 있는 길을 열어가는 그런 멋진 사랑을 지녔음 싶다.

자연의 길을 안에 품고, 언젠가는 떠날 끝 길을 품고, 자연 속에 어우러져 자연이 되는 순수한 삶을 살자. 시간, 시간 기쁨에 가슴 붕붕 띄우는 삶을 살자.
언제라도 생의 끝에 이르러 "잘 살았노라. 행복했노라." 말할 수 있다면 좋겠다.
그대여! 오늘 하루도 즐겁고 편안하기를 비노라.
행복하기를 원하노라.
그대와 친함으로 오늘도 내 생이 빛난다.
항상 행복하다 느끼는 만큼 행복해진다는 사고를 품고, 어렵고 힘들 때는 "이것 또한 곧 지나가리라." 믿으련다. 긍정적인 생각을 품고. 작은 것에의 집착을 버리고, 훨훨 영혼의 날갯짓을 하련다.
곁에 손잡아 주는 사람 있어 늘 마음 든든하면 좋겠다. 늘 행복을 느끼며 살기를 원한다.
오늘도 한 편의 삶을 되새겨 본다.

타는 그리움

한 정이 깊이 뿌리 내린 공작단풍처럼 우아했다. 핏빛 동백꽃을 닮은 정이었다. 어쩜 활활 타는 숯불로, 찬 공기를 녹이는 그 불탐이었다. 겨울날에 필요한 그 따뜻한 열기였다. 검정 숯과 빨간 불의 조화였다. 마음에 타오르는 아름다움이었다.
겨울 밤, 어둠 속에 불을 놓고 나란히 앉아 담소하는 이들의 가슴으로 흘러드는 즐거움 같았다. 은빛 날개를 편 찬란한 달빛의 황홀함이었다.
그대를 향한 나의 그리움은 그런 거였다.

특별한 추억을 만들진 않았다. 다만 손상 없는 애틋함뿐이나, 소소한 대화로도 왠지 강한 정이 터졌다. 크게 열린 두뇌의 귀한 열림 때문이었다. 마음과 뜻이 같이 열림이었다.
사랑이 움트고 자란 소나무 같았다. 그렇지 않고서야 어찌 가슴이 오락가락 울렁이겠는가?
그런데 지금은 정情을 두고 소연해지는 느낌이랄까.
곁에 그대가 없어 마음이 허하다. 갑자기 황량한 광야에 혼자 남겨진 듯하여, 쓸쓸함과 슬픔, 고독함과 적막감이 날 에워싸며 외로움이 돋는다.
혼자인 듯 아파진다. 왠지 힘들어진다. 가슴에 깊던 생각들이 흩어져 날아가는 느낌이다. 왠지 견딜 수가 없다. 짙은 외로움에 빠진 어려움을 알 수가 없다.

아픔과 고통과 슬픔이 함께 돋는다.
어차피 인생은 아무리 발버둥 쳐도 혼자가 아니던가. 다 주고 함께 하며 애써도 텅 빈 마음일 수도 있다. 아프고 버둥거려도 어쩔 수 없는 곳이라면 굳게 서련다. 절절한 아픔과 깊은 울음이 와 순리대로 흐르리라. 생각을 바꿔 보련다. 막힘없이 열린 넉넉함을 두련다. 마음을 풀어 자유롭게 살란다. 독한 감정을 죽여 혼자만의 겨울을 디뎌 보련다.

혼자 겨울을 딛는 몸과 마음이 추워지고 있다. 안과 밖의 온도차가 심해 가슴은 너무 요동을 친다. 거긴 무엇인가 내재된 아픔이 있다. 그래서 따뜻하고 싶다.
변화를 요한다. 새로운 출발을 꿈꾼다. 새 힘이 돋울 것 같다.
문 밖으로 편히 눈을 열어 본다. 별이 밝다. 정신이 맑아 초롱초롱한 이의 눈빛 같다. 맑고 환한 별이 빛을 쏘고 있다.
별은 또 무엇인가를 알리는 것 같다. 별은 내게 "너무 네 감정에 빠졌구나!",
"너무 고독감에 젖어있구나!" 그리 말하는 듯하다.
생각과 느낌, 감정이 다 같을 순 없겠지만, 맘먹기에 따라 다른 일을 쉽고 편히 누릴 수도 있다.
쉽게 받아들이도록 노력하련다. 지닌 어려움을 버리고 편히 살려 애쓰련다. 세상을 이해하고 인정하는 것이 한 차원 높인 곳에 영혼을 둔 좋은 과정이 되리라.
그 맘으로 일상에서 다시 긍정의 고개를 끄덕이고 싶다. 기뻐 웃는 얼굴로 관용의 마음을 지니고 싶다.
기뻐하고 감사하며 새 결심을 틔우고 싶다.

나를 다스리고 이기는 것!
그것이 고운 덕을 품는 현명함이 아닐까. 그대와 먼 거리에 머물지라도 날 이길 다스림을 키우련다.
그리움에 깊이 빠지지 않을 바쁜 일과를 두련다. 불로 타는 그리움을 이길 마음과 집념의 힘이 되길 원한다. 평안과 위로의 길을 갈 소박함이 되길 원한다.
그 일을 위해 다시 힘써보련다. 내 길을 열고 타는 그리움을 삭이련다. 힘들고 어려운 일이 있다- 해도 괜찮다. 타는 그리움이 날 힘들게 하여도 괜찮다. 보고픔이 나를 흔들며 왕 노릇하려 해도 괜찮다.
그냥 사는 대로 긍정적인 길 가며 그리운 이를 생각하련다. 곧 그대를 다시 볼 수 있으리라 여기며 편히 가련다.

나 돌아갈래

나 돌아갈래. 삭막한 인생의 겨울이 오기 전에 나 돌아갈래. 달뜨고 부푼 마음으로 콧노래를 흥얼거리며, 나 돌아갈래. 편히 마음이 밝을 때에 나 돌아갈래.
미움 없고, 시기 질투 눈물 아픔 괴로움도 없는 곳!
삶의 향기가 온통 꽃으로 피고, 환한 웃음이 촉촉이 가슴으로 젖어드는 곳. 그곳으로 나 돌아갈래. 선하고 맑은 눈망울로 진실을 말하고, 속임도 가식도 없는 사랑으로 밝음을 여는 곳. 거기, 휘파람 날리며 맑은 기운 돋울 수 있도록 나 돌아갈래. 설레는 가슴을 안고 나 돌아갈래.
별이 총총 가슴에 아름다운 이야기로 반짝임을 놓으면, 거기 사랑의 이야기도 아름답게 더하여 놓고, 눈물 찡하게 감동을 전하는 진실한 사람으로 남으리라.
마음을 다하고 정성을 다하고, 가꿔 이룬 사랑으로 행복을 노래하리라. 형식도 추함도 없는 감동에 겨워 울어도 보리라.
몰상식함이나 가식과 비굴함을 버리련다.
강자에겐 약하고 약자에겐 강한 그 저급함이 없는 곳. 자기 욕심을 위해 법도 이웃도 무시하는 오만함과, 무지함과 치사함이 없는 곳이 얼마나 좋은가. 그냥 따뜻함과 위로와 격려, 감사와 칭찬과 축복과 인정이 넘치는 곳으로 조용히 나아갈래. 편히 돌아갈래. 사람다운 사람들이 모여 순수하고 맑고 밝은 것들을 이루어 가는 곳-지혜의 기쁨과 자연의 향기가 있는 곳. 서로를 아끼고 사랑하고 배려하며 마음을 쏟는 곳.
나 거기 그곳으로 돌아갈래. 노래하며 나아갈래.
어깨엔 망태를 메고 손에는 삽과 괭이를 들고 한편엔 책을 벗 삼아, 밭 갈고 씨 뿌리며 순수 자연인의 길을 가리라.
즐거움을 높이리라. 싸움터 같은 세상이나, 욕망에 눈멀고 이기주의만 판치는 아픈 세상을 벗어나, 자유와 소박함이 있는 평안한 길을 갈래. 순수하고 자연스러운 길을 걸을래.

내 안에 죄악으로 흐트러진 어둠의 사슬을 끊고, 존귀한 주 앞에 낮게 꿇어 엎드려, 울며 참회하고 새 땅에 이르도록 맑은 길로 돌아갈래. 자연의 품으로 돌아갈래. 웃으며 돌아갈래.
때로는 혼자 외롭고 쓸쓸한 시간을 맞을지라도, 거짓 없고 꾸밈이 없어 행복한 곳. 번잡함이 없고 살기다툼과 속임이 없고 거짓이 없는 곳. 청청한 바람과 달, 별빛이 환한 냇물로 흐르는 곳. 그곳으로 돌아갈래. 꾸밈없이 돌아갈래.
거긴 순박함과 소박함이 있으리라. 품을 수 있는 맑고 선한 이야기들이 있으리라.
그곳으로 돌아갈래.
설레는 가슴을 안고 나 편히 돌아가알-래.

– 안양 비산동에서

도시여, 안녕

바른 원칙과 질서 없는 거꾸로 가는 세상이 되면 안 된다.
세상이 밝아 사생활 간섭 없고 진실함이 넘쳐야 한다. 죄악으로 아픔이나 슬픔, 어려움 주는 일이 없어야 한다.
많은 악영향, 패로 뭉쳐 떼쓰는 사람이어선 안 된다. 곳곳마다 편견과 연분에 빠진 악성이 짙어지면 안 된다.
잘못된 삶에 빠진 영혼의 피폐함과, 편파적인 대우와 이득. 자신만 잘난 언행은 무질서와 편견이 짙다. 스트레스를 가증加增시킨다.

요즘엔 절절이 전원생활을 꿈꾼다. 이 꿈을 이룰 때는, 밀짚모자를 눌러쓰고 편히 살고 싶다.
삽과 괭이로 밭에 채소, 약초를 가꾸련다. 오이, 상추, 부추, 쑥갓, 무, 배추, 고구마, 감자, 파도 심고, 울타리에는 박 넝쿨을 올리련다.
바람 없고 지장 없는 밤엔 뜰에 모닥불도 피우련다. 밤하늘의 별과 달과도 친하여 그들은 날 부르고 난 그들을 부르는 삶이고 싶다.
다가서는 만큼 서로 통하는 것이 인연일지니, 하늘의 별을 보며 둘이 곱게 대화하는 목동과 스테파네트의 청순한 사랑으로 깊은 감성에 젖고 싶다.
맑은 자연의 품에서 좀 더 진실한 삶을 누리고 싶다. 노루, 꿩, 고슴도치, 귀뚜라미, 여치도 곁에 오게 하리라. 새들도 불러 친하여지리라.

냇물과 숲, 바위도 벗 삼고 하늘 우러러 감사하며 살련다.
그때쯤 들녘은 정원이요, 산길은 산책로가 되리라. 졸졸 흐르는 맑은 냇물은 나를 품는 풀장이 되리라.
자연과 친구가 된 생활은 더러는 부러워하는 자유일지니- 흙살을 더듬고 꽃을 가꾸어도 그 누가 내게 시비할 것이며 누가 날 별나다 탓하리요. 글을 쓰고, 그림도 그리며 자연에 빠져 살고 싶다.
"이 세상에 소풍을 왔다" 간 천상병 시인 같이, 노천명 시인의 "이름 없는 여인 같이" 마냥 꿈 같이 마음이 열린 넉넉한 삶을 살고플 뿐이다.
디오게네스가 알렉산더 대왕과 대화 중 주려는 육신의 부귀영화보다 "자신에게 '비춰 오는 햇볕을 가리지 말라." 했듯이. 그 같은 자유혼을 품고 살며 웃어보련다.
걱정 근심을 버리고 세상을 벗어난 자연인이 되련다.
온갖 죄악과 허물을 벗고, 회개와 근신과 선함과 새로움으로 주께 나아가고 싶다. 믿음의 말씀을 따라 행함이 있는 깬 영혼이고 싶다. 언젠가는 죽고, 영광 또한 언젠가는 없어지는 것이니- 무엇을 욕심내며 얼마나 더 복잡하게 살겠는가.
인생은 잠깐 머물다가 사라지는 나그네와 같은 것- 욕심과 권위, 자랑과 교만을 위한 집착도 다 버리고 싶다. 추한 삶을 말씀으로 다스려, 맑고 깨끗한 그릇이고 싶다.
하늘 향한 복된 길만 바라고 싶다.

갈수록 자기 위주인 이들이 많은 세상이 무섭다. 남에 대한 배려가 없는 무지가 서글퍼진다. 자기 생각뿐이요, 살기다툼뿐인 세상이 싫다. 쓰레기투성이요, 버려진 양심뿐인 참 별난 세상이 되어간다.

자유도 누리지 못하며 멋과 낭만도 스러진 어두운 삶보다 맘의 넉넉함을 누릴 수 있는 자연의 삶이 그립다. 부하게 살지 못했지만, 자연과 벗해 행복했던 옛날이 그립다. 그래서 언젠가는 외치고 싶다.

"도시여, 안녕!"

도시탈출을 꾀한다. 편견과 독뿐인 삶이긴 싫다. 형식과 벽과 틀이 만개한 곳이 싫어 자연 속에 살길 원한다.

자연 속에 가고 싶다. 자연을 벗하며 '하하' 웃고 싶다. 자연을 사랑하며 자연인 된 편안한 걸음을 딛고 싶다.

그 삶이 얼마나 행복한 걸음이랴!

오늘도 그 꿈을 그리며 밝은 날을 꿈꾸어 본다.

그대의 섬세한 빛

홍조 띤 계절이 살며시 열리고 있다.
잠자던 봄이 깨어난다. 사방에 봄의 숨결이 번진다.
그 숨결이 내게 와 닿는다. 코끝엔 스미는 향이 자옥하다.
앙증맞은 아기의 손 같은 새싹들이 돋고 봄빛이 웃는다.
그 웃음을 반기는 몸짓이 분주해진다.
봄 팀은 혼자오지 않고 떼로 몰려온다. 왁자지껄 떠들며 온다. 창문을 여니, 수많은 속삭임들이 귀에 스며든다. 가슴 두근거리게 하는 감동이 돋고 섬세한 생각들이 펼쳐진다. 때론 봄빛 속 고운 향기로 드러나 가슴을 열게 한다. 눈과 코와 영혼을 자극하며 달음질을 친다.
이 봄의 자극만큼 오는 것이 또 하나 있다. 밝고 맑고 선한 이들의 순수 향기다. 진실하고 맑고 고운 인품의 향기요, 지적인 영혼의 빛이다. 이 향기가 순조롭게 와 기쁨이 될 때가 있다. 그 기쁨은 한 여인을 연결해 놓는다.
산책 삼아 자연 속을 갈 때면 유독 생각나는 이가 있다. 부드러운 음률, 따뜻한 모습으로 청초하게 올 것만 같은, 많은 의미를 지닌 언어를 품고 올 것만 같은 사람이다.
참신한 생명감이랄까. 내 활력을 돋워 주던- 그는 순박하게 조용히 내게로 온다. 수줍음을 품고 온다.
"살 오른 얼굴을 보이지 못해 미안하다."
절묘한 순간에 드러내 놓던 그 말은 참 곱고도 감미로웠다. 아끼다 내놓는 듯 그 말은 어떤 말보다 또렷이 달콤했다.
그 말에 젖어 가뿐한 난 행복했다. 오동통하지 않아도 상관없었다, 옛 모습 그대로인 그대가 좋은 것을- 슬며시 날 인정하는 마음이 있어 행복한 것을…….
잔칫날에 세 번이나 손을 잡아주던 그대를 생각해 본다.
"고맙다." 하며- 반기던 그대를 되새겨 본다. 오래 머물고 싶어도 그곳에서의 시간이 빠르게 흘렀다.
작별의 시간이 왔다. 떠나야 함을 알렸다.
그댄 급히 내 곁으로 왔다. 단아함이 엿보였다. 한복을 입은 모습이 우아하고 고왔다. 잘 어울린다는 생각이 들었다. 비록 대화는 짧았지만, 전해 준 느낌 하날 가슴에 담았다.
그 말, 그 시간을 곱게 두련다.
지난날을 깨워주는 이로 인하여 많은 생각을 곱씹었다. 비록 맺지 못한 연줄이었으나 기억은 따뜻함으로 왔다.

청순하고 어여뻤던 아씨的적 어느 날이 생각났다.
일생 중 가장 얼굴이 확 꽃 핀 어여쁜 때였다. 환히 빛나는, 지금껏 만난 이들 중 최고의 미인 같았다.
몽우리가 펴지기 직전의 동백꽃 같았다.
"안녕하세요."
그대는 내게 밝게 인사를 했다. 전엔 자주 본 얼굴인데…… 아뿔싸, 생각이 막혔다. 참 이상한 일이었다. 그대 얼굴에 빠져 있었을 뿐, 그댈 되살리지 못했다.
참 별났다. 너무나 곱게 꽃핀 예쁜 얼굴 때문이었으리라.
백여 미터를 걸었는데 그때야 생각이 확 풀렸다. 먹구름이 두뇌를 덮은 듯했다.
'그래, 너였구나.'
한순간의 혼돈과 아찔함이 나를 울렸다. 순간에 처진 그날. 그 황혼녘! 짓이겨진 아픔이 나를 울렸다. 되돌아갈 것을…….
훗날, 바로 되돌아가지 못한 아픔이 진했다. 어눌한 바보였음이 답답했다.
그 시절의 소소한 기억들을 되새겨 본다. 첫 편지를 받았던 때의 주체 못할, 팔딱임의 고동소리며 그 묘한 전율을 다시 생각하게 한다.
실수나 죄악 없이 주고받은 귀한 인연을 되새긴다. 어찌 잊겠는가.
마냥 행복하고 감미롭던 그 때 그 기억을!
기쁨이 넘친 순수한 그 시절을…….
인터넷을 통해서도 내 글을 읽지만, "표현치 못했다."던 말.
"글이 참 감성적이고 따뜻한 느낌이었어! 짧은 글이라도 놓고 싶지만, 타인에게 가십거리가 될까 봐 참아야 했어."
그대 말이 잔잔하게 나를 들어올렸다. 조심스러운 그대의 마음이 느껴졌다.
"언젠가 편지가 왜 끊겼나."물었다. 집 떠나 머물던 곳에서 피해를 당했다고- 친히 설명하던 날은 애틋함과 아릿함이 날 아프게 했다.
'곱고 은밀한 맘은 말로 전하는 순간엔 그 빛이 바랜다지.'
누구에게나 지닌 심사가 아닌 별난 생각을 두고 싶다.
그 무엇도 짐이나 죄악이 되지 않게 하련다.
순수한 마음을 두련다.
같은 신앙 안에 지혜와, 천국 소망을 둔 믿음이라 곱다. 믿음 안에서 서로가 진실한 친구로 볼 수 있음을 감사한다.
처음부터 지금까지 그 어떤 추함에도 빠지지 않았다. 더러운 실수도 없었다. 깨끗한 만남과 고운 대화만 오간 사이다.
편히 생각하고, 편히 대화할 수 있음이 얼마나 좋은가!
평안하고 즐겁고 행복하기를 기도해 본다. 언제나 즐거움과 기쁨이 넘치기를 빈다. 건강하기를 빈다.
구순함을 두진 못했지만, 침묵 속에 고요함을 품고 싶다.
트인 그대의 말들을 되새겨 본다.
오직 하늘을 바라보며 맑고 환한 생각을 지니고 싶다.
편안한 기쁨을 누리고 싶다.

기울인 고독의 잔

삶 속엔 언제나 안정된 마음의 여유가 필요하다. 마음의 여유가 있어야 편안함이 있다.
삶의 일도 길도 낭만도 넉넉하고 풍성하면 좋겠다. 그런 나날이 끝없이 이어지면 싶다.
권력과 돈에만 빠져 진실과 인간성이 사라짐은 싫다. 편파적인 일들도 싫다. 남을 위한 배려나 사랑, 예의와 선함이 있으면 좋겠다.
삶의 방식이 다르다 하나 욕심뿐인 세상이 두렵다.
마음과 생각이 바른 이들은 "행복한 삶의 여울로 가자." 한다. 아픔과 고난 슬픈 일을 겪을 때면 나도 같은 생각을 한다.
돈에 눈 먼 세상을 등지고 자연인으로 살자 다짐한다.
갈수록 세상은 탐욕의 굴레를 벗지 못해 어둠에 빠져든다.
갈 수만 있다면 매인 틀을 벗고 삶이 열린 길을 가고 싶다.
숨 막힌 답답함에 젖기보다 평안과 기쁨을 누리고 싶다.
괜히 오는 간섭과 참견과 편견의 사슬은 힘겹다. 악한 사기와 남에게 피해주는 독단적인 언행도 싫다. 자신만 아는 독함이 싫다. 의롭지 못한 권세를 쥔 이들의 횡포와 사기도 싫다.
이해타산보다 모함과 거짓과 탐욕과 교만함에 얽히고 얽힌 어둠의 길은 무섭다.
이제 세상일은 무엇이나 깊이 들여다보기가 두렵다. 계산적이고 인위적인 복잡한 세상이 무섭다. 점점, 가진 자와 권력자만 득세하는 세상- 편 가르기에 빠진 연줄만 흥한 곳은 싫다.

한쪽으로만 치우쳐 균형을 잃은 편협한 어둠이여!
연줄로 엉킨 사회는 넉넉하고 공평함으로 바뀌면 좋겠다.
끼리끼리의 울을 치는 연줄이여! 자기 잘못은 반성치 않고, 무조건 자기만 옳다 여기는가.
옳은 것은 힘을 돋우고 그릇된 것은 반성하려는 삶보다는 왜 편 가르기만 강한 답답한 길에 빠지는가.
아픈 생각을 벗고 보리밭 사이 길을 걷고 싶다.
살랑대는 바람을 맞으며 길을 갈 수 있는 삶이 그립다. 텃밭엔 채소를, 야산엔 원목願木을 정성껏 가꾸는 삶이거나 자연을 호흡할 수 있는 삶을 누리고 싶다.
밤이면 장작불을 피우고, 고구마와 밤과 감자도 구워 먹으며 자연에 젖는 삶을 누리고 싶다. 거기서 맑고 편안한 생각을 얻고 싶다. 명쾌한 마음을 누리고 싶다.
영혼이 통할 이들과 밤새도록 인정의 꽃을 피우며 넉넉한 마음을 끌어내면 좋겠다. 참사랑과 꿈과 기다림, 희망, 행복, 기쁨을 얘기하고 싶다. 맑음과 밝음, 순수함과 울렁임 진실함 같은 것들과 친하고 싶은 그 삶을 얘기하고 싶다.
편안한 진리를 얘기하고 싶다. 전하고픈 마음을 열고 싶다. 꿈꾸는 맑은 삶의 기쁨을 얘기하고 싶다.
상대의 어려움이나 불행에 상관없이- 기분이 상하든 말든, 제멋대로인, 안하무인격인 인간이 되지는 말아야 하리라.
내가 제일이고 나만 잘난 그 교만함을 버려야 되리라. 진리와 인품이 무엇인지 생각지 못한 삶을 벗어나, 욕심도 없이 추하지 않게 살아가고 싶다.
숲으로, 들로, 바다로, 거침없이 걸을 수 있는—자유를 향한 맘이여! 그 안식의 평화여!
선하고 맑은 산과 들, 바다에 머물고 싶다. 자연 속에 사는 여유로움을 즐기고 싶다. 평화로운 풍경을 가까이 하고 싶다.
원하는 삶을 살 수 있는 그날이 오면 좋겠다.
풀 내를 맡고 흙살을 더듬으며, 미움 · 다툼 · 시기 · 원망 · 비난도 멀리하며 살고 싶다. 자연이 짙은 곳에 말없이 살고 싶다.
흙과 친한 삶을 살고 싶다.
그 누구에게도 피해 주지 않는 삶이면 좋겠다. 없는 듯 살아도 남에게 고통 주지 않으면 그뿐이다. 늘 바라는 바를 한껏 풀 수 있다면 좋겠다.
나이와 상관없이 언젠가는 내게 찾아올 진실하고 곱고 선한 이들을 그려본다. 정말 사람답게 살기를 원하는 이들을 그려본다. 삽을 들고 호미와 낫을 들 수 있는 삶- 그 삶을 희망하며 편안함을 꿈꾸어본다. 높고 환한 삶을 꿈꾸어 본다. 깨어 있어 하늘의 뜻대로 살고 싶다. 맑고 선한 일에 빠지고 싶다.
편히 하늘을 바라보고 싶다. 고통과 아픔이 없는 길을 가고 싶다.
자유혼을 지닌 삶을 살고 싶다. 그 누구의 간섭도 없는 자연인의 삶이고 싶다. 억눌리고 지배당한 삶이 아닌, 열린 삶을 살고 싶다.
확고한 믿음의 삶을 살며, 하늘아버지의 품안에 자유롭고 편한 삶을 누리고 싶다.
오직 하늘을 향한 귀한 길을 가고 싶다.

내 인생은 내가 산다

살다 보면 어떤 일엔 쉽게 트이지 않는 어려움이 있다.
계속되는 장마 기간의 습기와 한 여름의 열기가 넘치는 기운 속에서, 속 시원한 길을 가지 못하는 삶과 같다.
그렇다 해도 무너질 수가 없다. 나를 다듬기 위해 애타는 마음을 풀고 인내하려 애쓴다.
다듬고 정리하며 고단함을 견딘다.
무릎 상처로 인한 불편함을 견딘 지도 한 달 열흘이 지났다. 어떤 축복을 주시려고 이 고난과 아픔을 주시는 것일까?
귀한 생각을 하니 이것도 기쁜 일이다.
하나님을 따르면 고운 느낌과 깨달음이 온다. 어렵고 힘든 고난 뒤엔 늘 새롭고 큰 복이 따름을 안다. 인내와 순종과 겸손의 도다. 선한 열매와 상급으로 꽃들을 피우거나 더 좋은 길을 열기 위한 축복의 과정임을 느껴 감사를 드린다.
누구나 명품 인생은 그냥 되는 것이 아니다. 명품은 어려움과 고통을 견디고 이겨 불 밝힌 열매다. 남다르게 노력하고 애쓴 결과다. 목표를 위해 뼈저린 고통과 독한 인내를 두고 남과 비교할 수도 없는 자기 역사를 빛으로 가꾼 덕이다.
고난과 아픔도 마찬가지다. 이 일 저 일, 무슨 일을 겪든 생은 젖기 마련이며, 현재의 삶을 얼마나 뜻있고 가치 있게 사느냐가 중요하다. 그러므로 민첩한 마음이고 싶다. 독서하며 많은 것을 배우고 싶다. 삶이 공부하며 새로움을 느끼는 일생이면 좋겠다. 그리하여 트인 생각과 지혜가 넘쳐나면 싶다.
정해진 생에 활기와 만족감을 둔 삶을 꿈꾸어 본다. 기쁘고 즐겁고 행복한 삶은 원하고 뜻하고 바라는 바를 늘 높여 가는 일이다. 그리 날 깨워야 한다.
자연 같고 편안하며 모든 욕심을 초월한 길을 가고 싶다.
남에게 피해를 주거나 아픔과 고난을 주진 말자. 오직 하나님만 바라며 말씀을 따라 살고 싶다. 내겐 그 꿈이 짙다. 두려움, 염려를 제하고 "해 보지도 않고 안 된다."는 생각을 접고 "하면 할 수 있다."는 강한 의지로 살고 싶다.
언젠가는 산, 들, 바다 가까운 곳에 집을 짓고, '계획된 일'을 실행할 나만의 길을 펼쳐보리라.
계획된 일을 위해 시간을 헛되이 버리지 않고, 건강을 위한 운동과 계획한 꿈을 위해 노력하고 싶다.
목적 달성을 위해 애쓰고 싶다. 귀한 삶을 살고 싶다.
진정 나의 인생은 내가 만든다. 내 생을 만드는 것은 내 자신의 문제다.
최상의 트인 생각을 열며 몸부림치는 열정을 두고 싶다.
늘 깨인 삶으로, 흐르면 흐르는 대로 웃고 살련다. 그날을 위해 준비하고 노력하며 소망을 잊지 않으련다.
꿈을 잃지 않고 십년간 목표를 향해 집념을 두고 노력하며 산다면 좋은 결과가 있으리라. '꼭 이루어지리라' 믿으며 살련다. 성실히 살련다.
편한 마음을 두고 열정적으로 살련다.

섬, 그 추억의 뒤안길에서

동백은 붉디붉은 꽃잎에, 노오란 꽃술이 조화로운 꽃이다. 아름답고 멋진 꽃이다. 이 꽃은 어릴 때부터 내 안에 피던 꽃이다. 겨울의 끝은 이 동백의 열정과 통한다.

어릴 적 시골에서 한 결혼식이 있던 날이었다. 새색시 된 분을 태운 가마에 빛나던 동백꽃은, 유독 싱그럽고 찬란함을 지니고 있었다. 나무에서 떨어져도 모양과 색의 빛을 바로 잃잖아 곱던 꽃. 동백꽃은 져도 바로 시들지 않던 고고한 꽃이요, 떨어져도 상큼하던 지조가 있는 꽃이었다.

산 숲, 대나무밭에서도 또렷하게 싱그러움이 넘쳤다. 그 동백을 나는 참 좋아했다. 활엽수들이 잎을 떨군 앙상한 모습일 때도, 동백은 의연한 모습으로 추운 겨울을 견뎠다. 북풍한설 속에서도 초록의 청정함을 자랑했다. 곧은 사람의 꿋꿋한 기상을 느끼게 하는 동백꽃!

그 꽃이 한창이던 날쯤, 정이 짙은 말들이 내게로 왔다. 이성을 향한 최초의 관심이 열린 거였다.

처음 느끼는 감정- 글과 말로 다 표할 수 없는 연정이다. 안엣 말들로 안타깝게 버둥거림을 느껴 울렁임이 깊었을 때, 한 편지를 써야 할 일이 짙었다. 그땐 감정이 넘침을 다 표현하지 못했다. 그래도 얼마나 가슴 떨리고 좋았던가! 그때는 관련된 사소한 일도 큰 의미가 되었다. 송림이 무성했던 바닷가에서, 여름밤을 함께 소요하길 바라던- 그 제안을 복되고 강하게 이끌지 못했다.

순수하게, 작별의 인사도 없이 끝난 인연은 또 어떠했던가.
아팠다. 시원하게 마음을 열지 못해 아팠다. 순조로운 알림과 표현이 없어 아팠다.
소중한 약속조차도 무심했음이 안타까웠다.
이제는 초연의 맑음에 감사하면 그뿐!
이젠 그냥 순수한 마음뿐인 그 짧고 소중한 인연을 지닌다. 때 묻지 않은 영혼들이었기에 아름답기만 하다. 그 기억이 되살아날 때엔 그래도 한 답답함이 인다. 마음에 비가 내린다. 추억은 시간의 저편에 그늘져 있지만, 어찌된 일인지 마음이 애잔하고 울렁임이 인다.
보고픔과 기대가 가득했던 일의 꿈은 쓰러졌지만, 바닷가에 함께 가자던 그 말은 지고지순하게 또렷이 남아 있다.
언젠가 그대 걸음이 닿던 갯벌에서 가을이 일렁이는 황금빛 들녘을 바라보았다.
한번은 들길 사이로 흐르는 냇물을 따라서 그 둑길을 걸어 바다로 향하던 그대의 모습이 떠올랐다. 오늘은 순박한 소녀들이 바구니를 옆에 두고 조개를 캐던 그 평화로운 풍경까지 뇌리에 스친다.
소싯적, 가을이면 신작로를 따라 무수히 피던 가냘프고 청초한 코스모스를 그려 본다. 그곳에도 부드럽게 스치는 한 영상이 온다.
그대 모습은 아직 귀한 삶으로 살아 있다. 코스모스의 하늘거림은 널 닮은 듯하다.
맑고 좋은 계절이 곁에 오니 다시 그때가 그립다. 보고픔이 안개처럼 피어오르고, 머릿속 그 섬의 뒤안길에는 수북이 쌓이는 추억의 낱장들이 수두룩하다. 시詩를 인용해 마음을 표하던 멋진 생각도 떠오른다.

'넌 문학적 소질도 지닌 섬세한 아가씨였지!'
밭갈이 하는 소의 노동과 봄소식을 그리듯 전하던, 그대의 편지는 충분히 향수에 젖게 했다. 거기 작은 슬픔을 곁들여 놓던 아픔을 생각한다.
유행을 좇아 겉멋 들지 않고, 수수하고 새침하던 그대가 참 좋았다. 드러내지 않아도 알고 느낀 마음이 있다. 절제된 그 멋! 치장에 눈멀지 않던 그 마음이 좋았다. 찬란한 외형보다 지닌 내적 아름다움이 있어 참 고왔다.
가슴이 삭막치 않게 인생을 가꾸려던 그대를 생각해 본다. 내적인 멋을 채워가는 일은 얼마나 아름다웠던가! 작은 아픔을 놓은 일이 아직도 가슴 찡한 울림으로 온다. 가슴에 와 닿는 표현된 마음이 얼마나 사랑스럽고 깊던지! 똑똑한 그대는 지금도 곱게 모든 언행이 스미는 듯하다.
그뿐인가. 그 여름날의 만남은 또 얼마나 반가움에 빠지게 했던가. 어쩔 줄 몰라, 할 말도 잃었던 난- 왜 그리도 바보였던지! 젊은 시절이었지만 쉽게 말을 쏟지 못했다. 가끔 난 그때 그 생각에 빠져 부끄러워한다.

간간이 네 소식이 바람을 타고 온다. 토막 소식이다. 다시 오래전 일들이 떠오른다. 잊히지 않던 그날들이 아롱진다.
아름다움을 더듬어 보는 회상의 날개다. 추억의 돛배다. 맑고도 순수한, 곱고 아름다운 날들- 구김 없고 환한 첫사랑의 날들이 다시 가슴에 핀다. 맑은 생각이 핀다.
하하, 웃는 밝은 조각품들이다.

가슴을 파고드는 가을

상쾌하고 시원한 날이다. 시원한 바람이 짙은 가을다운 가을이다. 한적한 길을 걸으며 바람을 만난다. 스미는 느낌이 참으로 살갑다. 푹 안겨드는 부드러운 감촉이요, 깔끔하고 산뜻한 느낌이다.
가을은 이렇게 새 기운을 돋운다. 몸을 녹녹히 무너뜨릴 달콤함은 아닐지라도, 스멀대며 넓게 파닥이는 강한 용트림이 아닐지라도-가을은 선한 생각과 맑고 부한 언어들을 돋우게 한다. 이런 날이면 한껏 편안한 느낌을 품고 싶다.

낯선 곳, 한 번도 가지 못한 산골에 들어가 가을바람에 나를 적시고, 취할 만한 깨끗한 자연 속에 푹 빠지고 싶다. 힘찬 기쁨으로 하루를 채우고 싶다.
행복한 터에 양 떼들이 노닐고 수많은 빛들이 넘실대는 그 풍경을 그려본다. 새들은 곁에 와 재잘대고 풀벌레도 즐거이 노래하리라. 산토끼랑 노루랑 다람쥐도 날 살피리라.
달은 스테파네트랑 그 옆 아가씨랑, 어린 왕자랑, 견우직녀를 생각하게 하는 은빛으로 밝아 오리라. 별들은 어깨를 툭툭 치며 장난을 걸어오고, 오동통 살찐 달은 "달 보고 울었다."는 이를 얘기하리라.
가을이면 생각이 풍성해지는 시간이 많아 기분이 달뜬다. 꼭 감춰진 얘기를 풀어내며 황홀한 꿈을 펼쳐놓을 것 같다. 남에게 드러내도 좋을 즐거움을 말할 것 같다. 행복을 누리며 기쁨을 누릴 것 같다. 소중한 전설로 두고픈 상상을 펴며 이렇게 가을을 넉넉히 품어 보는 것이다.
안에 맑고 밝은 기운이 돈도록 소박한 길을 가고 싶다. 세상일들에 물들지 않고 있는 그대로의 아름다움을 느낄 수 있는 자연 속에 들고 싶다.
가을을 좋아하는 탓일까? 가을은 늘 내 안에 이야기꽃을 피운다. 마음이 시원한 느낌을 준다. 감성을 두고 기쁨을 누리게 한다. 자연스런 생각의 문을 열게 한다.
가을은 나의 벗이다. 날 가까이 부르는 친구다. 안에 그를 품고 편안한 마음으로 길을 가고 싶다. 자연의 길을 가고 싶다.

서로에게 주는 마음

가슴에 이는 보고픔으로 그대 생각에 젖습니다. 그대를 생각해 보면, 말 한마디 한마디가 하나로 통함이 참 기쁘고 즐겁습니다. 당신으로 인하여 살맛이 납니다.
영혼이 통해, 깊은 곳까지 기쁨을 채우니 즐겁습니다. 정말로 벽과 틀을 깨는 진실한 삶이 기쁩니다.
사랑하며 함께하는 이들이, 서로 인정하고 긍정하며 무슨 일에나 인내의 덕을 누리면 싶습니다. 속속 마음을 열고 그윽이 깊은 언어로 삶의 길을 가면서, 이웃들을 배려하고 소박한 명품들을 두면 좋겠습니다. 인내하고 견디며 이뤄 내는 삶엔 고운 향기가 퍼질 테지요. 이것이 옳은가 저것이 옳은가 번민하며 한껏 심사숙고하다가 얻어지는 결론 같은 것! 때론 생각까지도 한 맥으로 통하여 놀랍습니다.
그댄 어디서나 만나기 어려워도, 맘이 통하는 사람입니다.
오늘은 한 글을 읽다 내 삶을 들여다보고 쓴 거라는 생각이 들었습니다. 늘 공부하고 발전하는 이는 향기와 매력이 있다-는 생각! 참 묘하고 신기합니다.
그 얘기를 후손들에게도 말해 줄까 합니다.
세상에서 마음과 뜻과 생각이 통하는 사람을 만나긴 쉽지 않습니다. 당신을 만난 건 하늘의 역사입니다. 영혼의 꽃을 피우고 생각의 틀을 깨는 시간을 만나렵니다. 당신이 있어 그 일은 더욱 쉬워질 것입니다. 그대가 곁에 있음을 잊지 않으리다. 생각할수록 살맛

나는 그런 사랑을 하오리다.

그리움으로 다가서고 보고픔에 젖어 기다리는 사람들 모양 오늘은 날 감추기가 어렵습니다. 감춰보려 해도 마음이 열립니다. 기쁨이 돋고 가슴이 뛉니다. 그렇지만, 나를 다스립니다. 차분하게 천천히 그리고 얘기하듯이–. 따뜻한 이 감성을 그대에게 전합니다. 주고받는 마음이 편하고 쉽도록 늘 믿음 안에 섭시다. 평안과 위로와 기쁨을 누립시다. 서로가 주는 마음, 사랑함으로 기쁘게 삽시다. 이해하고 노력하며 편하게 삽시다.

서로의 주관을 인정하고 이해하며 나만 옳다 여기지 않고 서로의 생각을 합쳐 나가는 편한 길을 갑시다. 만남의 행복을 누립시다.

긍정의 고개를 끄덕이며

주체할 수 없어 울고 싶을 때는 하늘을 보련다. 정해져 있을 생의 끝을 의식하며 하늘을 보련다. 사람은 불행과 아픔으로 울기도 하고 감동이나 감격으로 울기도 한다. 기쁨과 즐거움, 행복함으로 웃기도 한다.

펑펑 눈물 내리는 날은, 나의 슬픔을 아신 주께서 위로의 꽃보라를 선물한다 여기고, 억수로 장대비가 내리는 날은 불행하고 슬픈 이들을 위한 하늘의 울음이라 여기련다. 그 울음 앞에 기도하며 살련다. 세상을 가다, 안에 슬픔이 복받쳐 오면 노래를 부르리라. 곤한 노동의 길에 서 보리라.

마음 통하는 벗이 곁에 있으면 참 좋으리라! 세상에 울음 우는 사람이 어디 혼자뿐이랴. 살펴보면 울지 않는 사람은 없다. 더러는 겉으로 드러냄 없이 안으로 힘겹게 울거나, 남에게 보이지 않으려 애쓰며 침묵할 뿐이다. 세상을 사는 동안 아픔과 고통에 빠진 이 얼마나 허다하랴. 밤하늘에 별들이 총총 반짝임을 놓는 것 같이, 아름다우며 맑고 고운 것들은 다 별이 된다. 별들의 소리에 귀 기울여 보시라. 소곤대는 별들은 울지 마라, 울지 마라 속삭인다. 맑은 눈으로 웃어보라 한다. 힘들고 어려울 때일수록 안에 오는 음성들이나, 별과 달과 삼라만상이 속삭이는 소리를 듣고 싶다.

슬프고 힘든 인생일지라도 고난에 빠지진 않으련다. 차라리 웃으며 긍정의 고개를 끄덕여 노래하며 가자꾸나. 힘겹고 슬플수록 훌훌 털기 위한 자신의 방법을 찾는 것이 나을지니, 감사하며 고난과 슬픔을 이기련다. 노래하며 즐겁게 행할 일을 찾아 나아가련다.
늘 하하 웃어넘기는 지혜가 있으면 좋겠다. 극단적인 상황을 긍정으로 볼 여유를 지닐 수는 없을까. 어찌 아픔과 슬픔에 빠져 더 힘든 길을 가랴. 세상을 보며 흔한 것을 보면, 운다고 다 우는 것이 아니며 웃는다고 다 웃는 것은 아니다.
하늘을 우러러 날 돌아보는 깨달음이 중요하다. 언행심사, 삶을 곱게 품은 이들을 생각해 보련다. 바른 삶을 살려면 행복을 누리려 애써 노력함이 값지다. 보이는 세상은 드러난 그대로가 아니다.
그대여, 울려거든 펑펑 울되 자신을 괴롭히는 울음이 되지 않기를 바란다. 세상에는 소외되고 외면당해 힘이 없고 약한 이들도 많다.
하나님은 언제나 말없이 날 지켜보나니. 죄로 인해 추한 인간이 되지 않으려 애써 보자! 어둠의 세력과 권력과 힘과 돈에 썩어 악취가 나는 사람이 되지 않도록 나를 위해 울음을 울자!
희망을 노래하며, 사랑을 노래하며- 시들하고 생기 잃은 삶이 아닌 독한 삶에도, 휘파람 불며 톤 높여 노래하고 싶다. 열정이 가득 차게 노래하면 싶다.
웃는 삶엔 함께 노래하는 이가 있지만, 눈물의 골짜기에는 비애의 구름만 두터울 뿐이다. 자연에 귀를 기울이며 자연같이 평안을 누리는 강한 사람, 선한 사람이 되기를 원한다.
진정 인간다운, 추함이 없는 사람으로 살며 향기를 발하는 사람이고 싶다. 그런 사람으로 살도록 애써 보련다. 쉼 없이 날마다 노력하며 애쓰는 삶이고 싶다.
체증 있는 아픔을 지우고 싶다.
산이 그립다. 바다가 그립다. 하늘이 그립다.
언제나 날 살피시는 이와 함께하면 좋겠다.

마음이 고와 예쁜 사람

외로움과 쓸쓸함이 엄습해 올 때가 있습니다. 꼭 인적 없는 외진 섬에 밀려간 파선된 조각배에 혼자 실려 있어, 닥쳐올 그 고적하고 힘겨운 싸움의 막막함 같은 것. 황량한 벌판에 혼자 낙오된 패잔병인 듯합니다.
언어도 통하지 않는 낯선 땅에 홀로 생을 지닌 듯합니다.
그런 상황에서 그대가 표한 마음은 감동이었습니다. 구름 속에서 쨍하니 빛을 비추는 귀인이었습니다. 위로와 힘이 되어 주는 사람– 그대는 그런 사람입니다.
힘겹고 어두운 때일수록 따뜻하게 다가오는 사람의 출현은 천마를 얻는 장수의 마음같이 힘을 얻게 합니다. 따뜻하고 섬세하고 고운 마음으로 오는 멋진 사람입니다.
그대를 만날 날엔 기쁨을 감출 수가 없습니다. 마음이 편안해집니다. 벅찬 감격과 기쁨 없이 살고 싶진 않습니다. 그래서 스스로 즐겁게 살려하고 만족하는 방법을 찾아나서는 것이 아닐는지요?
작은 변화라도 가슴에 감동으로 채워질 때 그 일은 얼마나 귀하고 곱고 사랑스러운가요.
잔잔한 여운과 감사와 기쁨들이 한곳에 어우러져 혼자만의 축제가 되는 날이 있습니다. 자신과의 싸움이 길어진 때문이요, 모두 너무 멀리 가 버린 탓이기도 합니다.
잊지 않고 기억해 주는 이는 참 고맙고 감사합니다.
그대의 산뜻함이 인지될 때마다 독특하고 유별나게 정성이 깃든 재능을 발하고 싶습니다. 온 심혈을 기울인 작품을 드러내고 싶습니다.

하나의 결실로 드러나는 때쯤에는 슬픔을 이기겠지요.

날씨가 춥습니다. 뼛속까지 스미는 추위가 느껴집니다. 오늘은 이만 맺으렵니다.

건강하고 편안한 하루가 되길 빕니다.

지고지순한 삶

봄빛이 날개를 편다. 봄이 날개를 펴며 밝은 빛을 놓는다.
그 봄빛으로 인하여 풀 수 있는 언행을 깊이 새겨 본다. 빛과 같이 생각과 정이 깊은 언어의 섬세함을 되새겨 본다.
나도 그렇지만, 애교 표현이 드문 내자內子에게 신세대 같이 "사랑해."라 말하고 "'오빠!'라 불러 보라." 했다.
갑자기 쑥스러운 탓인지 묵묵부답이었다. 어쩔 줄 몰라 했다. 다시 한 번 답을 요했다. 그랬더니
"꼭 말로 표해야 사랑인가요?"
표현이 그리도 어려운 일인지 또 표하지 못할 옹고집이다.
원하는 답을 듣지 못해 조금 섭섭해졌다. 하지만 편히 생각했다. 허물없고 맑은 마음이라 여겼다.
사람의 마음은 상황과 분위기에 따라 다르다. 지기상합된 이와 대화의 문을 열었다. 마음이 열린 날이었다.
비로소 풋풋한 웃음으로 "오빠, 왜 그래잉-"
우린 말과 동시 깔깔, 껄껄 웃었다. 장난기 있는 편안한 반응이었다. 표현하는 사랑은 아름답고 즐거우며 힘을 돋우나 보다. 서로 간에 전하는 사랑의 표현은 환한 기쁨이다.
가장 행복한 삶은 조화롭고 발전적이며 향기 발하는 삶이요, 교양과 인품, 번득이는 지혜, 이불처럼 포근함이라 여긴다.
지고지순한 사랑 속에 기쁨을 누리는 이들을 생각해 본다.
왜 멋진 사랑을 이룰 수가 없겠는가. 너 나 없이 외모보다 마음과

생각이 아름다운 삶이면 싶다.
한 가정을 가꾸는 끈끈한 동지적 관계 속에 맘 열어 영감靈感까지도 불러일으킬 매력을 지니고 싶다.
젊어서 취한 아내에게 변함없이 평생을 같이하련다. 눈물, 울음, 탄식으로 단을 가리는 죄를 범치 않게 진실하고 선하며 편히 살고 싶다.
촛밀*같은 순수함이 넘치는 이인 것을, 더 무엇을 바라며 더 무엇을 욕심내리요. 때로는 갈등과 번민의 아픔 속에 하늘을 보는 나에게, 새로움으로 깨끗하고 맑은 생각의 불이 어둠을 태워주길 갈망할 뿐이다.
온전하지 못한, 허물과 죄 많은 아픔과 추함을 씻고 깨어 늘 곧고 발전적이며, 새로운 길로 나아갈 수 있다면 좋겠다.
책을 읽으며 영혼을 깨울 말들을 품고 싶다.
미움, 다툼, 시기, 질투를 버리고 지혜와 명철이 있기를 바라며 늘 책을 읽어 지식을 얻고 지혜를 높이면 좋겠다. 또한 말씀대로 행함이 있는 믿음과 성숙한 생각 안에서 기쁨을 노래하고 싶다.
세상일로 아파하는 일 없이 오직 하늘만 바라며 살련다.
말씀과 지혜, 시원하고 맑은 것들과 깨끗하고 명쾌하며 고운 일과 청초함과 선함과 순박함으로 새로워지면 싶다.
그런 것들이 채워질 날들을 꿈꾸며 노력하고 애 쓰는 삶이 되면 좋겠다. 오늘을 값지게 살며 기쁨을 누리고 싶다.
큰 꿈을 잉태하여 배부르고 싶다.

* 촛밀 : 꿀벌의 집에서 얻는 물질로 만든 등화용 밀

별난 만남

마음 연 만큼 가까운 벗이 된 이랑 즐거운 시간을 보냈다.
많은 대화를 나누다 보니 밤 열 시가 되었다.
함께하던 시간을 마쳤다.
그 후, 서울의 한 전철에 몸을 실었다. 과거 자주 탑승한 전철이었다. 오늘은 방향이 달라졌을 뿐이다. 그런데 이게 웬일인가? 적응치 못한 건 아닌데, 갈아탈 곳을 두 정거장이나 지나치고 말았다. 집중치 않고 딴 생각을 한 탓이다. 멀뚱한 상황에 갑자기 먹구름이 든 모양이다.
가던 건너편에서 다시 전철을 타고 되돌아오는 길에, 한 역에 도착했을 때였다. 일련의 사람들이 전철에서 오르내릴 때에, 전철밖엔 한 젊은 아씨가 실루엣처럼 서 있었다. 종착역이 더 먼 다음 차를 기다리는 듯했다. 그 젊은 여인과 두 번이나 눈이 마주쳤다. 평소에 없던 별난 일이다.
곧 전철 문이 닫혔다.
칠팔여 미터 떨어진 거리였다. 문을 기점으로 몇 미터 안 된 거리였다. 차는 바로 출발되지 않고 조금 머물러 있었다.
밖을 바라보았다. 여인은 처음 그대로 한 자리에 서 있었다.
다시 눈 맞춤이 있었다. 그 여인의 얼굴에 작은 미소가 번졌다. 혹여 다른 이를 향한 미소인가 싶어 주변을 살펴보았다. 아무도 마주한 사람이 없었다. 다시 그녀를 바라보았다. 그녀 역시 날 보고 있었다.

그때 차가 움직이기 시작했다. 여인이 손을 흔들었다. 미소를 지어 보였다. 고운 미소였다. 맑고 고운 빛이 어렸다.
답례하듯 나도 미소를 보이며 손을 흔들어 주었다.
가는 길에 생각했다.
'아, 별난 일이었고 영화 같은 일이었어!'
슬며시 미소 짓게 하는 상황이었다. 한 번도 이런 일이 없었고, 아무 인연도 없는데 이런 일이 있을 수 있다니 참 신기했다. 자연스런 세상이었다. 행복하고 고운 역사였다. 특이한 일이었다. 아무 인연도 되지 않는 만남. 그러나 기억에 남는 아름답고 고운 만남이었다.
마음에 깨달음이 돋는 기쁨이었다. 알고 모르고가 문제가 아니었다. 만남이 적어도 자연스레 오가는 마음을 느낀 것이다. 평안을 느낀 것이다.
만남이 없어도 귀한 정이 오가면 좋겠다.
결코 문제점이나 죄악이 없는 정이면 싶다.

어렵고 힘든 일이 온다 해도

세상 사는 일에 좀 더 진실해지고 싶다. 무엇을 감추랴. 인생은 생각에 따라 즐겁고 편하고 아름답기도 하고, 아닌 듯해도 고난 괴로움, 고통, 어려움이 오기도 한다. 지독한 고뇌와 아픔으로 뒤범벅이 된 기억을 지우고 싶다.
사람은 자신의 잘못도 모른 채 자랑에 빠진 경우가 많다.
세상의 모든 기본이 바뀌면 좋겠다. 펑펑 울고픈 만큼 한밤을 지새운들 어떤가. 깨닫고 느끼기에 따라 새롭게 발전된 길을 가고 싶다. 거짓되고 허점투성이인 것들은 지우고 싶다.
마음에 닿는 느낌이 곱고 촉촉하길 원한다.
아픔과 고통, 어둠을 끌어안지 못해 무너져선 안 되리라. 어디에도 내놓지 못할 어둠을 무섭게 인내할 시간이다. 다만, 힘들고 어려운 고통 속에 우는 이들을 위로해야 할 애달픈 시간이다. 거짓투성이요, 추하고 악하고 더러운 삶에 환멸을 느끼는 그런 애달픔은, 힘들고 아픈 눈물의 길이다.
아무리 힘들어도 함께 울어 줄 사람이 있어야 한다. 어떤 슬픔이든 같은 슬픔을 지닌 사람과 마주 앉아 서로 위로를 주고받아도 쉽게 아픔을 벗어날 수는 없다. 고뇌와 인내한 아픔들이 뒤엉킬 땐 시작과 끝, 결국은 빈 몸으로 왔다가 빈 몸으로 가는 인생임을 알아야 하리라.
마음 풀며 밖으로 달리고 싶다. 생각을 열며 새로운 길을 가고 싶다. 아픔들을 벗어나 하하 웃을 수 있는 길을 찾고 싶다. 아프고 고통스런 생각을 비우고 편히 자연에 빠지고 싶다.
고뇌를 버리고 얽힘을 풀고 싶다.
편히 넓고 큰 바위 위에 눕고 싶다.
어렵고 고단해도 멈출 수는 없다. 더는 견딜 수 없어 끝없이 울고 싶어도 울어선 안 된다. 인생은 헛되고 거짓되면 무너지기 쉽다. 뾰쪽한 수가 없다. 열림 없이 외면함뿐인 길엔, 절망과 통곡이 있을 뿐이다. 없던 슬픔과 아픔과 고통이 한꺼번에 와 있으면 마음이 온통 스트레스에 젖어 있기 때문이다.
그뿐만이 아니다. 진실이 없는 이들이 뭉쳐 자기 것이 아닌 것을 자기 것인 양 문제점을 돋우기도 한다.
왜 이럴까. 어쩜 그리 양심이나 생각이 없을까.
그래도 그 길을 벗어나려 애쓰고 싶다.
마음 편히 두고 모두 잊으련다. 화나게 하고, 슬프게 하는 그 무엇도 날 멈추게 할 수는 없으리라.
가 보자. 내 운명, 절망스런 일들이 날 짓누른다 해도 나는 이제 무너질 수가 없다. 벌거벗은 걸인이 된들 어떠랴. 진실을 찾아야 한다. 아무도 관심 없는 혼자된 외로운 삶인들 어떠랴.
생명은 바람에 나는 겨와 같다.
사람은 언젠가는 이 세상을 떠나야 한다. 소풍을 온 것인지 나그네 길인지 모르나, 확실한 건 오직 나의 길을 마음 편히 가야 할 뿐이다.
잘못된 사람들과의 일에 너무 연연하진 말자. 다만 거짓 없는 진실을 드러내고플 뿐이다.
서로 다른 인생에 잡혀 왜 그리 아파하며 연연해야 하는가. 나는 나이고 너는 너인 것을. 생각과 뜻과 일이 달라 각각 다른 삶인 것을– 괜히 힘들어하고 아파할 게 무어냐.
다만 예절과 법과 양심에 어긋남 없이 살며, 거짓된 일이 없다면 참 좋겠다. 그리하여 세상이 밝아지고 선하고 편해지면 좋겠다. 어려움이나, 걱정, 고통을 다 버리고 아무것도 욕심내지 않은 채 편한 마음으로 살고 싶다.
자연을 찾아 떠나고 싶다.
어둠, 아픔, 고통을 벗어나 편하고 순박한 길을 가고 싶다.
진실한 삶을 누리고 싶다.

대화를 밑반찬 삼아

평화로운 섬에 샛바람이 너울로 일듯 들뜬 생은 행복하다. 울렁임으로 바라보는 곳엔 달뜸이 있다.
언제든지 가슴을 내어줄 수 있는 맑고도 환한 얼굴로 빛을 발하는 이에겐, 눈물샘이 마른다 해도 감동의 샘은 마르지 않는다. 순수한 자연인의 길이다. 졸졸 흐르는 맑은 물에 손을 씻으며 청정한 바람으로 폐를 채우는 삶은 편안한 삶이다.
깊은 산속 옹달샘의 물을 마시고 싶다.
밤하늘에 반짝이는 초롱초롱한 별들과 오동통한 달을 보며 대화의 길을 트고 싶다. 가까이 느낄 자연의 길을 가고 싶다. 짜내고 짜 내어도 끝없는 이야기 상자에 추억을 담고 싶다. 소설『초연』을 읽던 중에 그대의 정을 생각해 본다.
'가슴이 꽉 찬 느낌이다. 어쩌면 수필 같은 소설이랄까?
파도에 밀려온 조약돌처럼 예쁜 주인공들이 눈에 반짝인다. 글을 읽을수록 마음이 더 조급해지는 건 더 깊은 감동으로 올 후반부를 기대한 때문일까?'
그 느낌과 소감이 참으로 보석같이 귀하고 곱다. 역시 생각이 트인 어여쁜 이들은 잠자는 내 영혼을 깨운다. 새로운 길을 열게 한다. 미소 지을 이야기들을 글 사이사이에 양념으로 넣는 이들. "와아~" 감동과 기쁨으로 쏟는 함성을 품어본다. 잠자는 상상력을 동원해 풀어내는 것같이, 진하고 아프면서도 해학적인 이야기를 생각한다. 눈물을 뚝뚝 떨구게 하는 감동적인 얘기로 사람들의 마음을 몽땅

털자! 그 마음들을 빼앗자! 그래서 모인 것으로 다시 꿈의 소산所産을 벌고 삶의 동력을 채우련다. 머리가 하얗도록 정성을 다한 쌈박한 글을 써서, 상상 속에 그리던 넉넉한 집을 짓고 싶다. 그 꿈을 이루고 싶다. 구름을 이불 삼고, 밭두렁을 베게 삼고, 천지가 내 것이라 여기면 마음의 평화가 넘치지 않으랴.

자연의 풍경에 젖어 맑고 환한 느낌을 지니는 것! 생각만 해도 가슴이 뛴다. 산 들 바다를 거침없이 걷는 편한 삶을 지니고 싶다. 자연스런 평안을 누리련다. 기쁨 가득한 장미꽃 빛으로 물들 사람들을 그려본다.

진실로 힘겨운 이를 염려하고 아파해 줄 가슴-. 그 가슴이 그립다. 때 묻지 않고 진실하며 소박한 사람들이 그립다. 눈치 볼 것도, 신경 쓰며 아웅다웅할 필요도 없을, 곱고 아름다운 사랑은 맑고 선한 길을 밝히리라. 바르고 진실한 마음으로 고운 웃음을 두고 싶다.

서로가 생각을 조화롭게 맞춰 가는 총명한 사람들은 서로를 배려하고 서로 사모하는 관심을 보인다. 이해하고 존경하고 돕는, 가치 있고 원대한 삶의 길을 편히 열어 간다. 그들은 소박하고 순수하며 거짓 없고 깨끗한 길을 꿈꾼다. 바른 길 가려 애씀으로 생각이 아름답다. 그들은 서로 생각이 통하여서 대화가 값지다. 생각은 깊고 넓게 여는 만큼 큰 빛을 발한다. 넉넉히 열린 만큼 감동을 준다.

내게는 아직 부족함이 많고 잘못된 점도 있으나, 반성하고 회개하며 새롭게 자연을 닮은 삶 되길 원한다.

오늘도 큰 꿈을 품고 높은 하늘을 보며 맑게 살아야겠다.

근심 · 걱정 · 고통 · 아픔도 다 날려버리고 편안히 살며, 자연의 길을 가련다. 욕심을 버리고 행복을 누려야겠다.

아! 모든 것을 다 뛰어넘은 편한 길을 가야겠다.

—

가족은 옳다, 맞다, 그렇다고 쉽게 말할 수 있는 사이다.

서로의 정이 하나 되게 정해진 관계다.

일정한 조건이 부여된, 달리 생각할 수 없는 사이다.

아주 어릴 때 자녀들에게 옳고 바른 교육을 해야 한다.

지혜와 재능을 깨워야 한다. 본이 되는 삶을 살아야 한다.

아이들의 길을 열고 인생을 만드는 것은 부모다.

삶의 길을 만드는 건 지혜와 지식과 바른 정신의 표적이다.

남다른 사람이 되게 하려면, 태어나기 전부터 초교 공부 때까지의 교육이 가장 중요하다.

어려 모를 것 같아도 가르쳐야 이룬다.

트인 길을 먼저 가야 둔해지지 않는다. 사는 법과 인생의 꿈과 목표를 이룰 길을 열어야 한다.

기초, 기본 교육이 인생 승리를 좌우한다. 크고 넓은 문을 열도록 확고하고 강한 길을 열어줘야 한다. 서로 돕고 아끼며 노력하고 애써야 한다. 진정 옳은 삶의 방식을 알게 하고, 이해하도록 도와야 한다. 서로 배려와 희생함에 행복의 문이 열린다. 서로 맞추어, 지닌 꿈을 위해 날마다 발전됨으로 기쁨이 온다.

사랑은 주는 것이다. 생각과 관심이 없는 인연에 사랑이 싹틀 수 없고,

느낌과 만족이 없는 곳에 행복이 이르지 않는다.

배려와 관심을 두고 확실한 자기관리가 있어야 한다.

서로 아끼고 이해하고 참아 인내하며 품어줘야 한다.

꾸준히 배우고 노력하며 성숙함으로 매력과 향기를 품게 해야 한다.

그리하여 믿고 의지하며 스스로 발전케 해야 한다.

서로 느낌이 통하는 길을 가야만 한다.

2. 가족은 필연이다

결혼 행진의 길

부부란 서로 돕고 사랑과 행복을 누리고저 결혼을 한다.
결혼은 제2의 인생이요, 새로운 인생의 시작이다.
인품과 인격, 자질은 물론 마음과 생각 뜻도 서로 편안하게 통해야만 행복할 수 있다.
성숙된 인생살이를 위하여 결혼 전부터 만남이 아름답도록, 순전한 자기관리와 발전을 위한 꾸준한 노력이 필요하다. 바르고 진실한 인품과 성실함은 결혼 전에 갖춰야 할 품격이다.
행복한 결혼생활이란 우연히 이뤄지는 것이 아니다.
행복한 가정을 이룬다는 건, 서로 배려하고 희생하며 자기성찰의 고뇌와 상대를 품으려는 노력이 소중하다.
복된 길은 인간의 됨됨이에서 열린다. 인내와 헌신, 사랑하는 마음과 꾸준한 자기 노력과 공부에서 비롯된다.
무엇보다 바로 된 인격으로, 풍성한 대화와 관심이 오가는 일상이 넉넉해야 한다.
'돕는 배필'이란 말이 있다.
친구 같고, 오누이 같고, 동료 같길 원한다. 사랑이란, 서로 아끼고 이해하고 생각을 조율하며 자신을 다스리고 인내하며 맞추어 가는 삶이어야 한다.
돋는 힘과 선한 자극을 주고받아야 한다. 서로에게 느낌과 발전적이며 창조적인 꿈을 심어줘야 한다.
그것이 돕는 배필이다.

부부간 부드럽고 달콤하게 표현되는 사랑은 아름답다.
마음을 표현함에도 발전적인 방법을 찾아야 한다. 사랑함에, 진실과 믿음으로 하나가 된, 서로 간의 신뢰와 배려가 있어야 한다. 상대의 뜻을 깊이 생각해 봐야 한다.
그것이 바탕에 깔려 있어 돈독한 정이 샘솟아야 한다.
상대를 안에 받아들이는 부단한 애씀과 서로 간 사랑으로 품는 조화에의 노력이 중요하다.
된 사람은 상대의 입장에서 해석하고 품는 성숙함이 있다.
바람직한 가정엔 서로 기쁨을 주는 일이 자연스럽다.
지혜와 믿음을 바탕으로 높고 고귀한 것들을 향해 나아간다. 자기 자신이 맡은 바에 책임을 지고 직분에 최선을 다한다.
부부란, 신뢰와 믿음을 바탕으로 살면서, 서로가 고결하게 닮는 영혼이 됨으로 인해 행복을 누린다.
"재미있고 멋있게 살자." 아집, 고집, 권세를 버리자. 가정에서의 우리 인생은 둘이 만드는 것이다.
그 결심을 두고 살아야 한다.
꿈을 두고 얼마나 애쓰고 노력하며 최선을 다하느냐에 따라 인생은 달라진다. 사는 일은 열정으로 살며 편안하고 행복해야 한다. 행복은 그 깨달음과 느낌 안에 꽃을 피운다.
발전과 웃음을 창조한다. 거기엔, 마음 다한 정성과 건전한 사고가 있다. 상대를 품으며 기쁨을 주는 자기 노력이 있다.
우린 흔히, 상대의 잔을 채워 주고 이해하기보다 상대가 내게 채워 주고 사랑해 주기를 원한다. 상대의 애씀과 희생을 원한다. 사랑받기만을 원한다. 이는 이기주의적인 발상이다.
왜 상대가 주기만을 바라는가. 사랑은 내가 주는 것이다.

주는 것이 사랑이다. 희생 봉사도 지녀야 한다.
부부간 서로 채워 주지 못하고, 채워 주길 원하기만 할 때는 벽이 생기고 다툼이 일어난다. 이해 없이 이해해 주기만을 바라는 데 문제와 불화가 있다. 그(그녀)가 힘들면 나도 힘들지만, 상대를 배려하고 날 희생하면 서로 즐겁고 활력이 넘치는 법이다.
이해받기보다 이해하고, 사랑을 받기보다 사랑함이 오히려 값지다는 것을 안 순간, 칭찬과 위로와 배려하는 노력이 습성화 되어야 함을 깨닫게 된다.
스스로의 발전을 위하여 사소한 일에도 마음을 넓혀보자는 생각. 그것이 귀한 행복의 문을 열어준다.

토요일을 기하여 처가에 가는 길에서였다. 가을이 스민 산과 들 사이- 팔십 팔 번 도로를 차로 달렸다. 길가에 핀 코스모스 금송화와 샐비어 실국화와 과꽃을 바라보며 안사람에게 꽃에 대한 느낌을 전했다.
"자연이 아름답다."는 내 표현에, "그 느낌을 갖는다는 것만으로도 아직 젊으셔요."
즉각 반응함에 기쁨을 얻었다. 행복이란 스스로 좋은 느낌을 만드는 데서 오고, 부부는 스스로 맞추어 가는데서 사랑이 돈독해진다.
행복하고 복된 가정을 얻기 위해 끊임없이 노력하고 싶다.
느낌 좋은 일을 서로 나누고 칭찬하고 위로하며 살고 싶다. 자신의 삶을 곱게 가꾸고 싶다.
작은 것을 둘이 이뤄 가는 행복이여!
바라노라. 맑고 밝은 별처럼 신비롭게 더욱 아름답기를- 마음에 따뜻함이 풍성하기를. 사랑이 있는 이들의 행복한 가정에 더욱 꿈이 넘쳐나기를…….

오늘도 고개 숙여, 그렇게 빌고 비는 마음이 절절해진다.

마음을 다하고 정성을 다하여 사랑을 줌으로 기쁨과 행복이 느껴지도록 힘쓰고 싶다.

감사와 감동이 넘치도록 애쓰고 싶다.

눈 내리던 날의 데이트

창밖에 소박한 하얀 꽃들이 쏟아지고 있었다. 눈꽃 세상이요, 솜사탕 밭이었다. 색다른 광경이요, 환한 느낌의 터였다.

몇 미터 앞의 '와인이 있는 꽃방'을 보며, 참으로 낭만에 젖어야 할 밤임을 예감했다. 문인 몇 분과 함께하던 시간을 접고, 옆지기에게 전활 걸었다.

"평촌이오, 함박눈이 펑펑 내리오. 나올래요?"

전화한 뒤, 꽃방에서 장미와 안개꽃을 준비했다. 기다리는 가슴이 뛴다. 몇 분 후엔 눈 내리는 길을 함께 걸으리라. 옆지기의 말에 귀 기울이며 눈 내리는 날을 얘기하리라. 낭만을 말하리라.

결혼 전 '서곡'*에서 흰 눈을 맞으며 걷던 그날 밤처럼 눈을 밟아 가리라. 눈길을 걷다가 추워지면, '이오이시스'나 '행랑채와 길손들'**에 들르리라.

잔잔한 음악을 들으며 차를 마시리라. 따뜻한 온기가 온몸에 흐르듯 우리의 마음 또한 따뜻하리라.

경제적인 넉넉함은 없으나 이 시간을 기뻐하고, 함께 있음을 기뻐하며 그대가 있음을 감사하리라. 그대와 함께 있음을 행복해하리라.

가능한 한 그대와 함께하는 시간 시간의 일에 최선을 다하리라. 마음을 통하리라. 사랑하는 마음을 전하리라. 따뜻함을 말하리라.

* 서곡 :강원도 원주 근교의 마을. 초기 군 장교생활을 했던 곳.

** 행랑채와 길손들: 술과 음료를 팔던 곳으로, 여류화가가 운영하던 곳이었음.

시간이 조금 흐르고, 눈 내리는 길로 그대가 왔다. 하얗게 그대가 왔다. 펑펑 눈 내리는 길에 서서 꽃다발을 내밀었다.
"와아-." 그대의 얼굴이 환해졌다. 나 또한 그대의 마음을 보듯 좋았다. 기쁘고 좋은 순간이었다. 표현이 없는 속사랑보다 오늘은 표현하는 사랑이고 싶었다. 기쁨을 나누는 시간이고 싶었다.
카페 '이오이시스'에서 음악을 들으며 차를 마셨다.
"항상 신혼인 기분으로 살자." 했다.
그대가 기뻐 웃는다. 카페가 환해졌다.
음악이 감미롭고 달콤했다. 가락가락 달콤했다.
맑은 영혼과 사랑과 낭만과 멋이 있는 인생을 사노라면 우리는 빨리 나이 들지 않으리라. 더욱 젊어지리라. 즐겁게 살다 보면 보이는 것들이 정겹고, 느끼는 것이 아름다우리라.
가슴에 풍요로운 기쁨이 오리라.

'이오이시스'를 나와, 눈 내리는 길을 나란히 걸었다. 축복된 길이었다. 환한 길이었다. 가는 길엔 눈이 탐스럽게 쏟아졌다.
눈 속을 함께 걸었다. 대화하며 갔다. 웃으며 갔다. 손을 맞잡고 갔다. 손을 통해 따뜻한 온기가 전해졌다.
행복이 있는 밤이었다. 기쁨이 피는 시간이었다.
둘이 같이 걸으며 보는 주변은 아름다웠다. 밝고 환한 이야기가 피고 있었다. 둘이 걷는 길은 너무도 행복했다.
눈을 맞으며 마냥 걸고 싶었다. 더 복된 날을 꿈꾸며, 더 밝은 날을 희망하며…….

– 안양 비산동에서 쓰다

딸들에게

이웃에게 피해 주지 않고, 무책임함이 없으면 좋겠다.

자기 주관으로 멋있고 보람 있게 그리고 즐겁게 살자. 고정관념의 틀을 깨고 넉넉한 맘으로 살자. 세상이 재는 잣대의 선과 관계없이 신나게 살자.

멋지고 행복하게 살자. 바르게 살자.

비에 젖어 센티한들, 모두들 동쪽을 택할 때 혼자 서쪽을 택한들 어떠하랴. 바르고 진실하면 그뿐이다.

유행을 따라 겉멋 들지 말고 개성 없이 살지는 말자. 지혜롭게 자신을 창조하는 진정한 삶을 살자. 세상을 보고, 자신 안에 깊이 침잠하여 자신의 삶을 살자.

진실하고 참된 느낌의 일기를 쓰고 사는 일이 구차한 변명이 되지 않도록 솔선수범하길 원한다.

깔끔하게, 자신을 지키는 삶이면 얼마나 좋으랴. 터널을 빠져나오지 못하는 진실의 부재가 있어선 안 된다.

툭-틔지 못하는 생각의 잎파랑치에 젖지 말고, 성장이 없는 허전한 삶을 살지 않으면 좋겠다.

올바르게 고상한 일에 자극 받으며 사는 청년이 아름답듯이 자기 생의 가치를 높이 들고 앞서가라.

방송 화면에만 빠져 시간을 지우는 그 바보스러움을 끊자. 잘못된 것이 많은 것들을 끊자. 지식을 얻고 마음을 전환토록 책을 많이 읽자. 별난 생각으로 개성 있게 살려면 험한 무익을 벗어야 한다.

무엇보다 세상에 휩쓸리지 말고 자기 삶을 깊이 볼 줄 아는 직관력을 지니면 좋겠다.
힘을 가진 자의 횡포나 자기 위주의 삶을 사는 이들을 잊자. 가난하고 어렵고 고난에 얽힌 이들을 품자. 눈 뜨고 볼 수 없는 일과 잘못된 생각은 닮지 말자. 편파적으로 일관되는 무익한 것, 수다뿐인 성숙치 못한 사람들의 그렇고 그런 말장난이나 신변잡기에 빠지지 말자. 심한 부정부패와 반인륜적이고 비양심적인 일이 비일비재한 이야기들에 메이지 말자.
"소년, 소녀들아, 대망을 품어라."
존 크라크의 말처럼 꿈을 새긴 깃발을 높이 들자. 생산적이고 발전적인 삶을 위해 열정을 쏟으며 살자.
얼마만큼 될지 모르겠지만, 세세한 계획을 세우고 몸부림치며 계획을 이뤄 감은 어떨지!
'하면 된다.' 믿고 꾸준히 노력하면, 꿈은 꼭 이뤄지리라.
또한 '할 수 없다'는 건, 행치 않아 못하는 것임을 알자.
한 시인은 시어詩語 하날 찾고자 3개월을 고심했다- 한다.
빛을 발한 이들을 살펴보면 수십 번, 수십 년 애를 썼다.
그뿐이랴. 성공한 이들도 남다른 노력이 많다. 실패한 삶엔 자신과의 싸움에서 소극적이며 최선을 다하지 못하고 있음을 인정하자.
남을 배려해 피해 주지 않고 나의 삶을 주관하는 길을 가자.
성공은 실패의 치마폭에 숨어 있다. 힘들고 어려울 땐 깊이 자신을 돌아보고 기도하면 좋겠다. 늘 힘주시고 살피시는 이를 믿고 의지하면 싶다. 끝까지 목표를 향해 가다 보면 성공한 삶이 되리라!
삶의 자유를 꿈꿔 보자. 큰 삶을 향해 나아가 보자. 원대한 뜻을 키우며 살되 세상에 얽매이진 말자. 놀 땐 재미있게 놀되, 열정과 신념을 지닌 멋진 삶을 살자. 긍정적이며 적극적인 사고를 지녀 기쁨으로 행하며 건강한 삶을 살면 좋겠다.
건강을 잃으면 모든 것을 잃는다.
"내일 세계의 종말이 온다 할지라도, 나는 오늘 한 그루의 사과나무를 심으리라."는 스피노자의 말과 같이, 오늘 현재가 가장 중요하고 좋은 날임을 알고 값지게 살자.
늘 기쁨과 즐거움이 넘치는 삶을 살기 바란다. 오직 믿음 안에서 최선을 다하기 바란다.
늘 후회 없는 삶이 되도록 노력하기 바란다.

행복을 찾아서

가족은 한 팀이다. 한배를 타고 인생길을 간다. 서로 행복을 주고 받는 사람들이다. 서로가 고운 마음과 정성을 지닌다.
희생, 봉사와 존경하는 맘을 둔다.
가족은 어려움에도 함께 맞서고 함께 헤쳐 나가야 한다. 어떤 고난과 역경에도 함께하며 서로를 위해 힘써야 한다.
위로하며 버팀목이 된다. 고통과 어려움이 있을 때, 곁에서 힘과 위로가 되고, 방패가 되고 기쁨이 된다.
가정의 기둥은 가장이다. 가장은 책임감과 지력, 믿음과 질서, 사랑이 강해야 한다. 그리고 가족 구성원 각자는 자기 의무와 책임을 알고 행해야 한다. 자기 꿈을 두고 열정의 길을 가며 서로 협력해야 한다. 부부는 서로 기쁘고 즐겁도록 도우려 애써야 한다.
가족원이 건강을 잃거나 본분을 망각하거나 시련을 겪거나 바른 길에서 이탈하여 온 가족이 고난을 겪을 때도 있다. 그럴 때일수록 가족 구성원은 서로 도우며 손 내밀며, 슬기로워야 한다. 넓게 마음을 열어야 한다. 긍정과 관용의 터를 넓혀야 한다. 무엇보다 인내하며 때를 기다려야 한다. 서로 감싸야 한다.
자신과 가족의 앞날을 위한 노력이 있어야 한다. 평소에 스스로를 갈고 닦으며, 인격 형성, 지식 쌓기, 행복을 위한 노력이 있어야 한다. 몸부림 같은 애씀이 필요하다. 현실을 통해 꿈을 성취키 위한 계획을 두고 꾸준히 열정을 쏟고 노력함으로 변화가 있어야 한다.
내일은 어떻게 되겠지! 그런 무사안일無事安逸한 생각으로 하루하루를 산다면, 끝은 허무한 삶에 이른다. 실패의 종점에 이른다. 그 종점은 힘이 없는 어둠 속이다.

놀고 즐기기에만 빠진 삶보다는, 자신이 만족하고 기뻐질 수 있는 발전된 길을 가야한다. 늘 마음 편히 승리의 길을 가야한다. 승리한 사람은 힘겨운 시간을 딛고 선 결과 영광을 얻는다. 영광을 얻는 이에겐 남보다 특별하고 긍정적이며 적극적인 노력과 감춰진 눈물이 있다.

'행복 찾기'란 자신의 노력이요, 스스로 느끼는 마음이다.

자신의 열정적인 노력과 실천인 마음이 중요하다. 이를 인식함으로 늘 발전하며 깨어있어야 한다.

행복은 서로를 위한 배려와 사랑에서 시작되며, 마음을 연 정성을 다할 때 온다. 욕심 없이 자연을 품고 긍정과 관용의 삶을 지닐 때 온다. 자기만 아는 이기주의, 상대를 배려하고 헤아릴 줄 모르는 독선은 불행이요, 아픔이요, 슬픔과 고통일 수밖에 없다.

행복은 맑고 밝은 영혼을 지닌 사람에게 많다. 그러므로 잘못된 세상에 빠지지 않고 악한 것들을 멀리해야 한다. 자신의 죄악과 잘못된 언행으로 불행이 온다. 그러므로 혼과 정신이 밝아야 한다. 영혼이 맑은 만큼 빛이 오는 삶이다.

배우고 아는 것은 힘이다. 지식과 지혜가 많은 이가 세상을 앞서간다. 지식이 많아야 새 길을 열며, 노력이 있어야 꿈을 이루고 꿈을 이뤄야 기쁨을 얻는다.

지혜는 하루 이틀에 높여지지 않는다. 꿈도 그렇다.

십 년, 이십 년 꾸준한 애씀과 노력을 거쳐서 빛을 발한다.

자극을 받고, 신뢰를 주며 온전히 새로운 모습으로 변신도 하는, 마냥 전진키 위한 과정은 참 값지다.

행복이란 부함으로 얻는 것이 아니다. 돈은 확실히 필요하나, 부富와 행복幸福이 비례하진 않는다. 행복은 돈으로 살 수 있는 것이 아니다. 행복은 스스로의 선하고 맑은 삶, 세상 어둠을 떠난 삶이다. 자연의 길에서 평화를 누리는 일이다.
마음을 열어보라. 행복은 자신에 대한 사랑이요, 믿음의 결과다. 스스로 행복하다 느낄 삶을 사는 일이다. 그것은 그의 삶의 흔적이며 언행과 생각이라 말하고 싶다.
인간적으로 얼마나 진실했는가. 얼마만큼 신뢰를 주었는가.
믿음을 주지 못한 어리석음은 없는가.
부단한 자기노력과 성실함! 그것은 나뿐 아니라 온 가족을 행복의 길로 인도한다. 자기의 시간을 허송하고 자신의 행복과 날 만드신 이의 영광을 망각해선 안 된다. 그분께 감사하고 영광을 돌려야 한다. 그 길이 나를 행복하게 한다.
행복과 믿음을 얻기 원하거든 서로 간에 진실함이 있어야 하고 배신이 없어야 한다. 서로 봉사해야 한다. 참되고 성실해야 한다. 비밀 없이 허심탄회해야 한다. 오해가 없도록 모든 생활이 투명해야 한다. 자기희생과 피눈물 나는 노력이 필요하다.
먼저 지금 자신을 돌아보라. 긍정적이며 책임 있게 노력하며 사는지 살펴보라. 자기 삶을 돌이켜 스스로 변해야 할 부분을 나열해 보시라. 스스로의 의식과 마음가짐이 중요하다. 무엇보다 중요한 것은 나 자신의 생각과 성실함이다.
내가 조금 힘들면 어떤가? 내가 먼저 도우리라. 통하면 서로 힘껏 도우라. 가족을 위한 배려와 희생- 그 노력이 곧 행복인 것을 알라. 부족한 부분까지도 껴안는 것이 가족인 것을 알아야 한다.
복되고 편안하고 즐거운 삶을 살자.

선한 가족의 삶

이산가족 상봉으로 시끌벅적하던 날이었다. 기쁨과 눈물, 원망과 회한으로 얼룩진 사연들이 방송을 탔다. 그중, 오십 이년간 수절하며 시어머닐 모시고 산 한 할머니 얘기-

"왜 재혼再婚치 않고 여직 혼자 살았어요?"

기자의 물음에,

"그건 개나 소가 할 일이지, 남편이 살았는지 죽었는지 모르는데 어찌 다른 곳에 시집갈 수 있느냐?"며 반문치 않던가.

충격적이며 상큼한 감동이었다. 더러는 '구시대적 발상'이라 하겠지만, 긍정의 고개를 끄덕이며 감사하고, 지조志操에 대해 존경하는 마음을 품었다. 험한, 진실을 버린 추한 시대에 비추어 봄이다.

이 세상을 보면 느낄 일들이 너무나 많다.

갈수록 선함이 없다. 그래서 할머니의 생각은 보석과 같다. 너무 때가 묻은 세상을 느끼기 때문이다. 귀찮다고, 부담된다고, 불편하다고, 부모를 버리는 세상이요. 환락에 취해 죄악에 드는 세상인데, 이 얼마나 감동적인가. 혼자 살며 얼마나 힘들고 어려웠겠는가?

성경 「룻기」에도 아름다운 이야기가 나온다. 남편과 두 아들이 죽고 혼자된 시어머니(나오미)와 며느리들인 오르바와 룻과의 얘기다.

"너희는 각각 어미의 집으로 돌아가라… 각각 새로운 남편의 집에서 평안함을 얻기를 원하노라."

하고 그들에게 입 맞추매, 그들이 소리를 높여 울며 나오미에게 이르되,
"아니니이다. 우리는 어머니의 백성에게로 돌아가겠나이다."
"내 딸들아 돌아가라. 나는 너희로 인하여 더욱 마음이 아프도다."
이에 그들이 소리 높여 다시 울더니, 오르바는 그 시모에게 입 맞추되 룻은 그를 붙좇았더라.*
자부 룻이 가로되,
"나로 어머니를 떠나며 어머니를 따르지 말고 '돌아가라' 강권하지 마옵소서. 어머니께서 가시는 곳에 나도 가고, 어머니께서 유숙하는 곳에 나도 유숙하겠나이다. 어머니 죽는 곳에서 나도 죽어 거기 장사될 것이라. 내가 만일 죽는 일 외에 어머니와 떠나면 여호와께서 내게 벌을 내리시고 더 내리시길 원하나이다."

남편도 죽고 자식도 없는, 자부 룻이 시어머니를 사랑하고, 모시는 아름다운 이야기다.
"집안에 여자가 잘못 들면 집안이 망한다."는 말이 있다. 유덕하고 지혜로운 여인은 가정을 세우나, 지혜와 덕이 없는 여인은 그 집안을 불화케 하고 엉망으로 망친다. 이는 편협적인 얘기가 아니다. 그만큼 연계된 바로 된 인간의 삶이 중요하다.
사려 깊고 현숙한 여인. 덕이 있는 여인. 부지런하고 마음이 깨끗하고 선하며, 내적으로 아름다운 여인! 그 여인은 귀하고 좋은 여인이다. 가정을 세우고 남편과 자식과 자신을 세운다. 사랑함이란

* 붙좇다: 들러붙다, 떨어지지 않으려 안간힘을 쓰다.

희생과 봉사와 존경이 있다.
'자신을 희생하여 가엾게 살라.'는 말이 아니다. 생각을 높이 두고 뜻있게, 더불어 멋지게 살자는 의미다.
행복하자는 말이다. 행복은 바르게 생각하고 행하기에 달렸다.
세상의 모든 아들, 딸들이여! 그대들도 훗날 어버이가 되고 노인이 된다는 것을 기억하라. 어른을 공경하고 모시는 전통- 그것은 얼마나 아름다운가. 나를 기르고 살피며 세우신 어른들이 아닌가?
바른 삶, 옳은 삶을 위해서는 생각이 깊은 어른들, 세상의 본이 된 인물. 표상이 된 큰 인물을 살펴 배우고 닮아가야 한다. 아무리 내가 잘났다 해도 온전할 수는 없다. 세상 모든 것을 다 알고 행할 수는 없다. 묻고 배우고 자신을 성찰하고 나아감이 힘이 되고 발전이 된다. 나이가 들어도 언제나 공부하는 삶이 지속돼야 한다. 바르고 진실한 어른이 되어 본이 되는 삶이면 싶다. 옳은 것은 언제나 옳은 것이다.
어른들이 잘못하는데 자녀들이 잘하리라 믿는가.
아이의 첫 번째 스승은 부모다. 생에 언어와 행동으로 본을 보이며 큰 영향을 주는 스승이다. 옛이야기에 할아버지를 고려장하러 가는 아버지를 따라나선 아들이 "아버지도 늙으면 이렇게 고려장을 해야 해." 그 말에 기겁하여 다시 아버지를 모셔와 더 지극정성으로 모셨다는 이야기가 있다.
될 법한 부부가 만나, 끝없이 발전을 추구하고 노력하며 이루어 가는 가정은 행복하고 즐겁고 따뜻하다.
가정의 행복은 가족들의 정신과 생각과 지혜에 달려있다.
생각하는 만큼 달라진다. 바르고 진실하며 곧고 밝은 만큼 아름답다. 가정의 행복은 서로 간 얼마나 진실하게 서로를 사랑하느냐에 달려있다. 서로 희생하고 봉사하고 맑고 밝게 살아가야 한다.
복된 가정은 큰 뜻을 품고 꾸준히 성취하는 삶의 변화가 있다. 그것이 기회가 되고 명문가를 이루는 초석이 된다.
깬 이여, 깊은 느낌이 있으라!
정正한 새 사랑을 입으라. 네 삶은 내가 만듦을 알라.

부부를 위하여

사람은 누구나 행복하기를 원한다. 그 길을 가는 건 쉽지는 않다. 어렵지도 않다.

행복해지는 법을 알지 못하면 행복을 누리지 못한다.

행복을 위해선 노력도 필요하지만, 생각과 깨달음이 중요하다. 서로 통하는 마음과 느낌이 중요하다. 행복은 만들고 느끼는 만큼 내 것이 된다. 무관심과 부정과 죄와 욕심을 벗어나, 자연의 섭리를 따르고 힘써 자신을 가꾼 노력의 대가요, 자신의 선택에서 온다.

행복을 위해선, 모든 일에 열정적인 노력과 발전, 자기의 만족이 있어야 한다. 지혜가 있어야 한다. 새로운 변화가 있어야 한다. 전심전력으로 자기 일에 빠져보라.

최선을 다해보라. 마음 깊은 곳에서 우러나오는 진실과 열정으로 성심껏 살아보라.

느끼는 만큼 행복하다. 주변의 지혜로운 사람들을 관찰해 보면, 책임 있는 행동과 언어로 애틋한 부부애를 꽃피움을 알 수 있다. 처한 환경을 긍정으로 품고, 고난도 즐길 수 있는 삶을 누린다. 욕심을 초월하여 편안한 생각과 성실함을 지니고 싶다. 만족된 삶을 살고 싶다.

꾸준히 발전해 가는 사람에겐 생기와 매력이 넘친다.

'행복하다'는 이들에겐 남과 다른 삶의 비법이 있다. 성실하고 진실하다. 특별하고 섬세한 삶의 요소가 있다. 깨달음이 있다. 맑은 영혼, 창조적인 생각, 성실한 일상, 꿈, 소망의 단어가 안에 선명하게 자리 잡고 있다. 진실을 아낌없이 전한다.
소소한 꿈에도 희망이 넘친다.
모든 게 내 할 탓이요, 진실한 생각과 느낌에 달려있다.
맑고 깨끗할수록 얻기 쉬운 일이요, 느낌이 있는 만큼 찾기도 쉬운 것이 가정의 행복이다. 기뻐하며, 부드러움과 따뜻함으로 서로를 품어보시라. 아침에 일어나, 어떻게 하면 남편(아내)을 더 행복하게 해줄 수 있을까 관심을 가지시라.
맑고 틔는 생각과 감화력에 빠져야 한다. 피폐함과 이기심과 비양심으로 퇴보적 현상만 키우는 세상에서, 참되고 멋진 삶을 추구함은 얼마나 아름다우랴.
그들에겐 삶의 길을 개척하는 깬 영혼이 있다. 기본과 원칙을 버린, 단편적인 생각뿐인 사람들을 뛰어넘는 자기 노력이 있다. 확실한 삶이 열린 자기 철학이 있다.
외향적이며 쾌락적인 것들로 채우는 세상 -질서와 예절과 원칙을 무너뜨리는 곳에 똑같이 동참해선 안 된다. 처음엔 즐거울지 모르겠으나 결국은 어둠에 빠진다. 완벽할 순 없겠지만 오염된 현상에 빠져들면 안 된다.
끝내 꿋꿋한 지조를 지켜야 한다.
새롭게 변화하려는 노력, 그것은 둔함을 벗는 일이다. 목표를 이루려는 이들은 사소한 것부터 바꾸어 간다. 그것이 변화다. 그것이 꿈을 가진 이들의 지혜다. 깨끗한 희망을 둔 노력에는 기쁨이 있다. 구석구석 밝은 꿈이 있는 가정엔 행복이 넘친다.
사람으로 인한 아픔은, 기본을 못 갖춘 인품이 잘못된 사람과의 만남이 문제다. 세상이나 내 잘못된 근원이 문제다. 옳지 못한 교육과 깨달음의 부족함이 문제다. 진실이 없고 거짓됨이 문제다.

공동사회엔 속한 사람들의 교육이 무엇보다 중요하다.
어릴 제 기본부터 세세히 바르게 양육된 사람이면 어른이 되어도 고통 없이 행복을 누린다. 인성이 흐트러지지 않는다.
자기 발전과 인내와 서로 맞춰 가려는 노력이 있기 때문이다.
어려운 문제가 없어도 행복치 못함은 인격이 결여된 탓이다. 상대에 대한 배려와 생각이 부족한 탓이다. 자기 욕심만 채우는 이기주의와 선한 법이 약하기 때문이다. 서로를 알아가고, 맞추고, 희생하기보다 단점만 찾기 때문이요, 진솔함 없이 자기 욕심만 채우려 하기 때문이다.
선함과 진솔함을 기초로, 서로 높이고 신의를 지키며 제 할 몫을 다하는 이들- 그들에게 어둠이란 없다. 실패가 있더라도 실패마저도 디딤돌로 삼고 전진한다. 제 몫을 다하지 못하면서 대접만 받고자 하거나, 극복하려는 노력 없이 허상만 좇는다면, 그 인연엔 불화와 고통만 연속될 뿐이다.
결코 유행만 따라가선 안 된다.
맘과 생각이 지혜롭고 선하고 맑아야 한다. 진솔하고 참된 삶이어야 한다. 절제하고 인내하며 건강하고 복된 삶을 살자. 질서가 확립되고 기본이 지켜지는 곳은 아름답다. 참되고 바른 길을 가는 이는 아름답다.
양심 있는 행동은 얼마나 귀하고 아름다운가.
생각이 곧고 선한, 순수하며 영안이 열린 사람에겐 늘 기쁨이 있다. 거기엔 행복의 터가 있다. 진실하고 성실한 곳엔 평안이 있다.
고요한 평안과 상큼함이 있다
새로움을 꿈꾸는 부부에겐 발랄함과 강한 에너지가 넘친다. 때마다 맑은 언어들이 돋는다.

상황에 맞는 위트 있는 말과 감동이 오는 행함이 있다. 진실하고 솔직한 생활이 있다. 감동적인 삶이요, 깊은 인내와 빛이 있는 인생이기 위해 우리는 더 현명함을 얻기에 노력해야 하리라. 지혜를 얻고 발전키 위한 독서와 다각도로 자신을 돌아보는 지혜와 반성이 있어야 하리라. 부끄럼 없는 삶을 살아야 하리라. 늘 배우며 새로워지려는 자세로, 발전키 위해선 독한 속울음을 울어야 하리라. 온전치 못해 바꾸려 애쓰는 노력이 있어야 하리라.

이름 모를 들풀에도 관심을 쏟고, 스치는 바람에도 숨결을 느끼는, 민감하고 섬세한 삶이면 좋겠다. 내 노래에 그대의 이야기가 피고, 곁에 있어도 그대가 그리운, 그 삶을 살고 싶다. 그런 맘으로 사는 부부는 얼마나 아름답고 행복하랴.

얼마나 편안하고 즐거우랴.

서로 사랑하며 새로운 느낌을 품는 인생!

부부란 서로 간 꾸준한 관심과 배려가 필요하다. 연민의 정과 따뜻하고 애틋한 정이 필요하다. 무엇보다 믿음과 신뢰- 서로에 대한 배려가 있어야 한다. 구속이 아닌 행복을 위한 애씀이 있어야 한다. 어렵고 힘들수록 함께하는 삶. 먼저 생각해 주는 배려와 정성이 있어야 한다.

행복은 지닌 마음에서 비롯된다. 기쁨, 순조로움, 평안함을 알고 느끼며 즐거워함이 중요하다.

느낌과 깨달음이 행복의 필수 조건이라 여긴다.

그대여, 새 느낌이 있으시라.

자신의 행복을 위한 발돋움이 되도록 깨달음을 얻으시라.

나도 그 삶을 살려 애쓰고 싶다.

봄 편지

사랑하는 이들아! 춥고 매섭던 바람도 자연의 순리를 따라 훈풍으로 바뀌었구나.
스멀대는 봄이 보고픔을 돋우고, 그리움을 꽃피운다.
너희를 향한 참된 사랑이 보고픔으로 돋는다. 봄이 곁에 온 탓인지 마음은 벌써 밝고 환한 기운을 품고 있다.
건강관리를 잘하고 뜻있는 시간들을 보내기 바란다. 발전을 위한 도전에 무감각하지 말고 자신의 삶에 적극적이고 긍정적이며 즐거운 행함이 가속되면 좋겠다.
날마다 희망이 돋고 꿈이 영글기를 빈다. 힘이 들수록 꿈이 자라 꽃이 되고, 열매가 맺혀 향기 발할 날이 옴을 잊지 마시라. '이루었다'는 성취감이 감동으로 올 날을 생각해 보라.
소망과 상상의 날개를 펴 한 단계 앞 선 곳을 생각해 보아라.
열정과 인내심을 두고 성실히 살면 좋겠다.
꿈의 아름다움이 펼쳐지는 날은 꼭 온다!
그날을 꿈꾸며 스스로의 인생을 알차게 개척해 가길 빈다. 그리하여 '멋있고 값지며 보람된 일생을 살았노라' 크게 기뻐할 수 있기를 소망해 본다.
찬란한 삶은 그냥 얻어지는 것이 아니다. 땀과 눈물과 고통과 인내의 결과가 결집된 열매다. 그 열매에 어찌 향기가 진동치 않으랴. 어찌 그 맛이 달콤하지 않으랴. 좁은 땅에 머물지 말고, 넓은 세상에 활개를 치며 다닐 수 있는 큰 그릇이 되면 좋겠다. 스스로 명작품名作品이 되길 바란다.

"안 돼."라는 생각보다는 "하면 된다. 난 할 수 있다!" 믿으라. 부정의 테두리 안에 자신을 가두지 않기를 빈다. 믿음의 확고한 신념을 자신에게 강권하기 바란다. 그 노력이 어디든 갈 수 있는 큰 사람으로 성장시켜 줄 것이라 믿었으면 싶다. 젊을수록 성취의 가능성은 높고 희망은 밝잖니!

딸아, 물질의 풍족함이 없어도, 바르게 성장한 너희가 있어 좋고 기쁘고 고맙구나. 나는 언제나 너희 편이다. 자신의 삶을 멋지고 뜻있게 이뤄 가길 빈다. 평생 자신을 개척하고 매일 실력을 쌓아가는 찬란한 삶을 살렴.

삶에 꽃이 피고 향기가 넘치기를 바란다.

새와 벌 나비가 날갯짓 하듯 영광과 기쁨이 춤출 수 있도록 늘 기쁨과 즐거움, 평안함으로 살기 바란다. 끝내 꿈을 이루어 삶다운 삶과 멋과 여유를 누리길 빈다.

무엇이나 억지로 말고, 즐거움으로 행하렴. 세상에 얽매이지 말고 자신이 원하는 행복을 누리렴. 때와 길을 알고 행함은 얼마나 아름답고 현명한 일인가.

생각하고 판단하고 행하는 경험은 꽃과 같다.

별난 것이 자신에게 보통의 일이 되도록 여겨, 뜨겁게 혹은 열정적으로 삶으로 이뤄 가기를 바란다. 자신감을 품어, 밝고 복된 날들을 만나기 바란다. 어제보다 발전된 자기 성숙을 위해 꾸준히 독서하면서 지식 얻기를 바란다.

일생 배움의 길 가기를 빈다.

더욱 희망으로 쓰는 일기들이 많아지면 좋겠다. 늘 기쁘고 즐거운 시간을 만들어 가렴. 믿음 안에 항상 즐거움을 누리는 삶이 되고 늘 깨어 있어 행복하기를 바란다.

건강하게 잘 지내렴. 안녕!

– 사랑하는 아버지가

사랑하는 손녀에게

어떤 여건과 환경에서도 자기 삶은 자기가 만든다. 진정 네 생을 만들어 갈 사람은 네 자신밖에 없다. 잊지 말아라.
스스로 개척하고 창조하고 성취해야 할 뿐이다.
목표를 이루기엔, 자신과의 싸움이 힘들고 어렵고 고단하겠지! 꿈을 크게 이룬 사람들의 삶은 다 그런 거였다. 자신을 강하게 다룬 사람만이 크게 웃는 결과를 얻는다.
중요한 것은, 성취하고 성공한 이들은 자신과의 싸움에서 독하게 싸워 꼭 이겼다는 것이다. 몸부림치는 노력으로 숨은 빛을 끌어낸 것이다.
이룬 자는 일찍부터 '무엇을 할까'를 계획하고 목표 삼아, 치열하게 산 사람들이다. 꿈을 위해선 모질고 고된 준비와 남 다른 애씀과 독한 노력이 있다. 어떤 난관이 와도 진지하고 뜻있는 생을 꿈꾸기 바란다. 강하게, 힘차게 전진하기 바란다. 하루하루 맞는 현재 이 시간이 내 인생 최고의 시간이며, 가장 소중하고 값진 때임을 잊지 말자. 현재의 시간을 내 것으로 화하렴. 내 고통, 아픔은, 언젠가 잘못 산 내 삶의 보복이요 실체란다.
깊이 생각해보면 현재는 일생이다. 인생의 전부다. 특별히 이 편지를 쓰는 것은, 괜찮은 정신이 보였기 때문이다.
남이 하는 대로만 하지 말고 깊이 생각하여 변화된 자신의 삶을 살자. 주관적인 열정을 두고 살자. 남 다른 생각이 열리도록 책도 많이 읽고, 늘 배우고 깨달아라. 남보다 앞선 경지에 이르려면 지금

할 일에 미쳐야 한다. 미치지 않고 무엇을 이루며, 어떻게 남 이상 될 수 있으랴.

공부할 때는 오기를 품고 한 걸음, 한 걸음씩 전진하면 싶다. 오래도록 누릴 큰 꿈을 두고, 힘써 내 것이 되게 만들라.

이 시간 최선을 다하는 이들이 많음을 알고, 꿈을 두고 자신과의 싸움에서 무조건 이겨라. 이겨야 앞서 갈 수 있다.

요즘 세상은 자신의 실력만 있으면, 돈 없어도 공부할 수 있는 길이 열려 있다.

목표 달성을 위해 가는 길엔 벽이 문제가 아니다. 벽은 뚫거나, 넘거나, 깨뜨리면 되는 것이다

빈아, 네 자신이 큰 작품이 되게 대망을 품어라. 남과 다르고 튄 생각을 가진 사람이 되게 노력하기 바란다.

날마다 새롭길 빈다!

목표에 집중된 지속적인 노력만큼 중요한 것은 없다. 천 리 길도 한 걸음부터 시작되고. 인생도 그렇다지!

열과 성의를 다하여 목표를 성취하기 바란다. 괴테의 명작 『파우스트』는 팔십이 세에 집필을 완료했고, 오십팔 년에 걸쳐 쓴 심혈을 기울인 결과란다. 얼마나 고심하며 애를 썼겠니? 성공은 결코 우연이 아니요, 목표 달성은 절대 요행이 아니다. 땀과 피눈물을 흘린 결과라 본다.

노력은 나의 것이다. 자신이 애쓰고 노력한 만큼 남과 다른 생이 열린다. 목표를 두고 노력하는 만큼 내 것이 된다.

얼마나 깊이 새겨야 할 말인가. 하늘의 문은 열려고 노력하는 사람에게만 열린다. 일도, 꿈도 마찬가지다.

빈이의 앞날에 노력하여 빛나는 영광이 있기를 바란다. 꿈들이 성

취되기 바란다. '일찍 무엇이 될 것인가'를 생각하고 꼼꼼히 계획해 보아라.
그것을 종이에 그리고, 써서, 눈에 제일 잘 띄는 곳에 붙여두고 이행키 위한 열정과 노력이 깊어져야 한다. 보며 느끼고 깨달아라. 그리고 꿈꾸어라.
최선을 다해 노력하면 꿈은 꼭 이루어진다.

부모의 자격

어린아이들은 백지다. 깨끗하고 하얗고 순수한 백지다. 백지에 색을 넣고 인생의 그림을 그리게 하는 것은 부모다. 아이의 길을 여는 도움을 주는 것도 부모다. 아이를 바르고 높게 세우는 건 정신을 깨우는 어른들이다.
만드는 분위기요, 처한 환경이다. 옳고 바른 것을 배우게 하라.
"아이들 앞에선 찬물도 못 마신다." 했다. 아이들은 보고 듣고 있는 대로 배운다. 보는 대로 행한다. 어려도 가르치는 대로 모두 배운다. 부모의 모습을 모방하여 부모가 행한 대로 따른다. 아이들은 부모의 다툼에서 부부싸움을 배운다. "엄마 없다고 해라." 엄마의 그 한마디로 거짓말을 배운다. 남을 흉보는 말을 듣고 흉보는 법을 배운다.
무작정 도로를 횡단하는 부모를 따라 걸으면 "차도를 그냥 건너도 된다."는 위험한 의식을 심는다. 공공질서를 무시하는 부모에게서 세상을 무시하는 법을 배우고, 방종과 무질서와 혼돈을 지닌다.
부모의 자격에 대해서도 생각해 볼 필요가 있다.

이웃에 사는 두 주부 중에 한 사람은 아이들을 데리고 함께 나라의 역사 유적지엘 갔다. 아이들이 유적지 경계 벽 쪽에 뛰어놀다가 유적지의 푯말과 부딪혀 푯말을 무너뜨리고 넘어졌다. 관리원이 "여긴 뛰어다녀선 안 된다"고 아이들을 보며 훈계를 했다.
유적 보호와 안전을 위해 조심하라는 교육이었다.

그러자 아이들의 엄마가 “아니, 이 사람이 애들을 잡네.” 큰소릴 쳐댔다. 언성을 높이며 다투기까지 했다.
그 다툼을 보기에 창피해진 한 주부는 곁에 머물지 못하고 먼저 곁을 떠나고 말았다.

잘못된 것과 지킬 것은 어릴 때 잘 가르쳐야 한다. 어떤 부모는 아이가 넘어져도 스스로 일어나게 한다. 조심성을 가르치고 스스로의 깨달음을 얻게 한다. 어린아이 때부터 옳고 그른 판단, 할 말과 해선 안 될 말이나 생에 좋은 것, 나쁜 것도 세심히 행함으로 가르친다.
그 이유와 원인까지도 알게 한다. 아이들은 자라면서 갈수록 차이가 난다. 어떻게 가르치고 노력하게 하며, 느끼고 깨닫고 알게 하느냐가 중요하다.
한 아인 5살 때 초교학생같이 공부를 했다. 남다른 역사요, 두뇌요, 남다른 상황이다. 어린이들은 임신 전부터 초교 5년까지가 기초가 된다.
이를 깊이 생각해 보시라. 아는 이와 모르는 이는 다르다.
생각 없는 부모들 때문에 아이의 공중도덕과 배려심이 망친다. 그 기氣가 살아 안하무인이 되고, 부모의 멱살을 잡는 인간 말종이 된다는 것을 왜 모른단 말인가.
아이가 하는 대로 두는 것에 대해 아이의 기氣를 살린다고 생각한다. 법도, 공중도덕도, 함께하는 마음의 배려를 가르치지 못한 일이 아일 망치고 있음을 모른다.
‘무엇을 앞서 가르쳐야 할까?’
그만큼 아이들 교육은 관심과 지식과 깊은 생각이 필요하다. 부모는 아이의 눈에 비치는 첫 번째 선생이다. 제일 영향을 많이 주는 교사다. 아이들에게 무엇을 가르치고 무엇을 말하며 무엇을 알게 해 줘야 할 것인가를 생각해야 한다. 깊이 생각해야 한다. 많이 살펴야 한다. 후회할 때는 이미 늦었다. 쉽게 생각지 마시라. 한 번 더 깊이 생각하고 말하시라.

아이에게 진실을 가르치지 못할 때, 그가 어른 된 세상은 그만큼 살기 힘든 곳이 될게 뻔하다. 주위 사람을 배려치 않는 막된 세상이 되고 말 것이다. 세상을 고려치 못한 '내 자식만 기가 살면 된다.'는 생각이나, '내 아이만 잘되면 된다.'는 생각은 너무도 부족한 생각이다.

그런 생각을 가진 이가 많으면, 그 아이가 사는 시대는 험악하고 독하고 삭막한 세상이 될 것이다. 그 영향을 받게 될 것이다. 숨 막힐 죄악과 범죄가 만연한 부도덕한 세상이 될 것이다. 이기주의적 사고는 결국 서로를 힘들게 한다.

부모가 된 어른들이여! 더 멀리, 큰 것을 볼 수 있는 '머리의 눈'을 지니시라. 넓고 큰 세상을 생각하시라.

젊은 엄마들이여! 아일 키운다는 것이 정말 힘들다는 것을 안다. 그래도 깬 생각, 트인 마음을 지니시라.

가르칠 만한 때에 곧고 바른 인간으로 키우는 것이 아이의 내일을 행복하게 만드는 법이다. 세상을 밝고 맑게 만드는 법이다. 아닌 듯해도, 그런 깨달음이 없으면 살기가 힘들어진다. 즐겁고 튄 세상이 되지 못한다. 세상은 모든 사람들이 하나같이 밝고 맑고 선하고 아름다운 삶을 지닐 때 그만큼 즐겁고 편한 세상이 된다.

바른 인간! 그가 사랑받는 것은 당연한 일이다.

부모여! 아일 위하여 다시 한 번 생각해 보시라. 어떻게 키우는 것이 최상의 길인가를……. 의식이 깬 이가 많을수록 복되고 좋은 세상을 만드는 길이 열리지 않겠는가. 자녀들의 정신을 바르게 깨우시라. 그것이 옳은 부모의 자격이 아니겠는가.
세상은 갈수록 험하고 어둡고 악한 길로 빠진다. 그 일을 생각하면 울고 싶다. 너무 가슴 아프고 답답하다.
절실히 새롭고 밝은 느낌이 필요하다. 어른들이 자기 자식만을 위한다며 생각 없이 가르친 일들이 많을수록 그 피해는 결국 자식들에게로 되돌아온다.
쓰레기를 버리는 것만 살펴보아도, 버려지는 만큼 세상을 더럽게 만든다. 결국 마실 물도 없어지리라. 그 결과는 이 세상이 추하여 질뿐만 아니라. 자연을 망치고 환경을 망친다. 어려움만 짙어진다. 정말 진실하고 크고 넓고 깊은 생각으로 맑고 밝은 세상이 열리면 좋겠다.
어려움만 짙어지면 어찌 될 것인가? 결국은 공기가 맑지 못하게 하고 벌레들만 많아지게 한다. 또한, 지하수를 오염시켜 훗날엔 지하수를 마실 수 없을 뿐 아니라 심해지면 마실 물이 없어진다.
부모의 교육은 참으로 중요하다. 독일 가정교육 제1조는 "남에게 절대 피해를 끼쳐선 안 된다."는 거란다.
어느 나라에서는 부모가 공공장소에서 아이를 혼낼 때에 주위에 사람들이 없는 곳을 택해 조용히 훈계한다고 한다.
아이에 대한 배려다. 아일 가르침에 대한 마음 씀씀이다.
이 땅에도 절절히 느끼고 깨달을, 참된 교육과 새로운 바람이 일어날 진지한 운동이 일어나면 좋겠다. 새로운 변화가 일면 좋겠다. 새마을 운동이 일던 시대처럼, 나라가 깨끗하고 바르고 곱고 아름다운 활력이 일면 좋겠다.
잘못된 일들을 운동하듯 고쳐 나가면 좋겠다.

몸살감기 때문에

이번의 감기는 참 독한 존재다. 피도 눈물도 없다. 붙들고 늘어지면 놓지 않는 진드기 같다. 찰거머리, 악어 같은 독종이다. 고래 힘줄, 생고무, 마닐라 로프 같아 잘 끊기지도 않을 뿐 아니라, 떨어지지도 않는 무서운 놈이다.

이 녀석이 날 붙들고 늘어진 지도 벌서 삼 주째가 되었다.

오한으로, 층층겹겹 덮고, 덮으며 추운 며칠을 보냈다. 정상 체온을 훨씬 넘은 고열로 버둥댄 날들이다. 아무것도 할 수 없는 아픔과 고통의 틈에 끼어 곤욕을 치렀다.

아내는 찬물을 적신 수건을 수차 교체시켜 주면서 머리맡에 앉아 간호에 여념이 없다. 아플 때 가장 가까이서 걱정하고 염려하는 이가 옆지기요, 보살피는 이가 옆지기다.

염려하는 이들이 가족이다. 가족의 소중함을 절실히 느낀 날들이다. 가족은 이렇듯 힘들 때, 어려움을 겪을 때, 삶이 고단할 때에 더욱 확연히 정과 속마음이 드러난다.

"당신은 철인인 줄 알았는데 아플 줄도 아네요."

조금 회복된 기미가 보였는지 옆지기가 웃는 모습을 보였다. 부부란 함께 웃고 울며 때론 아파하고 걱정하고 안심하는 사이 새록새록 정이 들고, 쌓일수록 도타운 정이 넘치는가 보다. 희생, 봉사, 배려가 있는 한 부부의 정은 따뜻하고 곱다.

집에서 감기가 떠난 줄 알았다. 그런데, 이 감기란 것이 날 놓더니 아낼 붙들고 늘어진다. 독하고도 독한 녀석이다. 야차 같다. 철면

피를 쓴 독사 같다.
한길을 동행해 준 사람. 항상 곁에 있어 준 사람. 마음 쏟고 정성을 다한 사람. 때때로 표현하는 예쁜 생각으로 날 감동케 하는 사람인 아내의 손을 꼬-옥 잡아 본다. 뜨겁고 보드랍다. 마주 잡은 손을 통하여 정을 느낀다. 아내의 이마를 짚어 본다.
열이 많다. 힘들어한다. 그래서 더욱 안쓰럽다. 여러 가지 생각이 머릴 스친다. 우리의 정이 더 돈독해지라고 감기란 녀석이 온 것이려니-. 그동안도 성의를 다하지 못한 마음 추스르라고……
"밥맛이 없다"는 아내를 위해 죽을 쑨다. 깨를 빻아 넣고 참기름 몇 방울을 떨군다. 죽을 쑤면서 생각한다.
주께서 우릴 부부로 허락하신 뜻이 어디 있는지를……. 하나님의 뜻이다. "아내는 약한 그릇이니 잘 보호하고 아껴야 한다. 부부란 괴로우나 즐거우나 슬플 때나 병들 때나 함께해야 한다." 말씀하셨던 주례 목사 기억이 난다.
그랬다. 우린 그런 마음으로 첫출발을 했다. 그때와 현재를 연결해 본다. 얼마나 최선을 다해 지키며 노력하며 바른 길을 왔는가. 다시 날 돌아봐야겠다.

하나님이 역사하심으로 만남이 되고 하나가 된 우리!
과연, 난 얼마나 아내를 귀히 여기고 아끼며 사랑했는가?
얼마나 편안하게 웃고 살게 했던가.
세상은 억지가 아니요, 준비한 만큼 길이 열리는 법이다.
"신혼이다."라는 생각은 길게 가져갈수록 좋다.
늘 그 생각을 지녀 살고 싶다.
그 기분으로 살고 싶다. 그 느낌으로 살고 싶다.

사랑하는 딸에게

벌써 한 해의 끝인 마침표를 찍어야 할 시점時点이구나. 한 해의 삶에 결산의 기록을 남겨야 할 때가 되었다.
올 한 해를 보람 있고 계획된 쓸 만한 기억들로 채웠는지?
네 인생은 네가 만들고 네가 사는 것. 난 지원자일 뿐, 네 생의 주인은 언제나 네 자신임을 알렴. 네 삶을 결코 내가 이루거나 살아 줄 수는 없잖니?
부지런한 준비와 삶의 경쟁에서 위에 점할 수 있는 실력을 갖추고 스스로의 값어치를 높이길 빈다.
아빤 발전적인 인적 삶에 욕심이 많다. 널 향한 희망도 마찬가지다. 자녀에 대한 기대가 크지 않는 부모는 없으리라.
노력하여 실력을 쌓고 생이 풍성하길 바란다. 자녀가 잘되길 원하고 잘 된 모습을 기뻐함은, 아버지란 이름을 가진 모든 이들의 소망이요, 마음일 것이다.

사랑하는 민아, 주어진 인생은 자신의 몫이다. 내일을 위해 꾸준히 준비하고 발전해 가기 바란다. 훗날을 위한 철저한 준비만이 널 높이고 행복케 할 것이다. 배움에는 때와 시기가 있다. 때를 놓치면 두고두고 후회할 수밖에 없다. 그땐 삶이 고달파진다. 고통이 뒤따른다. 내일을 위해 열심히 살기 바란다.
오는 기회를 내 것으로 만들려면 준비된 사람이 돼야 한다. 주님도 준비된 인간에게 베푸시고 구하는 사람에게 좋은 일들을 허락하심을 알기 바란다. 현재가 아무리 힘들지라도 먼 내일을 위해 몸부림치며 견딜 줄 알면 좋겠다.
너 자신을 희망 편에 둠으로, 오늘 하루를 뜻있게 보내렴.
확실한 네 삶을 지녀 기쁨을 얻기 바란다. 일생 가장 중요한 시기인 청소년기에 많은 것을 경험하고 크고 깬 생각을 지니므로 복된 생이 되면 싶다.

헛된 시간을 살지 않도록 애쓰렴. 스스로 개척하고 자신을 높이렴.
허송세월 없이 시간을 아껴 쓰는 지혜 자되기 바란다. 결코, 자신을 세우는 시기를 놓쳐 후회하지 않기를 빈다.
자기 암시의 최면을 걸고 남 다른 길을 가면 좋겠다.
꼭 이루고야 말겠다는 각오로 살면 싶다.
자신을 위해, 실력 있고 인간다운 매력이 넘치는 사람이 되게 자신을 만들어 가렴.
네 자신을 높이는 건 네 노력이요, 네 지식과 지혜다.
그 일은 스스로 이루어 가야 할 일임에 틀림이 없다.
오늘을 산다는 것이 인생의 중심이 되면 좋겠다.
네가 이루고 성취한 만큼 복과 기쁨과 즐거움이 넘친다.
발전을 위해서는 눈높이를 높여라. 가장 우선해야 할 일이 무엇인가 먼저 생각해 보아라.
지금 네가 할 일! 그것이 곧 네 일생이다. 공부도 간판을 얻기 위함이 아니라, 실력을 갖추는 광장이 되면 싶다.
형식을 벗어나 선을 높이면 좋겠다.
물론 힘이 들겠지! 힘들고 피곤하고 고단하다는 것 잘 안다. 하지만, 자기와의 싸움에 이기는 자만이 웃음의 복을 누린다. 열심히 노력한 만큼 좋은 결과가 오리라.

아름답게, 사랑스럽게, 믿음 안에서 진실한 삶이되길 빈다.

곧 봄이 오겠구나. 건강하고 즐겁게 잘 지내렴.

– 사랑하는 아버지가

고향에 다녀오다

매년 음력 유월 중순쯤엔 고향엘 갔다. 연례행사다.
망부의 추모일을 통해 형제들이 모인다. 고향엔 어머님이 계시고, 친척들이 계신다. 그래서 해마다 꾸준히 고향엘 간다. 아직 연로하신 어머님이 계심으로 기필코 고향엘 간다.
금년에도 휴가를 겸하여 기념일 삼 일 전에 집을 나섰다.
인대 파열로 인하여 아직은 아픈 다리지만, 견딜 수 있을 만큼만 교대 운전을 했다.
내가 못하는 만큼 안사람이 고생이었다. 편히 돕지 못했지만 오전부터 구름이 끼어 그나마 다행이었다.
일곱 시간쯤 걸려 고향 땅에 닿았다.
양호하게 온 편이었다. 막힌 곳은 없었으나 시간이 많이 소요된 것은, 도로상 정해진 속도를 넘지 않는 안전 운행을 한 결과다. 가족을 태운 길이다. 그 길에 어찌 안전의식을 망각한 운전을 하랴. 금년엔 더위로 인해 약간은 힘이 들었다.
고향에 이르러 보니 다른 해와는 달리, 도울 일이 많지 않았다. 올 때마다 바빴는데 하늘의 배려인가 보다. 고작 산소에 풀을 베고, 띠의 뿌리를 뽑았을 뿐이다.
음식 준비 후, 심심하실 어머님을 모시고 섬 반 바퀴를 돌았다. 고향의 풍경을 감상한 것이다.
청석에서 이종사촌 동생을 만나고, 오룡동과 오천, 금장을 지나 성치를 거쳐 고향 마을에 이르는 길을 돌아본 것이다. 많이 변한 섬의 숲과 공기를 느끼며, 옛길을 가늠해 보았다. 비교해 보면 정말로 무성한 숲이다. 옛길을 닫아버린 산, 숲이 많다. 이젠 안으로 딛기 힘든 숲이 되었다.

이틀 후에야 형제와 매제, 조카들이 왔다. 보니 함께한 조카 다섯과 조카며느리까지 모두가 형제들의 자녀 중 둘째들이다. 꼭 둘째들만 오기로 약속한 상황 같다. 이야기꽃이 피었다.

오랜만에 시끌벅적 사람이 사는 집 같다. 고향의 명절과 가족 행사의 모임에는 언제나 풍족함이 있다.

어찌나 끝없이 음식이 차려지는지 배 꺼질 시간이 없었다. 과일에 떡에 식혜와 회, 삶은 낙지 꼬막 우무까지 먹었다. 그리고 식사시간에 인기 메뉴는 단연 맛 좋은 열무김치다.

꼬막, 굴, 생선의 맛도 좋았다.

식사 후엔, 세대 간 차별 없이 전 여자들이 설거지를 한다. 서로 자기가 하겠다며 요란하다. "명절이나 가족 행사 때면, 더러 어떤 집에선 서로 일하지 않으려 야단인데, 우린 서로 하려 한다."며 한바탕 즐거운 마음이 표현된다. 그런 일이 며느리, 시누이 할 것 없이 모두 행복하게 하고, 사이를 돈독하게 하는 모양이다.

좋은 일이다. 기쁜 일이다. 어쩜 그것이 우리 집의 분위기요, 장점이요 행복이리라. 참 감사할 일이다. 서로 이해하고 도우려는 마음이 있어 너무 고맙고 기쁘다.

그런데, 내겐 기쁨 외에 애잔한 아픔 하나가 있다. 한 조카가 스페인어권인 남미의 한 대학에서 높은 성적으로 졸업을 했다. 그 나라의 국적까지 지니고 있으나 귀국해 살길 원했다. 의사 면허를 따고 보건소 근무를 마친 후 귀국해 한국 면허와 입대 문제를 해결하려 했으나, 법이 면허시험을 막는단다.

실력이 문제가 아니라 법적 제도가 문제란다.
학교에서 영어 강의 시엔 통역도 했던 영어와 스페인어에 능한 그는 실력을 갖춘 청년이다.
그 조카 일로, 누나는 고민이 많은 모양이었다. 의사 면허시험을 못 보게 되면 다시 타국에 가야 할지도 모르기 때문이다. 잘못된 집단, 이기주의가 유능한 인재의 귀국을 막는 형태다. 가슴 아픈 일이다. 학연과 학력이 문제가 아니라. 실력이 우선하는 성숙한 사회는 물 건너 간 것인가.
결국 외국 생활이 많은 조카는 시험을 볼 수 없었다. 하지만 서른이 넘는 나이에 자진하여 군대 근무를 마쳤다.

내일이면 군대를 마치고 귀가를 한다. 감나무와 유자나무 밭에 풀베기를 못해 준 것이 마음 아프다. 우린 열무김치와 해물 등 바리바리 싸 주는 한 형네의 정을 챙긴다.
늘 복되고 귀한 삶을 살며 건강하길 빌어본다. 그리고 믿는다. 더 좋은 기쁜 일들이 꼭 오리라고-.

· 이 글은 모친이 살아 계실 때 쓴 글임.

사람은 지혜로 만들어진다

지혜로운 여인은 말한다. 아이가 요플레를 먹다 흘릴 수도, 옷을 적시거나 바닥에 떨굴 수도 있다. 그러면서 자라고, 자기 방법을 터득하는 거란다. "굳이 떠먹여 줘야 하나." 했다. 먹다 흘려도 옷은 빨면 되고 바닥은 닦으면 되는 일이다.
날씨가 춥다고 방 안에서만 키우는 아이는 면역력이나 적응력이 약해질 수밖에 없다. 너무 약하게 키우면 강한 아이로 단련시킬 수 없다. 어떤 이는 아직 어리고 연약한데 위험하지 않느냐 한다. 그것도 맞다. 생각의 차이다. 장기적인 안목으로 볼 때 무엇이 발전적이며 좋은 방법일까를 생각해 볼 필요가 있다.
아이를 키우는 부모가 지혜로울수록 아이도 지혜로워진다. 부모의 관심과 머리로 만들어진다. 깊은 생각과 쏟는 정성에 따라 삶이 다르다. 많은 것을 터득하고 스스로 개척하고 선택케 해야 한다. 삶의 길을 알고 방법을 터득한 선조들이 있는 가문에 인물들이 많이 나오는 것은 당연하다. 그만큼 자연스레 배우고 알았기 때문이다.
귀한 가정은 서로 자극받고 일찍이 꿈을 품고 목표를 향해 달릴 수 있는 길이 열려 있다. 분위기를 만들어 가는 데는 특별함이 있다.
'콩 심은데 콩 나고 팥 심은데 팥 난다.' 했다.
씨앗은 뿌린 대로 자라고 가꾸는 만큼 열매를 거둔다. 보리 심으면 보리가 나고 마늘을 심으면 마늘이 난다.
세상에 어디나 잡초 밭에는 잡초가 많다. 자연적인 원리다.
정해진 순리다.

사람이 만들어지는 것도 자연적이고 순리적인 원리다. 준비하고 노력하는 만큼 때가 오면 목표를 이룬다.
일찍 머리가 깨이고 생각이 튄 사람 만들기, 잘하는 것이나 재능을 개발하기, 스스로 공부하는 방법 갖추기, 인내심 기르기, 보고 듣고 말하는 훈련을 통해 사람은 바뀌고 개척된다.
넓고 높고 다양한 생각, 배우고 느끼고 깨닫는 지혜, 애쓰고 노력하고 최선을 다하는 열정과 많은 책을 읽고 배우며 생각을 틔우는 발전- 이들을 느껴 새롭게 전진함이 중요하다.
한곳에 그냥 안주하는 이는 결국은 퇴보한다.
부단히 노력하며, 깨인 생각을 지닐 때 인생이 바뀐다.
부단한 노력과 끊임없이 애쓰는 성실함이 언젠가는 빛으로 승화된다. 자신과의 싸움에서 패배해선 안 된다. 무의미 하고 가치 없는 것에 허송세월치 않고 한발 한발 발전해 가면 결국은 좋은 일들이 있으리라.
당장 앞에 보이는 것만을 좇기보다는 멀리 내다보고 사는 지혜가 있었으면 싶다.
그 길을 찾는 성실과 인내가 중요하다.
그것이 사람을 성장시키는 길이 아닐까 싶다.

편 영혼의 날개

곱게 활개 치는 영혼을 구속할 순 없다. 맘껏 나래를 펴 생각이 높고 깊도록 지혜를 높여야겠다.
매이지 않는 생각으로 편히 살고 싶다. 억압 받고 구속되지 않는 자유혼- 그것을 원한다.
편견과 아집, 자기자랑만 앞서기보다 겸손함이 있는 세상이 넓게 펼쳐지면 좋겠다. 편파적이며 욕심뿐이며 계급적인 사회가 아니라, 인품과 지식과 지혜를 다 갖춘- 배려와 사랑이 있는 귀한 환경이 넘치면 좋겠다.
그 세상이 그립다.
바르게 동행, 봉사하기보다 다스림뿐인 권위의식은 싫다. 금전적 욕심과 모든 일에 자기위주로만 강해선 안 된다.
공과 사의 구분이 있고 경우에 맞는 언행은 얼마나 좋은가. 바른 사고와 배려와 도움이 참된 인성을 꿈꾼다.
싸움을 이김도 마찬가지다. 품을 수 없다면 져 주면 그만이다. 사소한 일로 더 스트레스 받고 싶지는 않다. 한때는 자존심마저 버렸다. 변화를 요청한 적도 있다. 크고 소중하고 가치 있고 위대한 것, 고결한 것을 위해서도 싸우지 못하거늘 어찌 하찮은 일로 아픔을 지니랴. 목이 메는 험하고 추한 싸움을 싸우랴. 그냥 '허허' 웃으면 그만이라 여겼다.
마음을 편히 열면 세상살이란 별게 아니다. 남에게 피해 주지 않으려 애쓰며 바른 길 가면 그뿐이다.

얽힌 일들을 보면, 남의 사생활 관심과 간섭이 왜 그리 많은가. 또 자기 판단으로만 정상이라 하는 이가 얼마나 강한가. 유달리 작은 일, 값없는 일로 남을 쏘고 속박함도 그렇다.
편협한 자기 생각에, 큰 생각과 맑은 영혼을 지닌 이들을 몰라보는 경우는 또 어떤가?
세상살이는 너무 복잡한 생각이나 따지는 상황이 많은 것도 좋지가 않다. 마음이 편하고 행복하도록 자연스러워야 하고 열린 맘이어야 한다.
발전을 위해, 무한히 깨지고 바뀌고 변화해야 한다.
주변을 보라. 잘못된 일에 빠져 아파하는 이가 너무 많다.
그들을 보며 나를 생각하면, 삶의 진실함이 더해진다.
선한 깨달음, 맑은 영혼의 날갯짓, 크고 높은 곳을 향한 소망, 진실하고 정직한 삶을 두고 보듬는 사랑을 원해 본다.
그런 것들로 옷 입고 무한히 내면을 깨우는 삶이고 싶다.
생의 길잡이가 되는 말씀을 도구삼아 생의 영광을 드러내는 정말 괜찮은 인생길 가길 소망해 본다.
힘들고 어려울 땐 침묵을 지닌다. 그냥 흐르는 대로 받아들이려 애를 쓴다.
내면에 시원한 바람이 일면 좋겠다. 내일을 향한 길이 환히 열리면 좋겠다.

행복의 길

가정의 행복은 느낌과 만들기에 달렸다. 어떤 생각으로 얼마나 서로를 위해 봉사하느냐에 달렸다.
행복한 가정엔 평소에도 편한 웃음이 끊이지 않고 즐겁고 편하고 즐거운 소리가 많다. 웃음이 많은 가정이 되는 비결이 무엇인가?
가족이 사랑하며 작은 일은 서로 맞추어 가는 길이다.
사람은 누구나 개인적으로는 실수하고 죄를 짓기도 한다. 생각이 다르기에 폐를 끼칠 수도 있다. 그러므로 사랑하는 마음과 정성이 중요하다. 서로 노력하고, 잘못을 인정하되, 밝고 환하게 받아주는 그 마음이 있어야 한다. 무슨 잘못이 발생 시엔 미리 깨우치지 못한 것을 먼저 생각하고 잘못은 다 자기 것으로 가져야 한다.
예를 들어 어떤 방해물에 걸려 넘어진 사람이 있다면, 발견치 못하고 치우지 못한 것이 다 자기 탓이라 여기라. 그런 생각을 지녀 풍성케 살면 날마다 웃고 산다. 서로 이해하고 돕고 감싸고 사랑하면 누가 울며 살겠는가. 가정에서의 문제나 아픔이나 잘못된 사항은 자기 잘못이라 여긴다면 무슨 싸울 일이 있겠는가.
말을 듣고 느끼고, 깨닫고 생각을 틔워 새로워지면 좋겠다.
나 자신을 반성하며 변하려 노력하면 싶다.
온 가족이 그렇다면 행복이 넘치는 가정이 되리라. 서로 돕고 위로하는 가정이 되리라.
내 가정은 어떠한가? 섬세히 생각해 보자!
서로를 탓하기에 바빴고, 자기 위주의 이기적 근성뿐– 서로를 더 깊이 배려하고 세세히 마음 씀이 없다면 불행한 일이다. 모든 일을 자기 탓으로 돌리며 마음이 상치 않게 신경을 써 주는 가정은 판이함을 깨닫는다.
생각이 크고 깊고 곱고 바르고 편한 삶을 두고 싶다. 말없이 이런 생각을 실천해 가련다. 먼저 솔선수범하고 묵묵히 희생 봉사하며 최선을 다하련다. 마음을 넓게 펴고 긍정의 생각을 펼치련다. 그런 모습을 보일 때엔 부부간뿐 아니라 자녀들도 마음과 생각이 바뀌고 말과 행동이 달라지리라 믿는다.
이를 위해서 서로를 배려하며 살아가야 하리라.
결국 웃음꽃이 피고, 사는 것이 기쁘고 즐거워지리라. 항상 즐거움이 넘쳐 행복해지리라.
행복한 가정을 이루는 방법을 깊이 새겨야겠다.
이 생각을 하노라니 잊힌 옛일들이 파노라마처럼 스쳐간다. 언제나 구김 없이 맑고 따뜻했던 가족들이 생각난다. 옛날부터 현재에 이르기 까지 가정의 삶을 되새겨 본다.
돌이켜 보니 참 행복한 나날이었다. 귀한 가정이었다.

심중 문답

생각 속에 깊이 잠겨 마냥 복잡할 수는 없다. 강한 권위에 꺾일 수도 없다.
생각이 부족한 사람은 귀인을 만나도 몰라보나, 현명한 이는 옷깃만 스쳐도 좋은 인연의 줄을 잇는다.
만남이 없어도 좋은 영향을 찾는 사람을 돕고 싶다. 빛을 담아 환하게 바뀌고 싶다.
최상의 부부는 닮고 배우고 새로워져 가며, 서로 맞춰 가는 이해와 관용이 풍성한 삶을 누린다. 그 삶으로 편하고 즐거우면 싶다. 순결한 마음으로 서로 사랑하면서 어떤 일이든 마음의 풍요를 누렸으면 좋겠다.
서로를 알고 서로를 느낀다는 건 행복한 일이다.
편한 마음에 열정이 타고 있을 때가 가장 곱다. 요란하지 않게 편한 마음으로 말하는 법을 아는 사람. 새롭게 발전해 가는 사람에겐 늘 기쁨이 있다.
열심히 자기 삶을 사는 이는 복되다.
"체험신앙을 지닌, 서점에서 독서하면서 데이트도 가능한, 세계적인 꿈을 지닌 사람을 만나고 싶다."는 딸을 생각한다.
지식과 지혜가 많은 선인은 얼마나 매력 있고 멋진가. 그런 이는 영혼의 향기를 지닌 사람임에 틀림이 없다.
안에 든 이야기를 재미있게 쏟는 시간은 행복하다. '아–' 하면, '어!' 하고, 무슨 말을 할 때나 고개를 끄덕이거나 편히 가로저어 자기를 표현하는 반응을 보인다.
최선의 노력과 열정으로 기쁨을 누리면 싶다. 아닌 것은 부드럽고 재치 있게 "아니라" 하는, 자기 지조가 있는 밝고 맑고 따뜻한 사람은 얼마나 멋진가.
자기개발에 최선을 다하는 생각이 튄 이는 또 어떤가. 큰 눈을 뜨고 보면 멋지고 고운 삶이 보인다.
맑고 바른 사람의 향기는 쉽게 타인의 영혼을 적신다. 없는 듯 넘치고 아닌 듯 부드럽다. 때로는 아찔하게 감각을 깨우고 또렷하게 길을 묻는다. 산에 샘솟는 청정한 샘물마냥 시원한 전율로 영혼을 깨운다.
그 길은 아름답기만 하다.
유행을 따르기보다 자기절제와 신념을 지킴이 곱기만 하다. 그런 사람을 만나고 싶다. 그런 이들이 곁에 있으면 좋겠다.
가슴으로 묻고 답하는 소리가 오늘도 시냇물로 흐른다. 냇가에 발을 담구고 앉아 자연의 정취를 담아와야겠다. 그 맑은 기운을 몸에 담고 싶다.
생각이 열린 맑고 좋은 날이다. 기쁨이 오는 편하고 행복한 날이다.

효도의 길

"네 부모를 공경하라."는 말씀이 있다. 살아 계실 제 마음과 정성을 다해 마음 편케 해 드려야 한다. 혹여 틀린 말이나 생각이 잘못된 행동과 말이 있을지라도 다 품어 이해하며 웃어 줄 수 있어야 한다. 나이 들수록 두뇌엔 문제가 생기고 기억력이 나빠진다. 그러므로 이를 알고 이해하여 편안하고 행복케 도와주라! 그것이 진정 바른 효도의 길이다. 둔함을 초월한 인생이다. 바른 삶을 살아야 깨어 있는 고운 마음을 볼 수 있다.
세상엔 효성이 지극한 사람들도 많다. 자신이 밥을 굶더라도 부모에게 맛있는 밥을 만들어 드리고 걷지 못하는 부모를 업어 드리며, 세세히 모든 부분을 살펴 평안케 해 드리려 애쓰는 이들……. 그것이 부모를 사랑하는 참된 자녀다.

효도는 용돈 몇 푼 드림으로 끝나는 일이 아니다.
부모의 맘을 헤아려 평안과 기쁨을 드림이 진정한 효도다. 자식의 효도를 원하나, 자신은 효도치 않는 이들이 많다. 자녀들은 부모의 언행뿐 아니라 그림자를 보고도 배운다. 부모의 언행을 보고 듣는 대로 배운다. 그 배움에 따라 갈수록 같은 생각을 지니고 산다. 부모의 언행을 따라 똑같은 길을 간다.
바른 삶을 살려 애쓰며 하늘을 바라보라. 하나님은 언제나 될 만한 가정인가를 헤아리신다. 말씀과 뜻에 순응하며, 손해가 나고 힘이 들어도 사랑을 행하면 기쁨을 준다. 서로 같은 마음이 되고,

늘 긍정적이며 순종과 섬김이 있는 가정은 복된 곳이요, 행복한 가정이다.

부모를 섬기고 모심도 자랑이 되듯 자녀에게 느끼게 하라.

열린 마음으로 넉넉하고 풍성한 기쁨을 누려야 한다. 가족은 실수뿐 아니라 잘못과 부족함도 품을 줄 알아야 한다. 틀리고 잘못된 일도 이해하고 깨우쳐야 한다.

예전엔 타국인들이 말하기를, "이 나라가 동방예의지국이라." 했다. 좋은 점은 되살려야 하고 나쁜 점은 바꿔어야 한다.

그 삶, 그 길을 일찍 열어 자녀들이 알게 함이 필요하다. 강하고 확고한 믿음이 있어야 한다.

믿음의 바른 길 가려 애쓰고 싶다.

그 길이 효도의 길이요, 기쁨의 길이다.

행복을 위한 것

사람은 누구나 행복하기를 원한다. 평안과 기쁨과 즐거움이 넘치길 원한다. 하는 일이 순조롭고, 고통이나 스트레스가 없기를 바란다. 이 원하는 일을 이루려면 맑은 영혼과 풍성한 지혜와 넓은 마음이 필요하다. 서로 관심과 배려, 이해와 사랑이 있어야 한다.
바른 생각과 지혜, 애쓰는 노력 없이 뜻을 이룰 수는 없다.
행복을 원한다면 노력하고 봉사하며 내적 감동과 즐거움을 둬야 한다. 괜찮은 이들은 좋은 의복이나 외향에 끌리기보다 고운 정과 상냥함과 따뜻한 말에서 기쁨을 얻는다. 긍정의 고갤 끄덕이며 만족한 삶의 길을 간다. 최선을 다한 삶으로 기쁨과 즐거움을 누린다.
완성할 '행복한 가정 만들기'를 생각해 본다. 근심 걱정에 빠지지 않고 늘 편한 생각을 두고 싶다. "힘내, 우린 늘 함께하시는 분이 있잖아." 격려하고 싶다.
"당신 뜻대로 해요. 당신은 무엇이나 잘하잖아요."
"잘못이 있어도 괜찮아요, 우린 신이 아니잖아요. 생각은 사람마다 달라요."
흠 없고 완벽한 사람이 어디 있는가.
"와, 대단해. 당신은 참 남달라요." 기쁨을 주련다.
"내겐 당신뿐이야. 우린 함께 살잖아." 그 말을 하련다.
잘못과 실수, 그건 아무것도 아니다. 생각이 바르고 발전적이라 표하련다. 행복은 그냥 오는 것이 아니다. 마음을 따뜻케 하고 생각을 깨워 웃게 하며, 변화를 줌으로 기쁨과 즐거움이 넘친다.

행복은 느끼고 깨닫는 만큼 내 것이 된다. 부정보다 긍정을 돋울 때 편안함을 준다. 불평불만, 부정보다, 모든 일들을 옳고 바르고 선하고 곱게 보려 할수록 안에는 밝은 기운이 활개를 친다.
결혼 생활은 서로 인정하며 맞춰 가는 것이 기쁨이다. 자기 역할에 충실해야 한다. 서로 편히 봉사하고 희생하며, 배려와 관심을 높여 가야 한다. '행복하다'는 긍정적 생각을 둘수록 행복하다. 부부는 서로의 발전을 돕고 힘이 되어 줌이 중요하다. 나태함을 버리고 늘 끊임없이 배우고 발전함으로 자신의 매력과 향기를 발해야 한다.
톨스토이는 그의 「행복론」에서 "이 세상에서 가장 중요한 시간은 현재의 시간이며, 이 세상에서 가장 중요한 사람은 현재 만나는 사람이요, 이 세상에서 가장 중요한 일은 현재 내가 하고 있는 일이라." 했다. 내 생각과 같다. 부부나 가족은 성심껏 관심을 보이며 사랑해야 한다.
바꿀 부분을 쉽게 얘기할 수는 없다. 생각 없이 말할 순 없다. 꼭 필요시엔 부드럽고 따뜻하며 세세한 설명을 해야 한다. 편하게 받을 수 있도록 부드럽게 말해야 한다. 밝고 곱게 말해야 한다. 상대의 감정을 상하게 해선 안 된다. 기분이 편하고 즐겁게 배려해야 한다. 세심한 배려나 희생, 봉사도 열린 마음에서 비롯된다.
세상엔 얻기만을 좋아하는 이도 있다. 어찌 받기만 원하는가. 어찌 남은 이해치 못하면서 나만 옳다 하는가. 왜 나만 높은 자요, 권위 있는 자로 여기며 남을 무시하고 자기주장만 일삼는가?
행복과 기쁨과 즐거움은 함께 만들어 가야 한다.
사랑 없이 되는 일은 없다. 사랑하라. 사랑은 주는 것이다.
상대를 내 몸과 같이 아끼는 일이다. 진실로 선하고 깨끗한 맘으로 평안과 기쁨을 주고 싶다. 밝은 맘을 열고 싶다.

—

그리움은 가슴에 돋는 꽃이다.

보고픔을 둔 밀서다.

그리움이 가슴에 흐르면 풋풋한 기쁨이 돋는다.

그 그리움을 안에 누려보고 싶다.

가슴에 예쁜 꽃이 피길 원한다.

남 다른 느낌을 지니 듯 새로운 생각을 열고 싶다.

맑게 변화된 길을 가고 싶다.

아아, 생각에 따라 삶이 달라지면 좋겠다.

그럴수록 하나의 별이 돋기 때문이다.

별을 보고, 별을 품으며 새로운 길을 가고 싶다.

밝고 맑은 길에 이르고 싶다.

3.

그리움은 가슴으로 흐른다

깊고 맑은 울림인 '울릉도'

불길같이 작열하던 뜨거운 태양열이 꺾인 시간이었다.
태양빛이 지상으로 가깝게 눕는 해 질 녘이었다. 한 동료와 '죽암마을' 바닷가에 가기로 했다.
훤히 트인 길인 해변을 따라 걸으며, 맑은 바람을 심호흡하고 언덕 아래 부딪치는 파도를 보고 얘기하며 걸었다.
가다 서다, 아늑한 정경을 보고 느끼며 십오 분 후쯤에야 죽암竹岩에 도착했다. 바로 우릴 맞는 건 바다의 파도였다. 하얀 빛으로 피고 지는 바다의 작은 꽃들, 그들의 속삭임 같은 찰싹임은 애절함을 드러내고 있었다. 반가움이었다.
어디에도 두지 못할 맑음이요, 신선함이었다.
해풍이 불어왔다. 청정함이 느껴져 더욱 가슴 열고픈 바람이었다.
언덕 위의 섬기린초와 해국과 후박, 동백과 벌뚝, 해송이 바람에 숱한 몸짓으로 반응을 했다. 꼭 몸짓으로 유혹하는 여인 같았다.
여리게 떠는 몸짓들이 애교스럽고 상큼했다.
죽암 앞바다엔 앞서 온 선남선녀 몇이 바다에 빠져 있었다. 동화된 젊음이었다. 그들에게선 마냥 젊은 싱그러움이 넘쳐났다. 헤엄치고 잠수하고 노니는 광경은 한 편의 영화를 보는 것 같았다.행복의 낙원이었다.
그들과 조금 떨어진 곳에 자릴 잡은 우린 작은 옷만 걸치고 바다에 뛰어들었다.
바다에 들자 바다가 나를 품어주었다. 포근하고 부드러운 감촉으로 살결을 어루만졌다. 바다 밑은 울퉁불퉁한 바위투성이였다. 그러나 수영을 즐기는 데 장애가 되진 않았다.
우린 맘껏 바다에 담겨 놀았다. 바다는 맑디맑은 쪽빛 바다였다. 남빛인가 하면 검푸르고, 비취빛인가 하면 하늘빛이었다. 태고의 숨결이 깃든 아름다움이 넘쳐났다.
옥황상제가 호위장군과 선녀들을 거느리고 와 쉬어 갔다는 곳. 옥황상제가 그들을 바위가 되게 했다는 전설이 있는 곳이다. 이 섬의 한 주민이 들려준 전설은 이렇다.

어느 날, 경치 좋고 깨끗한 이 섬에 옥황상제가 호위장군과 세 선녀를 대동하고 소풍을 왔다.
천상에선 연애가 금지되어 있었는데, 호위장군과 막내 선녀가 서로 눈이 맞아 정분이 났다. 이 일을 알게 된 옥황상제는 비밀을 지켜 주려던 두 선녀까지 포함해 모두 바위로 만들어 버렸다. 세월이 흘러 두 선녀와 호위장군은 옷을 입혀 줬으나 막내선녀는 아직도 옷을 입혀 주지 않는단다.

그 바위엔 초목이 없었다. 벌거숭이 같았다. 우린 그 바위가 보이는 곳에서 한껏 바다의 청정함을 즐겼다. 몸에 와 닿는 물결이 부드럽고 구순하다.* 촉감이 비단결이었다.
해는 서녘에 바짝 기울고, 붉은 노을이 바다에 풀린다. 저녁놀의 아름다움. 그 빛의 황홀함과 물에 젖은 노을빛이 내 몸에도 배어나

* 구순하다 : 서로 사귀거나 지내는데 사이가 좋아 화목하다.

는 것 같았다. 내 가슴엔 번뇌가 없다. 욕심이 없다. 평화와 고요뿐이다. 바다에 젖은 내가 있을 뿐이다.
물에서 즐기던 청년들이 해수의 끝선에 모여들었다.
호기심이 동했다. 가까이 가 보았다. 그들은 마른 오징어 다릴 돌 틈에 넣어 고기를 낚고 있었다. 구경을 하려니 "한번 잡아 보세요, 재미있어요." 안면이 있는 한 아가씨가 오징어 다릴 내게 내밀었다. "고맙다." 말하고, 돌 틈에 오징어 다릴 밀어 넣었다. 짜릿하니 느껴지는 손맛……. 느낌은 일품이었다.
미꾸라지를 닮은 고기 이름을 물으니 '꼬꼬마치'라 했다. 길이가 6~8센티 정도인 이 고긴 순간에 잡아채야 한다. 꼬꼬마치가 물 위에 오르는 순간, 위험을 느껴 먹이에 대한 집념을 버리기 때문이다. 잡는 이의 민첩함이 요구된다.
고기의 생명을 담보로 즐기는 이들을 본다. 세상사가 내 즐거움과 기쁨을 위해선 어떤 차이가 있는가. 당하는 입장에서 생각해 보면 말이다.
어둠이 오기 시작했다. 숙소로 돌아갈 시간이 되고 있었다.
바람이 느껴졌다. 참으로 선하고 쾌청한 바람이었다. 이곳 울릉도에는 너도밤나무, 우산고로쇠, 섬벚나무, 섬피나무, 섬단풍, 홍만병초, 섬말나리 등 목본 19종, 초본 22종 등이 울릉도 특산 식물로 자생하고 있다 한다.
이 섬은 숲이 무성하고 곱다.
초목들이 원시림을 이루고 많은 폭포와 오염 없는 청정한 자연과 풍부한 물과 풍경들이 날 행복하게 한다.
자연 속에 생명의 속삭임을 듣는다. 태고의 숨결을 느낀다.
맑음이 있다. 상큼함과 싱그러움뿐이다.

그 청정함 속엔 비경이 널려 있다. 낯설음과 생경함이 있는 외진 섬……. 깊디깊은 곳에서 솟는 맑은 울림이 온다.
오는 길에 만난 불빛들이 기억에 새롭다. 멀리, 오징어잡이 배에서 발하는 빛의 야경이 장관이다. 바다에 떠 있는 밝은 빛들의 향연. 그건 곧 어우러짐이다.
가끔 볼 수 있는 노을의 아름다움 같고 폭설로 덮인 순백의 설경과 같은 느낌이다. 해발 984미터의 성인봉을 오르는 등산의 멋과 더불어 오래 간직될 풍경 중 하나라 여겨졌다.
울릉도에 와, 일과 후 쉬는 시간을 택해 카메라를 메고 섬 관광에 나선지 구 개월여의 기간이다. 섬의 90%쯤을 구경했으니, 이젠 가이드를 해도 되지 않을까.
울릉도에서만 맛볼 수 있는 따개비밥이며 홍합 밥 약소고기 방어회 복어 탕과 명이나물. 더덕들을 기억해 낸다. 내 고독함과, 외롭고 쓸쓸했던 기억들이 돋는다.
많은 경험을 기억에 두고, 이제 집에 갈 때가 가까워졌다.
바람이 분다. 맑고 시원한 바람이다.
오염 없는 청정함이 내 가슴을 활짝 연다.

골안 마을

잊을 수 없는 내 고향은 섬마을이다. 기억 속엔, 그 섬의 얘기들이 너무나 많이 쌓여 있다.
앞바다에 나가 고동, 거북손을 따고 고막과 바지락을 줍고 맛조개를 캐기도 하며, 여름엔 바다에서 헤엄을 치며 놀기도 하던 곳이다. 봄이면 맑고 밝은 꽃이 피고 종달새가 울던 곳이다. 새싹이 흙을 뚫고, 그 싹이 자라 파릇해지는 계절이면 밭둑에는 나물을 캐던 아가씨들이 관심의 풍경을 놓던 곳이다. 달래와 냉이, 씀바귀를 캐거나 취나물, 고비, 고사리, 쑥을 뜯어 바구니에 향기를 채우던 자연 닮은 이들이 많던 곳이다. 호박꽃이 피어 울타리를 넘고, 바람도 이 집 저 집을 기웃대며 여유롭게 마실 다니던 곳이었다.
물동이를 인 채, 똬리 끈을 물고 동동걸음 치던 새댁들이 얼굴에 수줍은 노을을 피워 올리던 곳이다. 푸릇푸릇 자라던 보리며 벼, 마늘, 참깨, 목화, 감자, 고구마, 콩, 배추며 상추, 파, 부추, 수수와 밀, 조, 더덕이 자라던 논밭들을 가꾸던 손길들이 성실했던 곳이다.
여름날엔 땔감을 구하러 산엘 올랐고, 아침에 산에 올린 소의 위치를 확인하고, 까마구진골에서 '피리둔벙'으로 내달렸다. 탱자밭골에선 씨름, 높이뛰기를 하거나 돌담을 쌓기도 했다. 때로는 몰기산 능선을 걷기도 하고, 칡과 더덕, 도라지를 캐 먹거나 산딸기를 따 먹기도 했다. 때론 탱자밭골에서 고구마, 감자, 메뚜기를 구워 먹었다. 나무 그늘에서 책을 읽기도 했다.

겨울에도 추운 바다에서 해우(김), 파래, 매생이, 다시마, 톳, 우뭇가사리를 채취하던 부지런함이 있었던 곳이다.
지금도 그렇지만, 어린 날의 난 참 행복했다. 소를 몰고 귀갓길을 갈 때면, 곱고 다양한 노을을 보았다. 여러 모양으로 멋있고 아름답던 그 노을을 어떻게 표현하리요.
그때 그 아름답던 노을 풍경을 두 번 울릉도에서 보았을 뿐! 다른 곳에서는 더 본 적이 없다.
수많은 별과 아름다운 노을은 청정하고 신선한 곳이 아니면 볼 수가 없다. 맑고 깨끗한 곳이 아닌 지역에선 보질 못했다.
고향에선 달, 별, 노을을 쉽게 볼 수 있었다.
곱고 아름다운 하늘이었다.
자연이 청정한 터라 사람들도 선하고 맑고 고왔다. 섬마을인 고향에선 참으로 인정이 넘쳐났다. 잔칫날엔 마을 집집마다 음식을 돌리기도 하고, 새댁들이 친정에 다녀올 때면 이바지 음식을 나누던, 정이 넘치던 귀한 마을이었다. 신혼부부나 군 입대하는 이들을 불러 음식을 대접하고, 마음의 정과 아쉬움을 전하던 사람들이 살던 곳이다. 어른을 공경하고, 행동을 조심하며 이웃을 돕던 마을이다. 고향 마을은 이 집 저 집, 이 사람 저 사람, 이 일 저 일로 내 기억 속에 담겨, 곱고 아름답고 찬란했다.
순수했고 소박했으며 편안했던 곳이다.
그곳에서 자연을 즐기던 그날들이 그립다.
힘 쏟고 땀 흘리며 모내기를 하며 하천 둑에서 밥을 먹던 그때처럼 살고 싶다. 아무런 욕심도 없이 소박한 마음으로, 편안하고 자유로운 맘으로 살고 싶다. 평화롭던 그 풍경 속에 살고 싶다. 그 먼 옛날, 그 시절로 다시 돌아가고 싶다. 그때 그 삶이 그립다.

핀 숯에 타는 그리움

그리움과 보고픔을 안에 두고 있다. 툭툭 불거지고 부풀어 오르는 기운과 풍성함으로 "펑-" 소리가 터져 나올지라도, 듣고 놀람의 몸짓을 보일지라도-. 그대를 향한 맘에는 언제나 울렁임과 떨림이 일면 좋겠다.
그대를 그리는 마음이다. 그대를 향한 타는 정이다.
오늘도 그대를 향한 정이 애잔하고 애틋하고 안타깝다. 마음이 탄다. 정을 다하지 못한 아픔이 스미고 밴다. 몹쓸 보고픔이 날 흔들고 있다. 그대 생각에 잠길수록 살랑대는 바람이 일고 있다.
생각을 품어 줄 그댈 그리며, 애절히 밤하늘을 본다. 마음을 다한 귀한 사랑을 둔 삶을 꿈꾼다. 가슴이 뛰고 마음이 튄다. 가까이서 그대와 함께할 수 없는 현실이 날 힘들게 한다. 곁에 있어 서로를 보며, 깊고 고운 생각을 쏟으면 좋겠다.
늘 밝은 웃음을 나누고 싶다.
고요한 밤의 뜰에 앉아 그댈 생각하는 맘이 흐른다. 불러도 대답 없는 외침 같은 아픔과 고독함이 어린다. 보고픔이 도진 난 힘들고 아파진다. 냉골인 양 안이 냉랭하다. 바위가 놓인 듯 맘이 무겁고 힘겹다. 어둠 속에 갇힌 듯 답답하기만 하다.
그대를 생각하며 내 안에 그대를 채워본다. 내 가슴이 활활 타도록 그대를 채워본다.
언제나 이 마음대로 살고 싶다. 그대가 보고 싶다. 그대 곁에 머물고 싶다. 그댈 만날 날을 그리며 누릴 기쁨을 생각해본다. 생각만 해도 행복한 일이다.

가고 싶다. 그대 곁에 가고 싶다. 그리하여 그대랑 나란히 걷고 싶다. 우리가 인연이 된 만남으로 인하여 서로 마음을 열어야 하듯이, 법 없이도 살 사람으로 삶을 누리고 싶다. 그냥 신선한 생각을 전하고 싶다.

화려함이 없어도 괜찮다. 황홀함이 아니어도 좋다. 풋풋하게 웃으며 말할 수 있는 편한 시간이면 싶다. 아무런 구김도 불편함도 부자유함도 없이 마음을 열고 싶다. 부담도, 답답함도, 어려움도 없는 편안한 시간이고 싶다.

그대를 생각해 본다. 자연스럽고 구김 없는 편안한 삶 같다.

순박하고 아픔이나 어둠이 없는 사람 같다.

그대가 그립다. 그대가 보고 싶다.

그대 곁에 가고 싶다. 가까이 갈 날을 새겨본다.

지금 이 보고픔만큼 다정하게 살고 싶다.

편안한 마음으로 살고 싶다. 진실한 마음으로 그대를 대하고 싶다.

꿈꾸며 노래하며

그대는 별이어라. 밤하늘에 아름답게 반짝이는 별이어라.
그대여, 밤하늘을 향해 얼굴을 들어보라.
편히 눈 열어 하늘을 보라! 그리움이 짙은 밤이 오면 귀를 기울여 보라. 하늘 보며 내가 외치는 말을 들어보라.
그대가 보고 싶다. 그대 곁에 서고 싶다. 이리 외로울 때면 혹 그대의 말이 들릴까 귀 기울여 본다. "아아-" 오늘은 왠지 아무 말도 들을 수가 없다. 고요뿐이다. 적막함뿐이다. 들리는 건 바람소리요, 파도소리뿐이다. 쓸쓸히 바다에 무늬 지는 찬란하고 오묘한 빛들이 눈에 들 뿐이다. 그 빛들- 수면 위에 반짝이는 빛들이 내게 눈짓하고 손짓한다. 친해 보자 윙크한다. 그리고 서서히 다가와 안에 아롱진다.
바다를 본다. 머문 시선 끝에는 떨리는 파문이 인다. 암만 생각해도 너무 먼 고도孤島에 와 있다. 혼자된 쓸쓸함에 그대가 보고 싶다. 외로움을 겨우 견디고 있다. 현실을 바꿀 수 없어 그대 향한 그리움이 짙어간다.
절절하고 애틋한 마음으로 보고픔을 견뎌야 하고, 곤한 일도 혼자 견뎌야 하는 안타까운 이 아픔이여!
진한 그리움만이 나를 울릴 뿐이다. 울림은 아프지만, 멀리 있는 그댈 생각하며 밤하늘을 본다.
하늘엔 별들이 총총 빛나며 고운 빛을 띄운다.
그대여! 생각과 생각이 통하는 것- 서로 한 느낌을 갖는다는 것이 얼마나 소중한가.
영혼의 쓸쓸함을 접고 마음 풀 삶을 꿈꾸며 기쁨으로 가득 채울 날들에 속히 이르고 싶다.
그날들을 그려본다. 그대를 그려본다.
고독함이 느껴질수록 그대를 안에 채우려 노력하고 싶다. 맑고 고운 사랑을 나누고 싶다. 섬세함을 얘기하고 싶다. 진실하고 아름다운 인생을 말하고 싶다. 배려하고 사랑함으로 기쁨을 돋우고 싶다.
서로 아끼고 관용하고 염려하며, 관심보이는 삶이면 싶다.
마음과 정성을 다한 사랑은 얼마나 아름다운가. 욕심 없이 꾸밈없이 사랑하며 형식 없이 그대와 마주하고 싶다.
지혜롭고 행복한 사람으로 찡한 감동이 넘치면 좋겠다.
사랑이 서로에게, 꽃피는 정으로 넘치면 좋겠다. 순박함이 아름다워 살 맛 나는 세상-거기에 거하고 싶다.
세상을 향한 욕심보다 주안에서 서로를 의지하고 기대는 삶으로 호흡하며 살고 싶다.

그대여, 하늘 호수의 둑이 터진 듯 물이 쏟아진다. 흙살을 적시며 안으로 스미고 또 스미는 비! 비! 빗줄기…….
대지가 촉촉이 비에 젖는다.
너와 나의 영혼에도 진실한 말씀이 촉촉이 젖어들면 좋겠다. 그래서 입술에 웃음과 즐거움이 넉넉해지면 싶다. 믿음과 사랑과 이해, 소망, 감사로 긍정의 고개를 끄덕이면서, 난 너를 품고, 넌 나를 품는 삶을 꿈꾸어 본다.
물방울로 싱싱함을 더하며 맑게 웃음 짓는 초목들 모양, 다가섬으로 인하여 맑고 고운 사랑을 꽃 피우고, 기쁨의 노래를 영혼에 가득 채우고 싶다.

그대랑, 기쁨과 행복을 만들어 가는 소박한 날들이고 싶다.

훨훨 날갯짓하는 곱고 맑은 삶을 가꿔 가고 싶다.

구김 없는 얼굴로 그댈 보고 싶다. 인생의 끝 날까지 연애하는 마음, 호기심과 관심이 넘치는 삶으로 서로를 바라보자.

언제나 신혼의 기분으로 젊게 그대와 마주하고 싶다.

그대랑 웃으며 늘 행복을 누리고 싶다.

– 울릉도에서

사랑하는 마음으로

비취빛 천연의 바다에 마음을 풀어 본다. 맑은 바다에 나를 담근다. 바다엔 감춘 고독함과 외로움과 설움이 가득하다. 추억, 그리움, 보고픔을 물에 휘저어 본다. 뭍을 향한 갈망이 싹을 틔우고 가슴이 점차 소란해진다. 곧 비가 쏟아질 모양이다.
'산다는 것이 무엇이기에 예까지 왔나!'
멀리 두고 온 가족들이 그립다. 그 그리움이 날 힘겹게 한다. 그리운 이들 곁에 마음대로 가지 못하는 아픔이 인다. '얽매이지 말자' 다짐하지만, 외로움을 견딜 수가 없다.
숱한 말과 몸짓으로 그리운 이를 부른다. 선명한 그리움이 들뜬다. 아픔이 도드라지면 아픔을 이겨야겠지만, 그리움이 들 뜬 마음엔 그대를 곱게 새기고 싶다. 자꾸 그대가 생각난다. 그대가 보고 싶다.
그대가 오는 날은 별을 보리라. 슬프고 괴로울 때도 별을 보리라. 고독에 젖어 힘겨울 땐 편지도 써 보리라. 한 번쯤 실컷 울어도 보리라. 보고픔이 있는 그대로 그대를 부르리라. 부르다 지치도록 그대를 부르리라. 산, 들, 바다에 그대를 부름이 가득하도록 외치고야 말리라.
오늘도 말없이 그대를 부르다가 숲길을 바라본다. 마음의 변화를 생각해 본다. 자연을 벗하여 자연이 되리라. 바다에 잠겨 바다가 되리라. 거짓 없고 꾸밈없는 자연과 친해져 보리라. 숲 속의 나무 한 그루, 나뭇가지, 그 푸른 잎이 되리라. 푸르름이 되리라. 늘 초록의 빛을 품으리라. 그리하여 아침이면 이슬 속 맑은 영혼을 탐하리라. 맑은 영혼으로 그댈 보리라. 만날 땐 청정한 바람이 되어 만나리라. 파도에게, 구름에게, 별에게- 그댈 이야기하리라. 나의 삶과 생각을 얘기하리라.

아, 그대를 만날 날이 속히 오면 좋겠다.

코스모스를 닮은 가냘픈 몸매의 그대를 새겨 보리라. 내겐 왜 이렇게 그리움이 많아, 가슴 저밈을 느껴야 할까.

수많은 시간을 넘어 온 삶 줄- 유별나게 그리움이 진하다. 고독이 밀물진다. 슬픔이 나를 에워싼다. 보고픔이 진해지고 있다. 왠지 여유 없이 보고픔의 끝을 향해 치닫고 있다.

고독이 얼마나 날 흔들고 있는지 모르겠다.

빈 시간을 고독으로 채운다. 생각의 날개를 펴 본다.

외로움과 쓸쓸함을 느낀다. 인생길을 동행하는 그대를 되새겨 본다. 진실을 내보이며, 인간적인, 너무나 인간적인 삶을 사랑한 한 그대를 그려 본다. 꾸밈없이 소박한 마음으로 다가오는 선한 그대를 그린다. 마음이 맑고 진실한 그대가 보고 싶다.

무엇보다도 맑디맑은 생각으로 그대를 그려 본다. 생각과 언행과 마음이 따뜻한 열린 마음들을 그려 본다. 섬세하고 배려 깊고 다정다감한 사람들과 친하고 싶다. 톡톡 튀는 생각과 솔직함을 지닌 진실한 이들이 그립다.

외진 섬에 머문 난, 이렇게 가슴을 열며 고독을 앓는다.

바다를 보며 외로움을 앓는다.

뭍이 그립다. 그대가 그립다.

그리운 사람들

심혈을 기울여 엮는 하루하루의 애씀이, 진실한 마음과 선한 감동으로 흐른다. 법이 없어도 살 수 있는 맑고 선한 생각을 지니고, 성실함과 정직함으로 힘을 돋울 복된 삶을 생각한다. 선한 삶을 주관하시는 이와 함께하고 싶다. 시원한 말이, 듣는 이의 영혼을 열도록 맑음을 두고 싶다.

사는 동안은 하늘에 박힌 고운 삶이면 좋겠다.

좋은 영양을 끼친 사람들- 우호적이며 관심과 배려로 감동을 준 그 표본을 떠올려 본다. 따뜻하고 고운 정을 주고, 맑고 깨끗한 감성을 전하며 기쁨과 즐거움을 준 사람들을 그려 본다. 순수하고 맑은 영혼에 든 휘파람을 날리며 깬 생각과 정성으로 자극을 더하던 사람들을 그려 본다.

끊임없이 영혼을 자극하거나, 생각을 깨운 이들이 그립다. 욕심도, 높인 언성도, 자기 의견만 앞세우려는 그 독성도 없는 이들, 따지듯 거친 음성도 없는 그런 사람들이 많길 원한다. 할 말 못할 말을 가릴 줄 알고 기본적 예의를 아는 사람이 많으면 좋겠다. 뜻과 의미가 함축된 말들을 전하고, 말마다 감춘 정이 듬뿍 핀 생각과 양심이 곧은 사람을 그려본다.

만남은 없었지만, 마음의 정을 전화나 편지로 표현하는가 하면, 귀한 선물을 전하기도 하고, 이 모양 저 모양 정성이 가득한 사람을 생각해 본다. 거짓 없고 선하며 배려 많은 사람이 그립다. 마음과 생각이 통하는 사람은 늘 이웃을 행복하게 한다. 마음을 편안케 한다.
참된 믿음과 의와 법과 선이 아닌 것은 죄다. 진실하고 바르고 법적이며 선한 삶이 중요하다. 말씀을 따라 늘 나를 깨우며 살고 싶다. 아직은 부족하고 바뀔 것이 많으나, 늘 새로워지려고 애써 노력하고 싶다. 삶의 참 의미를 찾고 싶다.
자주 보거나 함께 머물지 못해도, 깊은 정과 믿음이 있는 이들은 언제나 서로를 향해 관심을 기울인다. 함께할 때면 마음을 열어 생각하고 배려한다. 이런 배려도 마음이 통해야 한다. 생각 없고 양심이 없는 이에게는 배려해도 고통이 번진다.
편안한 삶을 살고 싶다. 기쁨과 즐거움을 누리며 조용히 살고 싶다. 순수하고 맑은 길을 가고 싶다. 복된 길을 가고 싶다.

한 아씨에 대한 회고담

참 예쁘고 귀여운 아씨였다. 때론 어른 같고 정신이 올 곧고 똑바른 숙녀다.

참으로 많은 기쁨과 행복을 준 멋진 녀석이다.

그가 초교 2년 때의 일이다. 사회 과목 시험에 시월 구 일은 무슨 날인가- 하는 객관식 문제가 출제되었다. 개천절, 한글날, 내 생일, 광복절 중에 답을 택하는 문제였다.

당연히 아이의 답은 "내 생일"이었다.

제헌절, 삼일절도 있건만 출제자는 거기 왜 하필이면 내 생일을 두고, 물음엔 국경일이란 용어도 없었는가. 그 문제만 틀린 아인 만점을 못 받아 섭섭해 했다. 아이에겐 얼마나 현실적이며 확신에 찬 답이었겠는가.

"잘했다. 내 딸이여! 넌 분명 백점을 맞았다. 만세, 만세다!"

백점이 뭐 중요할까만 위로하고 축하해 주었다.

또 그 아씨가 초교 3학년이 되었을 때였다. 우린 서울 인근의 도시로 이사를 했다. 산과 운동장 가까운 곳에 집을 구매했고, 학교와도 가까운 곳이라 좋았다.

그런데 문제가 발생했다. 이 아이가 하루는 슬픈 얼굴로 "학교 가기 싫다." 했다.

놀라며 확인한 결과 털어놓은 말인즉, "아무도 가까이 해 주는 친구가 없다."는 거였다.

튼 얼굴에 거친 피부며, 시골티로 인해 영락없는 촌뜨기인 아이는 외톨이였던 모양이다.
이 문제를 놓고 대화를 시작했다. 이해와 설득의 시간이었다.
"실력으로 동무들을 제압하라. 공부도 더 열심히 하고, 모든 일에 두각을 나타내 보이면 얼마 안 가 네가 싫다 해도 그들이 먼저 친구 하자 할 게다."
아씨는 다행히 그 말을 이해했고, 더 열심히 공부했다. 조용히 그러나 적극적이었다. 웅변, 독후감 등 다방면에 상을 받아 자신을 드러내보였다.
시간이 흐를수록 얼굴도 뽀얗게 되고 예쁜 본바탕이 드러나 초롱초롱한 눈빛을 반짝일 때쯤엔, 친구가 많아졌다.
친구들과 선생님께 사랑받는 아이가 되었다.

그 애가 고3 때로 기억된다. 온 식구가 저녁 식사를 위해 식탁에 앉아 있었다. 그날 집사람은 새로운 방법으로 고구마순 요리를 했다. 고추장으로 버문 요리였다. 별미란다.
난 눈치 없게 "전에 된장에 묻혔던 것보다 맛없다." 했다. "아이들은 맛있다는데 혼자만 맛이 없다 한다." 했다.
음을 높인 항의였다. 민망했다.
그때 그 애가 톤을 높여 하는 말이 걸작이었다.
"부부 십계명 제 38항, 당신은 남달라요."
그 말로 순간에 가족 모두를 웃겼다. 냉장고 전면에 부부가 지켜야 할 수칙 중, 아내가 남편에게 해야 할 말에, "당신은 남달라요."란 부분을 빌린 것이다.
재치 있게 분위기 전환을 한 셈이다.

그뿐이 아니었다. 이 아씨가 한 교회에서 주일예배 반주를 하던 때의 일이다. 대학생이 된 이 숙녀를 좋아한 연하의 고교 삼년 생이 있었는데, 하루는 이 학생이 "어떤 애가 누나를 좋아해서 각서 받았어. 다시는 누나 좋아하지 말라 했어."

어느 날은 또, 청소를 하는데 곁에 와 "누나는 힘드니까 쉬어. 내가 누나 몫까지 청소할게." 봉걸레를 빼앗더란다. 이 아가씨는 웃으며, "다들 일하는데 나만 쉴 순 없잖아. 그러다 따돌림 당하면 좋겠어?" 하며 웃어주었더란다.

자분자분 미주알고주알 얘기 잘하는 아씨에게, "넌 그 앨 어떻게 생각하는데……." 물었다.

"그 앤 아직 어리잖아요. 안심하고, 쉽게 보세요." 했다.

고3인 그 학생에겐 참 중요한 시기였다. 이 아씬 그걸 알았다. 그 애가 상처받을까 봐, 주위 사람들이 자기들 방식대로 생각하고 실언함에도, 이 아씬 흔들리지 않고 말없이 일 년을 견뎌냈다.

학생이 대학에 입학한 때였다. 그 학생이 대학 입학 후, 아씨는 더 좋은 여자를 찾으라며 현명하게 설득하고 밝은 처신을 했다.

이 숙녀가 대학 졸업 후 순조롭게 직장인이 되었다. 하지만 발전에 대한 생각이 진했다.

한 연구실 근무를 1년쯤 하다가 대학원 공부를 시작했다.

학비, 기숙사 등을 국가에서 지원을 받는 특별한 곳이었다.

이 아씨는 정부기관 연구실에서 연구하고 공부하며 자기의 꿈을 키워갔다.

생각이 알차고 영혼이 맑으며 스스로 일을 해결해 나갈 뿐 아니라, 신앙 안에 밝게 자라주어 참 기뻤다. 오직 그분의 도우심이요, 인도하심이었다.
그런 이 숙녀가 아직도 결혼을 전제로 사귀는 친구가 없다. 그래서 멋 좀 내고 다니라 권한다. 멋을 내고 다녀야 남자 친구가 생기지 않겠느냐고-.
이 숙녀의 말이 또 걸작이다. 자기 희망의 조건 셋에 충족되는 사람이 아님 안 된단다. 그 조건이란 첫째는 체험신앙이 있어야 하고, 둘째, 지적 내적으로 대화가 통할 독서량이 많은 지혜자일 것. 서점에서도 독서하며 데이트 가능한 사람이길 원했다. 셋째는, 국제적인 꿈이나 계획을 지닌 사람일 것. 멋을 부리지 않아도 자신의 진가를 알아보는 참된 사람이 나타날 때, 그 때라야 그를 위해 멋을 부리리라 했다.
어디 영혼이 툭-튄 신앙이 바로 된 청년이 없을까.
그런 사윗감을 기다리는 내게도 답답함이 든 모양이다. 사람이 아무리 원하고 계획할지라도 이루시는 이는 오직 한 분, 주님이시다. 주의 뜻대로 이루시길 기도해 본다.

명절, 복된 날이여

추석 명절이 왔다. 연로하신 어머니를 뵈러 갔다.
추석 사흘 전에 집에서 출발한 것이다. 교통 체증을 고려한 방편이었다. 고향 형 댁에 할 일은 많겠고 손은 부족하리라 예상한 탓이다. 형이 돌아가신 후로 정리되지 않은 일도 많을 터였다.
열다섯시 가까운 시간쯤 고향집에 도착하니, 집엔 아무도 없었다. 연세가 아흔 하나인 노모라 집에 쉬고 계실 줄 알았는데, 보이지 않았다. 집에 계시지 않았다.
작업복으로 갈아입고 몰랑 너머 밭으로 향했다. 가던 중 보니, 멀리 아버님 산소가 있는 신작로 건너편 밭에 사람의 움직임이 포착되었다. 뒤돌아서서 그 밭을 향해 걸음을 옮겼다. 비탈길을 올라 도착한 밭에는 어머니 혼자 팥을 따고 계셨다.
순간 울컥 차오르는 아픔. 울적함이여! 밭에서 큰절을 올리고 "혼자 할 테니 귀가하시라." 권했다.
"운동 삼아 하는 일이니 괜찮다."며 극구 고집하시는 어머니. 간곡히 권해 봐도 소용이 없었다. 괜찮다 하실 뿐이다.
'조금이라도 일손을 돕겠다.'는 마음이시겠지만, 생각할수록 마음이 아프고 애잔했다. 혼자된 형수가 계셔, 연로하셔서 함께 계시라 하지만 견딜 수 없는 아픔이 일었다.
한가위 명절은 그렇게 시작되었다. 다음 날 오전엔 팥 따기를 하고 오후엔 밭에 두엄을 깔았다. 허리와 팔이 아팠다. 온몸엔 땀투성이였다. 밭에 두엄을 깔기 위해 운반했고, 골고루 펴는 일은 오후 늦게야 끝이 났다.

또다시 아침이 오고, 콤바인*으로 작업할 수 없는 논 모서리와 가장자리의 벼 베기를 시작했다. 기계의 작업 공간을 확보하는 일이었다. 오랜만에 하는 일이라 허리가 아프고 손에는 물집이 생겨 온몸이 뻐근해졌다. 하나 쉴 수가 없었다. 벼 베기 예약이 되어 있기 때문이었다. 그 시간이 가까워졌기 때문이다.

힘들고 피곤하나, 혈육들이 오면 편히 쉴 거라 생각했다.

오후엔 양파모종을 옮겨심기 위한 둑과 골을 만든 후 비닐 깔기 작업을 했다. 형수와 둘이서.

넓은 논이라 시간이 꽤 걸렸다. 힘이 들었다. 마치고 나니 정말 허리가 끊길 듯 아프고 온몸이 지친 상태였다. 힘들었다. 더는 못할 것 같았다.

비닐 깔기는 절반가량이나 남아 있는데, 아직 오후의 해는 중천에 위치하고 있는데도 더 일을 할 수가 없었다.

끝을 내지 못하고 하루 일과를 마쳤다. 결국 나는 반나절을 쉬기로 결정했다.

추석 전날 형제들과 조카 가족이 귀향을 했다. "혼자 여태 고생했다."는 어머니와 형수의 말씀에, "고생했다."는 말을 또 듣는다. 피로가 가시는 듯하다. 작업을 마저 끝내잔다. 힘들고 지쳤지만 다시 들로 나갔다. 그나마 내가 경험자라고 관리자 노릇을 하란다. 줄을 띄우고, 비닐들을 펴고, 바람에 날리지 않도록 흙을 덧뿌리고

* 콤바인: 곡식을 베는 일과 탈곡하는 일을 한꺼번에 하는 농업기계

골을 쳤다. 웃으며 여럿이 하는 일이라 힘이 덜 드는 것 같았다. 힘을 조절했다. 가볍게 일을 했다. 아픈 허리를 억지로 풀며 겨우 일을 마쳤다. 추석 전날에 해야 할 밀린 일이 모두 끝이 난 것이다.
오후엔 대가족이 명천 바닷가로 고동과 거북손을 잡으러 갔다. 오랜만에 갖는 여유였다. 늦게 도착한 조카와 상견례 차 온 조카며느리감과 그녀 모친이 바닷가로 왔다.
예비 신부가 건강하고 키 크고 성격이 싹싹해 좋았다.
금년 명절은 힘들고 피곤하고 바빴지만, 형제, 조카들에게 편히 쉴 수 있는 여건을 제공했다는 데 큰 기쁨을 얻는다.
한 사람의 희생이나 노고가 이렇게 여럿을 편케 한다.
보람 있고 좋은 시간이었다. 새삼 큰형의 위치가 얼마만큼 중요했는지 절절히 느껴지는 날이었다. 앞서가신 형을 많이 생각했다. 생시에 제대로 돕지 못한 일들이 가슴 아팠다.
그 무거웠을 짐을 혼자 지셨으니 얼마나 힘들었을까.
모두 객지로 떠난 사이, 혼자 일궈간 일들을 생각해 본다. 생각할수록 가슴이 아프다. 참으로 지혜롭고 바르고 진실하고 성실했던 분이셨다. 생각할수록 살아계실 때 더 잘해 드리지 못한 것이 아쉽다. 마음이 아프다.
깊이 생각해 보면 살아 있는 동안에 친인척들과 가족들에게 마음과 정성을 다해야 함을 느꼈다. 그것이 중요함을 느꼈다. 부모, 형제간의 사랑이 어떤 것인지 절실히 느꼈다.

갈망

맑고 환한 날이었다. 바다에 가고 싶었다. 바다를 향한 마음이 나를 흔들었다. 비취빛, 쪽빛, 파란 물빛 바다가 펼쳐지는 곳. 맑은 해변이 있는 그 청정한 섬으로 여행을 떠나고 싶었다. 생각만 해도 찰싹이는 파도소리가 들려왔다. 바다가 손짓하는 것 같았다.
가슴을 열었다. 바다와 어울려 마음을 쏟고 싶었다.
여름이면 많은 사람들이 산으로, 바다로 여행을 떠나리라. 자연을 즐기리라. 삶의 피로를 풀리라. 사람들이 몰려간대도 비닐, 쓰레기 하나 남지 않는 깨끗한 바다로 지속되면 좋겠다. 맑고 깨끗하여 늘 청정함이 유지되면 싶다.
맑고 정한 곳은 언제 보아도 기분 좋은 곳이다. 가고 가도 다시 가고픈 충동을 느끼게 한다. 마음에 촉촉한 기쁨이 오는 맑은 바닷가에서 나만의 독특한 휴가를 보내고 싶다. 거추장스럽고 인위적이기 보다 자연적인 길을 가고 싶다.
바다를 호흡하고 싶다.

생에 돈이 없어도 괜찮다. 명예가 없어도 괜찮다. 권력이 없어도 괜찮다. 조용히 말없이 자연 속에 살고 싶다. 소식이 끊긴 사람이 된들 어떠랴. 외로움과 쓸쓸함이 짙어진들 어떠랴. 자연으로 돌아가 자연 안에 누우면, 제도, 법, 틀, 형식도 등진 난 그래도 마냥 행복할 것이다.
가까이에 사람이 없어도 괜찮다. 혼자만 있어도 괜찮다 아무에게도 피해 주지 않고 자유를 누린다면 그뿐이다.
개인적인 삶에 자유를 누린다면 얼마나 좋은가. 존중할 인격체로 인정치 않고, 자기 뜻만 강권하며 머리 아프게 하고, 스트레스 받게 하는 일이 많은 세상인 것을. 가식 많고 배려 없이 자기 위주로 사는 이가 많은 것을. 자기밖에 모르면서 무엇이 최선의 것이고 무엇이 진실인지 깨닫지 못하는 탁한 사람이 군림하는 사회인 것을. 거짓에 얽매여 자기만 옳다 하는 것을. 자기만 옳다하는 것이 사람인 것을. 자신이 할 일은 행치 않고 남이 해 주기만을 바라는 것이 권위자인 것을- 할 도리를 다하지 못하며 사는 것이 사람인 것을……. 아! 그것이 어쩜 나였던 것을……. 이젠 자연의 길로 가고 싶다.
자연으로 돌아가고 싶다. 세상의 모든 것들이 천연의 자연 이듯이 맑을 수만 있다면 날개를 달고 훨훨 하늘을 날 것만 같다. 누더기 옷 한 벌 걸치고 문명을 떠나 살아도 기분 좋은 곳. 가식 없는 삶으로 나를 채우고 그냥 자유로이 흘러서 맑게 하루하루를 사는 천연의 길로 떠나고 싶다.
청정한 자연 속에서 호흡하고 싶다. 거기서 자연스러운 삶을 누리고 싶다. 영혼을 노래하며 춤추고 싶다.
가식 없는 삶을 누리며 편히 웃고 싶다.

고운 삶

금년 겨울은 곁에 피는 웃음이 있어 행복하리라.
그대는 행복의 터를 아시는가.
지금 내 가슴을 들춰 보니 안에 불량기가달음질을 친다.
"서로 간 반말을 해선 안 된다."
그냥 친구인 듯 "괜찮다." 말함으로 서로 편안하길 원한 적이 있기도 하다. 말의 응답은 상황에 따라 다르다. 한번은 집에 전화가 와 통화할 임에게 경어를 놓았다.
이로 인해 상대가 "멋있다."며 "한번 뵙고 싶다." 했단다. 그 말을 들었을 때 난 만감이 교차했다.
그 시절엔 금슬이 금줄이라 반짝임이 만개했다.
"보시게. 그세 못 참고 또 한 분이 질투하지 않던가. 너무 자랑 말고 소문내지 말고, 안에 고요히 청사초롱을 밝히시게나. 꽃다운 청춘에 다 피우지 못한 그리움을, 가슴에 핀 숯불로 벌겋게 달궈서 겨울 추위를 녹이는 밑거름으로 삼으시게."
그 말을 놓고 불현듯 한 느낌이 왔다. 사랑하는 이와 식지 않는 맑고 고운 정을 느끼며 사는 것. 그것이 가장 아름답고 맑게, 긴밀함을 유지할 것 같았다. 매일 새롭게 자그마한 일에도 세심한 배려로, 받기보다 주는 맘으로 구속치 않고 자유롭게 말하고 싶었다. 서로 존경받는 인격으로 승화될 때라야 인적人的인 새벽은 깊은 어둠을 뚫고 오지 않겠는가.
현재, 지금 이 시간들이 제일 중요함을 재인식하련다. 현재의 삶을 열심히 살자. 최선을 다한 열성을 두자. 삶은 내가 만들어 가는 것이니, 행복 또한 내 안에 있다. 환희와 빛의 날개를 파닥이며 오는 희망을 안에 두고 날마다 새롭게 날고 싶다. 매일, 매일 마지막 길을 가듯, 오늘을 값지게 살고 싶다.

서로에게 기대어 설 지지대 같은 '인人'자의 의미 같이, 늘 깨인 덕에 품는 마음을 주고받는 다정함을 누리고 싶다. 따뜻한 사랑으로, 품어주는 마음으로 하루하룰 살고 싶다. 편한 가슴으로 속삭이는 언어를 두고 싶다.

언제일지 정해진 시간을 알지 못하는- 죽음이 오기 전까지, 주는 최선의 사랑으로 행복을 누리면 좋겠다. 그 삶을 살고 싶다. 사람은 인품이 곱고 풍성한 지혜로 아름다워야 한다. 그래야 고운 삶을 누릴 수 있다.

'함께 있어도 그리운 사람.' 그 의미를 깊이 새기련다. 늘 참된 삶을 배우려는 사람만이 깨인 삶을 산다. 독서를 귀히 여겨 즐기는 이가 정신적 성장을 이룬다.

한자리에 머물지 않고 언제나 창조하고 개척하는 사람에게는 힘이 새롭게 돋는 법이다.

밝은 얼굴이 몸에 날개를 달 듯, 가벼운 맘도 다 꾸준한 노력의 덕임을 깨달아야겠다.

밤이 깊어간다. 눈꺼풀이 무거워지고 주체 못할 졸음이 몰려온다. 다시 밝은 내일을 꿈꾸며 편히 잠들어야겠다.

그녀가 좋다

그대를 살펴본다. 그대는 요란하지 않고, 늘 조용하고 차분한 마음이다. 청초함이 서린 여인이요, 외적 아름다움보다 내적 아름다움을 지닌 고운 사람이다.
안에 둔 것들을 자랑하지 않고, 영혼과 마음결이 부드러워 멋진 여인이요, 안에 별을 둔 여인 같다.
마음에 별을 품는다는 것은 실로 자신을 향한 가시덤불을 헤쳐 나가면서도 길을 트고, 스스로를 심는 경작의 터이다.
내면이 청정하여 부드럽고 고운 인품이다.
시, 사랑, 꿈, 낭만, 아름다움과 멋, 진실함 같은 것으로 날 가꾸며 영혼이 자유로워야 아름다움을 만끽하듯, 사람은 누구나 욕심을 벗을 때 참된 길 가게 됨을 인식하련다.
"예측할 수 없는 건 개구리 튀는 방향과 여심과 럭비공이 튀는 방향이라." 들은 적이 있다.
섭섭해도 겉으로 표현하지 않는 것. 울고 싶어도 들키지 않는 것. 보고 싶어도 참아내는 것. 이것이 습관이 된 삶은 고상할 것만 같다.
소박하고 순수하게 살며 책을 좋아한 젊은 날에, 거칠지 않고 때묻지 않게 지내려 애쓴 그 삶을 다시 지니고 싶다.
싱그럽고 밝은 낯으로 하루하루를 살고 싶다. 편한 마음으로 살고 싶다. 근심 걱정, 고통, 미움, 다툼을 버리고 웃으며 살고 싶다.
진지하고 맑고 고운 웃음으로 내 맘을 끌어당기는 그대여. 사랑하는 그대여, 늘 가까이 편히 오라.

그대로 인하여 울음을 울어도 좋다. 순수한 감성이 앞선 편안함으로 길을 가고 싶다. 삶은 거짓 없고 순수할 때 가장 아름답지 않던가.
자기만 아는 이기주의나 상대방을 헤아릴 줄 모르는 독선은 악이요, 불행이요, 아픔이며, 슬픔과 고통일 수밖에 없다.
그대여! 사람들이 아우성치며 요란한, 도시의 수렁보다도 자연을 더 좋아하는 날 기억해다오. 날 이기는 인내, 끊임없이 일어서는 독한 열정을 두고 싶다. 아픔이나 고난, 울음을 이기기 위한 큰맘을 두고 싶다.
추함 없는 순박한 마음이고 싶다.
고운 마음을 두고 서로를 아끼고 사랑하며, 인내로 세상의 고난을 극복하는 삶이고 싶다. 당신의 사랑 안에서 영원히 숨 쉬고 싶다.
언제나 변함없이 진실한 마음으로 그대를 보고 싶다.
힘들고 어려울 때는 언제나 믿음의 길에 들자.
세상살이는 마음먹기에 달렸다.
아무것도 염려하지 말고 있는 그대로를 긍정하며 살자. 믿음 안에 곧게 살자.
마음 문 열어 그대를 안으리라.
'초연'의 사랑으로 그대를 보리라.

—

사랑은 형식이 아니다.
자신만의 고집도 아니요, 편견도 아니요,
마음과 정성을 다한 애씀을 상대에게 부여하는 일이다.
사랑은 상대를 존중하고 귀히 여기며
기쁨과 즐거움이 있도록 힘쓰는 일이다.
희생이요, 봉사요, 정을 주는 일이다.
받는 것이 아니라 주는 것이다.
사랑은 상대를 행복하게 한다.
기쁨과 즐거움과 밝음을 누리게 한다.
편한 세상이 되게 한다.

4.
사랑에 닿다

백령에 매단 팽팽한 로프처럼

쉬게 가슴이 터질 벅찬 감성을 열고, 절절한 사랑으로 다가설 수 있는 사람다운 사람을 만나고 싶다.
보고 싶을 때 보지 못하면 무너져 내리는 아픔과 애절함이 있듯, 가슴 깊이 젖는 진실과 믿음을 말하고 싶다.
자연적 사랑을 둔 인간을 만나고 싶다.
언제나 죄 된 곳에 눈을 돌리지 않고 부르면 쉬 대답하고 반응하는 지혜와 지식이 있는 그대를 만나고 싶다.
잡초더미에 붙는 불. 순간에 타오르는 휘발유에 붙는 불과 같은 사랑이 아니라, 마음에 타는 불과 같은 사랑!
양초같이 녹아들며 자신을 태우고도 부족함을 느끼는 진솔한 맘을 지닌 그대를 만나고 싶다.
속임이나 거짓도 없고 마음 주고 또 주어도 부족한 사랑!
금방 무섭게 불타지 않아도, 하얗게 바스러질 잔재로 남을 때까지 맘에 타는 사랑을 지닌- 생의 부분 부분을 음미하듯 마음이 절절한 그런 사랑을 두고 싶다.
조건도, 이유도 없이 서로 생각이 같아 영혼의 아름다움을 꽃피워 가는 곱고 맑은 사랑을 말하고 싶다.
그저 바라만 보아도 가슴이 쿵쾅대는 그 사랑을 하고 싶다. 그런 사랑을 누리고 싶다. 입술은 봄볕 같은 따뜻함을 전하고, 눈은 부드러움이 가득해, 두 손 맞잡아 기쁨으로 나아가는 그 사랑을 지니고 싶다. 가슴이 쿵쾅거리고 저리도록 순수한 그 사랑을 두고 싶다.

기쁨과 즐거움이 가득한 사랑을 품고 싶다. 서로를 바라보는 눈은 맑게 빛나면 좋겠다.
삶이 아름다워 서로 간 믿음과 사랑으로 힘 얻는 그 기쁨으로 가슴을 띄우는 행복 안에 살고 싶다.
둘이 함께 있는 밤이면 촛불을 켜고 싶다. 마주 앉아 찻잔을 드는 밤이고 싶다. 뜰엔 불을 피워 놓고 하늘을 얘기하고 싶다. 별을 노래하고 싶다. 한 번이라도 더 따뜻한 말로, 도란도란 일상을 말하고 싶다. 마음 다한 눈빛으로 그대를 보고 싶다. 감미로운 음악에 취하듯 그대에게 취하고 싶다.
가능한 한 시간을 내어 그대랑 조용한 산길을 걷고 싶다.
편히 대화하며 하늘에 이르고 싶다.
무수한 언어의 틈바구니마다 절절한 정과 지식과 사랑이 배어나 함께하는 시간을 빛나게 하고, 가슴 떨리는 기쁨이 넘치는 행복한 시간을 누리고 싶다.
출렁이는 바다에 이르러 바다를 이야기하고 싶다. 밤 해변에 앉아 파도가 들려주는 음악에 젖는가 하면, 가식 없이 순수한 몸으로 밤바다에 퐁당 뛰어들어도 좋을, 자연을 벗한 자유인이고 싶다.
산에 오르며 산을, 숲에선 숲을 얘기하고 싶다.

"담 너머서 울려주는 갈채 같은 것만으로
애인도 없이 살다간 뮤즈가 있다면
상장에 꽂은 백장미 모양
쓸쓸한 영광에 입맞춤한 그뿐이지!
나야 이 세상을 다 잃더라도
멋진 사랑 하나 얻어 살고 싶단다.

백령에 매단
팽팽한 로프처럼
준엄한 절대의 사랑 하나 얻어 살고 싶단다.”

· 시 저자는 모름. 외국인임.

이詩를 품는 최선의 사랑을 갖고 싶다.
조건과 외모보다 순결한 아름다움, 내적 영혼으로 오가는 진실을 말하고 싶다.
마음을 나누지 못해 안타깝고 애타는 사랑일지라도 언제나 갈구하며 다가서는 사랑－세상에 속한 욕심보다 서로의 마음 헤아리며 미소 지을 수 있는 그런 사랑을 하고 싶다.
사랑하는 사람아, 그대가 그립다.
그대랑, 준엄한 절대의 사랑을 누리고 싶다.

아름다운 사랑을 꿈꾸며

희야, 가만히 그대의 이름을 불러본다. 그윽하고 포근한 마음으로 맑은 하늘을 바라본다. 그대를 그려본다.
그대와 더욱 쉽고 편한 삶이 그립다. 뛰는 맥박과 숨소리를 들으며 깊은 얘길 나누고 싶다.
외진 호숫가에 무늬 지는 불빛 아래, 분위기 넘치던 가을 숲에서 그대와의 대화를 꿈꿔본다.
그대여! 곱고 아름다운 생을 말해다오. 늘 편안한 맘으로 기쁘고 즐겁게 날 맞아다오. 주어진 환경과 여건을 지울 순 없으나, 편한 만남을 이루는 시간엔 다시없는 애틋함과 절절함으로 서로를 열면 좋겠다.
둘이 함께 바람처럼 가볍게 달리고 싶다.
함께하는 시간이면 생각을 높인 대화로 기쁨이 넘치면 싶다. 기발하고 독특한 느낌과 상큼함이 흐르면 좋겠다. 봇물 터지듯 맑은 대화가 냇물을 이루면 좋겠다. 편안한 서정의 풍경과 함께 자연의 길을 얘기하고 싶다.
행복한 시간 시간, 가슴엔 기쁨이 가득하면 좋겠다.
그대여, 마음 통해 한 느낌을 갖는다는 게 얼마나 좋으랴.
함께한다는 그 행복을 알 것 같다. 이젠 삶의 어려움을 치우고 기쁨으로 가득 채우고 싶다.
오늘도 어둠을 접고 좋은 느낌에 빠져든다. 튄 영혼이 서로에게 더 세세히 전해지면 좋겠다.

"그토록 사랑했던 사람이 별세한 날, 거기 자신을 드러낼 수 없고, 펑펑 소리 내어 울 수도 없었다."는 한 여인의 얘기를 들었다. 순간적으로 코끝이 매웠다.

마음과 마음을 다한 이들의 사랑은 어떤 것일까.

욕심이나 꾸밈도 없는 진실한 사랑과 맑고 정한 영혼으로 우린 늘 같이 서면 좋겠다. 날마다의 삶이 더욱 알콩달콩 행복했으면 싶다. 지혜롭고 멋지고 진실하고 아름다운 사랑이 있어, 살맛이 나고, 맑고 곱고 아름다운 나날이 되면 좋겠다.

그런 길에 서서 하하 웃고 싶다. 세상에 매여 허덕이거나 울지 않고 편할 수 있다면 좋겠다.

그대여, 하늘저수지가 열린 듯 흐리게 비가 쏟아진다.

흙살을 적시며 포근히 스미고 또 스미는 비, 비, 비…….

이 비를 흠뻑 맞고 싶다.

자연의 길에서 넉넉한 마음을 두고 싶다.

영혼도 비 같이 감성과 이해와 믿음과 아름다운 사랑으로 촉촉이 적셔지면 좋겠다. 물방울로 싱싱함을 더하며 맑게 씻기어지는 초목들 모양, 그대로 인하여 맑고 고운 또 하나의 색다른 길을 열고 싶다.

믿음 안에서 하늘을 바라보고, 세상을 이긴 편안한 맘으로 기쁨과 행복을 만끽하는 좋은 날이고 싶다. 자유혼으로 날갯짓하고 소박하게 맑고 진실한 사랑을 말하고 싶다.

구김 없는 생각으로 그댈 부르고 싶다.

하나 된 마음으로 웃고 싶다. 그대랑 맑고 밝은 하늘을 보는 기쁨을 누리고 싶다.

그대 그리고 나

그대는 하늘을 닮은 맑고 깔끔한 인상이었다. 고운 눈망울을 지닌 여인이었다. 숱한 날을 그리움으로 태워 안에 등불을 켜 온 사람이었다.
생이 가을된 기억 속에 그대가 꽃으로 피어 환해졌다.
싱그럽고 밝고 아름다웠다.
지울 수 없는, 선연한 미쁨인 그대는 코스모스를 닮았다. 수선화를 닮았다. 들국화를 닮았다. 처녀수 같은 맑은 물을 닮았다. 송송 솟는 샘물을 닮았다. 천연의 바다를 닮았다.
밝고 맑게 빛나는 밤하늘의 별을 닮았다.
슬지 않는 기억에 그대가 아름다울 수 있음은, 흔들림 없는 진솔한 심지! 그 순박함 때문이리라.
그대의 아름다움은 외모만이 아니었다.
맑은 영혼과 선함을 지닌 고운 마음도 있었다. 순수 영혼이 피던 그때, 그 젊음이 오뚝 설 때였다.
그대의 얼굴빛은 별같이 반짝이며 확연히 선명했다. 오염되지 않은 섬 같은 느낌. 맑음의 빛깔이랄까.
언젠가는 그댈 모델삼아 생각이 튄 글을 쓰고 싶다. 수십 년을 걸려서라도, 세월을 이기고 인내하며 꼭 좋은 작품을 출산하리라. 정한 글을 쓰고 싶다. 독한 일이 파고들어 생각을 깨우면, 그때는 심혈을 기울인 터에 글쓰기가 훨씬 쉬워지리라. 그땐, 곱고 아름다운 사랑을 말하리라. 그대를 그리리라.

때론 성난 듯 바다를 들썩이게 하는 헤일이 되고, 바위가 깨지는 울림이 온다 해도 마냥 그대를 생각하리라. 하늘이 먹구름 속에서 우는 천둥이 되듯이, 이제는 힘차게 동하는 달음질이 있으리라. 감동 있는 글, 느낌이 좋은 작품을 써 보리라. 황홀하고 짜릿한 전율의 울렁임으로 쿵쾅대는가 하면, 뜨겁고도 뜨거운 감성으로 마음을 돋우고 싶다.

한 줄의 명언을 남기고 싶다.

이제는 인내한 기쁨을 말하련다. 즐거움을 말하련다.

맑고 좋은 글을 써내기 위한 애씀을 지니련다. 그때를 위해 더욱 맑아지고 싶다. 더욱 순수해지고 싶다. 산, 숲에서 비롯되는 맑은 물의 근원을 닮고 싶다.

깬 맑은 영혼이고 싶다. 깊은 산골짝의 청정함이고 싶다.

진정한 사랑을 앓는 사람들은, 사랑하는 사람이 곁에 있어 살만한 세상이라 말한다.

맑은 자연을 좋아하고 진실을 사랑하는 사람은 순수하다. 그 순수함은 편안하고 즐거운 길을 열게 한다. 순수한 영혼으로 바라보는 세상은 아름답고 고결하다. 아름답고 고결한 만큼 행복하고 즐겁다. 그리하여 넓고 편안한 마음이 열린다.

내 맘을 열게 하는 그대여!

그대가 있음으로- 그대가 있음으로 나는 행복하다.

때론 마음에 하늘의 별이 있어 행복하다.

오늘도 새로움을 꿈꾸며 맑은 하늘을 바라본다. 환하게 가슴이 열린다. 맑은 음악이 들릴 것 같다.

그대의 목소리가 들릴 것 같다.

그대여 오라

그대여, 내게로 오라!
삶의 끝에 도달한다 해도 더 새롭게 부르고픈 이름— 영혼이 트인 맑고 고운 사람아 내게로 오라.
이랑이 이는 가슴에 오는 잔잔한 기쁨의 소릴 듣고 싶다.
세상의 형식은 저만큼 밀어놓고, 절대의 그 믿음에 하얗게 길들여져서, 쏘는 시선, 해맑은 영혼으로 그댈 보고 싶다.
거리를 두어 그리움인 삶이 더 섬세히 가까워지면 싶다.
사는 날까지 즐거움이면 좋겠다. 긴 것 같지만, 남겨진 우리네 삶의 기간이 길지만은 않다. 그러므로 우린 진실함과 사랑으로 편하게 살자. 인정에 꽃 피고 관심과 배려함이 상큼하여서, 서로 바라보는 눈부심이 하늘에 이르도록 나아가 보자.
아아, 눈물 글썽이며 달려와도 좋을 그대를 그리련다.
고통과 아픔 없이 품을 그 사랑을 두고 싶다. 그대에게 빠져 눈멀고, 그대에게 빠져 헤맨다 해도, 그대로 인하여 웃는 기쁨의 날들이고 싶다.
그대로 인하여 따뜻하고 싶다. 그대로 인하여 웃고 싶다. 그대로 인하여 편안하고 싶다.
미움, 다툼, 원망도 없이 오직 서로의 가슴속에 애틋함으로만 채워지는 사랑이면 얼마나 좋으랴.
오라. 그대여, 오라. 가슴 활짝 열고 기다리다 널 맞으마.
순결하고 아름다운, 맑고도 선한 영혼으로 그대여 오라.

이제 우린 삶의 끝 날까지 사랑으로 눈멀어 있자. 세상의 허울 많은 형식을 벗고, 추한 탐욕도 칼질하고, 속된 자랑도 무덤에 묻어 두자. 귀한 삶과 큰 기쁨도 함께 품고 살자.
위선 가득한 삶을 벗어나 하하 웃으며, 가슴이 두근거리는 전율로 오는 행복 같은 것.
그 눈빛 안으로 들어가 보자. 그 밝은 길에 들어가 서로를 의지하며 살자. 순수함으로 기쁨을 지니고 즐겁게 살아 보자.
눈물에 눈물을 거듭하는 슬픔일랑 강물에 띄우고, 기쁨에 기쁨을 거듭하는 나날을 열어 가 보자.
넓고 크고 넉넉하고 편하게 살자. 넉넉한 생각을 둔 편안한 마음으로 살자. 애틋한 정을 한껏 가슴에 부비면서, 신실한 가슴에 그대가 가득하도록. 오늘도 쉽게 내 영혼을 맑히고 싶다.
삶의 아픔과 고단함과 고통일수록 밝게 열고픈 가슴을 두고, 그댈 향한 진심을 지닌 채 자연의 길을 걷고 싶다.

그대여! 오늘밤은 유달리 별이 밝다. 초롱초롱한 느낌이 그대를 닮은 듯하다.
가을이 그대 생각을 품었나 보다. 맑은 바람이 오는 가을의 정취에 취하여 숲길이나 들길로 걸음을 딛고 싶다.
그대가 옆에 동행하면 좋겠다.
오라. 그대여, 오라. 내 기다림의 뜰로, 속히 바람처럼 달음질쳐 오라.

함께하는 마음

서로를 인정하고 배려하며 지혜롭게 사는 부부는 행복하다. 각자 힘써서 자기 책임과 의무의 몫을 다함으로 얻어지는 기쁨은, 먼저 현실을 만족할 줄 알아 긍정적이다.
늘 진실하게 살며 정직하고 이해하는 길을 갈 때 꽃이 핀다.
부부의 행복은 서로 간 믿음과 신뢰를 바탕으로 열린다.
한쪽의 노력만으로 되는 것은 없다.
서로를 인정하고 맞춰가며 새롭게 발전해 감이 중요하다.
생각이 건전하고 올바르며 영혼이 깨끗하다면 그 길은 복된 삶을 누리기에 충분하다. 서로 돕고 이해하며 봉사하고 희생하며 살자.
선하게 돕는 행동과 언어가 애틋한 부부애를 꽃피움은, 봉사하고 존경하고 돕는 생이 중요하다.
어두운 영혼과 막간 양심은 이기주의적 현상을 만든다.
혼자 힘을 쥔 고집이 강한 길이어선 안 된다.
기본도, 원칙도 없는 편파적인 환경이어도 안 된다.
선정적이거나 사회파괴를 부추기는 일이 많기 때문이다.
배울 것도 느낄 것도 없는, 감동보다 식상하고 퇴폐적인 이야기로만 달리는 일이 없으면 좋겠다.

국가와 민족을 위한 개념을 지닌 사람이 많아지면 좋겠다.
개인적 욕심보다 봉사가 많아지면 좋겠다. 혈세를 너무 쉽게 쓰지 않고, 확실하고 철저한 세금관리에 힘을 쏟으면 좋겠다. 진정 국가와 국민을 위한 정치인과 공무원이 많으면 싶다.
폭 좁고 질 낮은 생각과 부패한 길을 가지 않으면 좋겠다.
희망이 없다고 아파하고 슬퍼하는 사람들을 보라!
자신만 옳고 남은 틀렸다는 이들을 생각해 보라. 거짓과 권위, 욕심과 자랑만 넘쳐선 안 된다. 바른 교육이 없어 불행한 가정이 될 수도 있다. 교육의 중요성과 독서의 길을 깨닫거나 알지 못한 탓이다. 이는 뭔가 잘못되어도 한참 잘못된 일이다.

오래전 한 책에서 읽은 얘기다.
"한 사람이 집수리를 위해 벽을 뜯었다. 그런데 거기 한 마리의 도마뱀이 못에 박힌 채 살아있는 것이 아닌가.
그 못은 십여 년 전 공사하며 박은 못이었다.
도마뱀은 무엇을 먹고 살았나 궁금해졌다. 호기심이 발동한 집주인은 공사를 중단하고 연일 도마뱀을 관찰했다. 그런데 한 도마뱀이 먹이를 물고 살금살금 다가오는 것이 아닌가.*
그 수많은 나날을 먹이를 물어 날랐던 것이다."
비가 오나 눈이 오나 십여 년간이나 먹이를 물어다 준 인내와 사랑! 사람의 얘기가 아니라 도마뱀의 얘기였다니– 이 지극하고 끈질긴 숭고한 사랑 얘기에 가슴이 뭉클했다. 한갓 미물도 이러하거늘!
그대여, 맺힌 인연– 사랑함으로 곁에 있어 힘이 돼야 할 사람을 어찌 대하고 있는가? 새로운 출발, 도전이 될 수 있도록 그 사람 곁에 인내하며 설 순 없는가. 하나의 행복, 따뜻함을 위하여 힘써야

* 일본식 집 벽의 내부는 나무로 얼기설기 대고 밖에 흙을 발라 벽을 만듦. 벽 속이 비어 있는 경우가 많음

함을 느낀다.

행복을 위해선 마음이 선하고 진실해야 하리라. 속임으로 거짓되고 악하면 상대뿐 아니라 모든 사람들에게 신뢰 받지 못하고 결국 어둠에 빠진다. 생각이 곱고 바른 사람에겐 마음의 평화가 있다. 바른 삶이 있다. 기쁨이 있다. 명확히 옳고 그름을 판단하여 좋은 세상을 만들어 간다.

누구나 행복을 위해선 정신이 아름답고 깨끗해야 한다.

정신이 아름답고 깨끗한 사람은 행복하다. 그에겐 즐거움과 미소가 있다. 사랑이 있다. 평안이 있다.

그들은 감화력과 판단력이 있어 지혜롭게 말한다. 언어 한마디가 빛을 발할 때가 많다. 감동적인 삶, 인내하며 승리키 위해 우린 날마다 배워야 한다. 지혜를 얻기 위해 많은 책을 읽고 다각도로 사고를 높여야 한다. 결과를 예상하고 분석해야 한다. 양심의 소릴 들어야 한다.

그대와 크고 넓은 생각을 품고 편히 대화하고 싶다. 이름 없는 들풀에도 애착이 느껴지고, 스치는 바람에도 숨결이 느껴지는 섬세한 삶이면 좋겠다. 가정에 대한 배려는-.

깨달음과 느낌과 감동이 풍부하면 좋겠다. 그대와 연관된 정한 기쁨이 많아지면 좋겠다. 크고 진실하며 귀한 생각의 나눔이면 싶다. 곁에 있어도 그대가 보고픈, 그 삶을 살고 싶다. 서로 노력하는 새로운 느낌을 공유하고 싶다.

날마다 발전되고 변화되면 좋겠다. 늘 새로워지면 좋겠다.

가족의 행복은 서로 아끼고 희생하며 서로를 향한 배려와 신뢰와 믿음 안에 있다.

나를 더 주려는 마음, 진솔한 대화가 필요하다. 자기주장만 강하고 군림하려고만 해선 안 된다. 내가 제일이라 교만해선 안 된다. 어렵고 힘들수록 함께하는 삶과 먼저 주려는 마음과 마음, 다한 정성이 필요하다.

이것이 행복의 필수 조건이다. 기쁨을 얻는 길이다.

그대여, 느낌이 있으라.

쉬 깨달음을 얻으라.

사랑아, 따뜻함이련다

가슴이 탄다. 말없이 안에 감추어 둔 뜨거운 사랑으로 고뇌하고 아파하며 마지막 편지를 쓰듯이 가슴이 탄다.

나의 사랑아, 그냥 미지근한 형식의 사랑이 아니라 애틋한 감정으로 서로를 느끼는 참된 사랑을 품고 싶다. 마음 가득 진실을 채우고 설렘으로 그댈 보고 싶다. 쓸쓸하게 비어 있는 가슴이 아니라 언제나 따뜻함이 가득한 마음으로 그대를 부르고 싶다. 관심을 버림 없이, 사랑함으로 따뜻한 나날이면 싶다. 그 행복을 누리고 싶다.

좋은 느낌이 남아 매력을 두듯, 삶이 힘겨우면 힘겨운 대로, 기쁜 날은 기쁜 대로 순응하며 살고 싶다. 때론 아픔과 고통이 있을지라도, 희망을 향해 나아가고 싶다. 아픈 만큼 웃을 줄도 아는 여유를 지니고. 어떤 일로든 편히 바라봄만으로도 그대에게 위로 될 필요한 인물이고 싶다.

이 세상에서 그대를 돕고 지키며 살고 싶다.

아픔 있을 때는 더욱 가까이 오라. 그대여, 힘들 때일수록 더욱 가까이 오라. 어떤 투정, 무슨 말을 해도 친구가 되어 드리리. 마음 열어 드리리.

다 말하고 싶어도 말이 되지 않은 날에 결국 안에 감춘 말을 죽여야 한데도, 그냥 함께 있을 수만 있다면 얼마나 좋으랴. 사랑은 말로만 표함이 아니라 행함과 느낌을 주는 것이려니. 가슴 타는 일을 어찌 다 말할 수 있으랴.

세상이 우리를 외면하며 힘들게 해도, 환한 웃음을 내보이며 진심으로 그대를 맞으리.
아무리 괴롭고 어려운 상황에도 서로 힘과 위로가 되면 싶다. 천천히, 차분하고 강하게 힘을 돋우면 좋겠다. 그대가 곁에 있어 행복하다. 마음이 편안하여 기쁨이 크다. 서로가 걱정 근심 없이 살고 있어 기쁘기만 하다. 가만히 가슴이 뛴다.
세상일이란 언제나 "어둠이 가고 말면 태양이 빛나는 법." 밤이 지나면 아침이 오고 태양이 뜬다.
먹구름이 아무리 두터워도 하늘은 다시 제 빛을 발한다. 극한의 상황에서도 몸부림치는 노력으로 희망을 보리라. 그것이 행복인 것을…… 그것이 힘이 되는 것을 알련다.
힘겹고 아파도 함께하는 사랑을 누리고 싶다.
가슴 가득 힘을 채우고 싶다.
사랑아, 수십억의 인구 중에 만남을 이룬 우린 얼마나 소중한 인연이랴. 따뜻한 가슴을 열지 않을 수가 없다. 서로 아끼고 위로하고 베풀고 내놓아 주는 삶을 지니자. 그 안에 있자. 그 사랑을 지니자.
생각해 보라. 세상은 다 아름다워 보여도 보이는 대로가 아니다. 아무리 멋있고 화려한 모습에도 감춰진 아픔은 있다. 그늘이 있다. 고통이 있다. 완전한 사람이 어디 있으랴. 장점만 보고 사랑한다면 장사치의 흥정과 다를 바가 없단다.
인격과 품성을 갖추고 꿈과 아름다움을 소유하며, 귀하고 참된 믿음으로 살고 싶다. 이를 얻어 살고 싶다면, 그건 내 맘먹기에 달렸음을 잊지 않으련다.
삶은 생각이 어떠냐에 달렸다. 따뜻하고 싶다. 오늘 현재의 일에 충실하고 싶다.
그대여! 맑고 아름다운 사랑의 주인이 되어보자. 마음을 활짝 열고 멋과 낭만을 찾아 떠나보자.
그대여! 습관처럼 안에 부르는 그리움이 있어 가슴이 탄다. 모닥불 같이 활활 가슴이 탄다. 붉게 탄다. 동백이나 장미처럼, 접시꽃처럼 안에 감정이 붉다. 참아도, 참아도 목이 메는 지금. 난 새로운 깨달음을 얻는다.
타는 만큼 사랑을 알겠다. 행복을 알겠다.
그대를 그려본다. 사랑아 따뜻함이련다. 그대를 생각할수록 뛰는 가슴, 그 마음으로 웃고 싶다.

봄날의 편지

훗날 혹여 이름이 커진 날이 오거든, 나보다 더 오래 살다가 이 글을 경매 붙이는 일이 없기를……. (ㅎㅎ 웃기 위함일세)
"저한테 늘 참 관대하십니다. 모든 여성에게 다 그럴 테지만……."
그대가 한 말에 글쎄, 뭐라 답해야 할지 모르겠네. 사람은 누구나 자기 주관으로 생각하고 해석하지 않던가.
'모든 여성에게'라 생각지 말게. 다는 아닐세. 사람에 따라 다르네.
그댄 응원의 깃발을 들었고, 힘을 돋우지 않았는가.
두루 적용키도 하나, 관대하다는 건 참 고맙다 여기려네.
독하지 못한 마음이 때로는 상처받고, 자신을 아프게 하며 힘들게 한다지만, 여기엔 선별하는 맘을 기쁨으로 남기려네.
내가 막된 무지한 사람이라 광고할 수는 없지 않는가.
그대가 한 말, 말이 적었다 하진 않으리다. 후훗- 그렇다고 핀잔을 주기 위함이나, 잘못을 탓하거나, 구박하는 건 아님을 믿어 주시길. 반가움과 관심과 믿음으로 인하여 들뜬 마음- 그로 인하여 대화가 길어졌음을 왜 모르겠나. 솔직히, 그래서 이리 대꾸하며 그대를 놀리려 드네.
처음 전화를 하던 날. 그날은 결혼기념일의 식탁이 펼쳐져 있었네. 붉은 와인 잔이 있고, 식탁이 풍성해 옆지기가 날 기다리는 맘이란 특별했으리라 여기네. "괜찮다."고 표현은 간단히 했지만, 그 맘이 오죽 했겠나. 날 이해해 주시게. 자넬 탓함은 절대 아니네. 그날, 짝꿍에게 조금 미안하더이-

하지만, 그뿐! 옆지기가 '팬에게 잘 함도 중요하다' 해서 마음이 편했네.
사람에겐 누구나 감성이 앞서는 경우도 많으니. 참 고맙네.
자네의 전화가 관심의 표현임을 알기에 고맙고 감사하이.
사람은 누구나 관심과 이해가 중요하잖은가.
이해하시게. 생각잖게 많은 말을 했으니 말일세. 하지만 다음에는 그렇지 않으리라는 약속은 않겠네. 지키지 못할 약속보다 약속치 않고 성의를 보임이 낫겠지.
주신 것들 잘 받고 있네. 참으로 고맙고 감사하이. 그렇게 마음과 관심을 준 바를 잊지 않겠네.
글로, 아닌 듯 더러는 딴 맘을 보임은 아픔도 있고 날 반성하는 마음일 수도 있네. 세세히 내 마음을 들여다보는 계기가 되기를 바라네.
편지 받고 무척 고마웠네. 또 미안해하지 않아도 괜찮네. 다 이해되는 일이니. 바삐 사는 가운데 관심을 주어 고맙고, 넉넉한 마음을 자주 생각하고 있네. 행복한 일일세.
어제는 모처럼의 휴일을 즐겼네. 봄이 물오른 산은 초록의 향연을 펼치고 있었네. 볼수록 어찌나 색들이 다양하던지. 자연 속 가랑비를 맞으며 골안개 피는 산길에 걸음을 두고, 바라봄만으로도 나는 행복하였네. 거기 흘려버린 마음도 봄을 닮은 듯하이. 쑥 향도 맡아보고, 무더기로 핀 제비꽃과 이름 모를 작은 꽃들도 구경하다 온 하루는 참으로 즐거웠다네. 산골짝에 흐르는 맑은 물길- 맑은 물길은 또 얼마나 좋던지!
시간의 여유를 찾아, 봄맞이하면 어떨지.
뜻있는 날 되기 바라며, 오늘은 이만 필을 놓으려네.
건강하고 즐겁게 잘 지내시게. 행복하시게.

은하수를 바라보다

행복하려면 자신을 깨우는 바른 정신이 있어야 한다. 순리대로 하늘을 보며 살아야 한다. 세상의 조화란 환경과 순리를 따름이다.
느린 걸음을 걷기도 하고, 더운 열기를 식히기도 하며 스스로
주어진 일에 순응하며 편안함을 지녀야 한다.
정한 목표를 향해 성실하고 강한 노력이 있어야 한다.
그것이 조화로운 길이요 남다른 삶을 사는 길이다.
어둠을 만들거나 삐꺽대는 행위로 아픔을 돋우기보다 자신을 조절할 수 있음이 얼마나 위대한가.
사소한 일로, 쌓아올린 산을 허문다는 건 슬픈 일이다.
견우와 직녀 앞에 놓인 은하의 길 같은, 인내와 기다림의 시간은 더욱 성숙한 자아를 형성할 것 같다. 행여 뜻대로 되지 않더라도 슬퍼하진 말자.
견우, 직녀가 미리내 이편과 저편에서 울며 아파함을 그려본다. "직녀는 착하고 똑똑 했고, 견우는 씩씩하고 준수했다." 한다. 그들은 사랑에 너무 빠져 게을러졌으며 결국은 떨어져 있게 했다. 은하수의 동 서쪽으로 나뉜 것이다. 그리하여 칠월 칠일에만 만남이 허락되었다. 그들은 사랑이 깊어 보고픔과 애탐으로 눈물이 많아졌다. 그 눈물은 비가 되었다. 그들이 울 땐 비가 내린다. 그들에겐 은하수의 강을 건널 수 있는 방법이 없었다. 강을 건널 수가 없어 가슴이 아팠다.
결국은 이들을 보다 못한 까마귀와 까치가 이들을 돕기로 했다. 의

리 있고 정 많은 까마귀와 지혜로운 까치였다.
그들은 칠월칠일이면 견우와 직녀를 위해 줄을 놓게 되었다.
오래전 옛날에 들은 얘기다. 견우, 직녀의 만남을 그려본다.
그리움의 꽃이 되는 고운 사람들 모양, 참되고 옳은 길이
무엇인가를 스스로에게 묻는다. 더 맑고 아름다운 길을 가도록 머리의 눈을 뜨련다. 사람은 밝은 생각과 곱고 아름다운 삶으로 행복을 누린다. 맑고 깨끗한 자연으로 평안을 누린다.
성하星河를 바라 볼 수 있는 청정한 자연이 그립다.
청정함이 있는 그 섬에 가고 싶다. 은하수가 환히 반짝이는 그 곳에 가고 싶다.

사랑하는 사람아!

매일 감동적인 말로 그대에게 기쁨을 주고 싶다.
깨달음의 길을 열고 기쁜 정을 나누고 싶다.
슬픔의 낱말과 아픔의 감정에도 흔들림 없이 소박한 꿈을 전하며 첫 만남의 때를 높이고 싶다.
늘 부푼 감동과 사랑을 둔 삶을 누리련다. 알알이 소중한 시간을 지니련다. 그리하여 뼈가 삭아 내리는, 가슴을 짜내는 절절한 심정으로 그댈 보련다.
정성을 쏟지 않거나, 최선의 노력으로 힘을 쓰지 않고서는 결코 "사랑한다." 말할 수 없으리라. 절절하거나, 치열하여서 고통이 아무리 크고 힘들어도 그 시련이 날 깨우고 성숙케 하는 과정임을 깨달아, 감사하는 마음으로 밝게 살고 싶다. 마음의 평안과 즐거움은 보약과 같다.
"어둠 속에서도 달관하는 사람이 되라." 자전하고 싶다.
얼굴이 맑고 밝으며 언어가 통통 튀면 좋겠다. "잘될 거야. 괜찮아." 늘 날 깨우는 삶이면 싶다. 큰일이 아니면 관용으로 품어주는 넉넉함이고 싶다. 까짓것 아무리 어려운 일도 훌훌 털며 살고 싶다.
세상 꽃들이 아름답다 하나, 고운 사랑을 지닌 맑고 참한 마음보다 아름다울 건 없다.
"나그네 같은 인생길. 모래알 같이 숱한 사람들 중에서 인연된 당신은 참 좋은 사람이었어요."
인생이 끝날 때도 그리 말할 수 있어야 하리라.

아내의 매력은 정숙함과 사랑스러움이라면, 남편의 매력은 박력과 너그러움과 희생 봉사가 아닐지! 생각대로, 있는 그대로를 인정하며 사랑하고 싶다. 사랑, 그 자체로만 그댈 바라보리라. 진실하고 복된 사랑은 행복이요, 기쁨이요, 편안함이다.

실수, 잘못이 있을 지라도, 쓸쓸함과 기쁨과 그대의 낭만과 짜증, 습관, 약점, 부족함, 그 모두를 품어 이해하리라. 단점도 사랑하도록 애쓰리라. 순간의 아픔, 그 아픔마저 살필 수 있다면 얼마나 좋은가.

젖어오는 전율의 느낌 안에서 나 자신을 돌아보고 싶다. 눈물겹도록 사랑의 글을 쓰고 싶다.

언젠가는 극적으로 말할 언어를 찾아 이 설렘을 말하고 싶다.

서로를 지킴은 기쁨과 즐거움을 주는 일이다.

진실로 베푸는 사랑으로. 좌로나 우로나 치우침 없이 상대가 원하는 것마저 알고 행하면 얼마나 좋으랴.

"날마다 칭찬하고 응원하며 살리라."

서로 영혼이 통하는 사랑은 참으로 멋지고 아름답다. 사랑할 수 없는 것마저 품어 주는 것이 사랑이다. 생산적이고 발전적인 대화를 나누며, 다투지 않는 것은 참 중요한 일이다.

이는 서로의 노력, 고운 마음에서 비롯된다.

사랑하는 사람아!

그대로 인하여 아파하고 울음 울지라도, 곁에 당신이 있어 행복하다. 그대가 곁에 있어 기쁘다.

늘 편안한 맘으로 그대를 보고 싶다.

그래도 소중한 사람

집 떠나 머물던 어느 날, 한 이름 둔 이에게 전화를 걸었다. 감미로운 사랑과 따뜻함을 기대하면서…….

"보고 싶고, 힘들게 그리워지네."

집을 떠나온 지 하루만이었다. 약간은 장난기 어린 말을 했다.

"아니, 본 지가 얼마나 됐다고 그러셔?"

그는 현실적인 말을 했다. 그런데 난 그 말에 섭섭함이 느껴졌다. 오가는 마음이 하나로 타올라야 더욱 높은 곳으로 이를 수 있으므로 "찬물을 끼얹는 말은 금하시라." 부탁을 했다.

실언을 느낀 탓인지 웃음으로 다독거렸다. 애교와 따뜻함을 표하기가 쉽진 않은 모양이다.

그래서 마음 편히 생각했다. 사람이 더 가까워지고 친해짐은 영혼의 교감이리라. 함께 사는 생엔 그것이 필요하다 여겼다. 사람은 아는 만큼 지혜롭고 지식이 쌓이므로 지혜를 높일 수 있도록 더욱 친근해야겠다.

감성과 이벤트가 함께해 서로 마음이 비추이는 삶이면 싶다. 어쩜 기대 밖으로 튀는 즐거운 언행이 필요하리라. 감미로움이 있어야 하리라. 그래야만 혼자 계획해도 둘이 행하는 소풍이 되리라.

행복한 가정을 이룸도 마찬가지라 여긴다. 둘이 하나 되는 맘으로 웃어야 하리라. 늘 새롭게 노래하는 삶이면 싶다.

그 길을 가고 싶다. 날마다 몸도 마음도 생각도 밝게 지니려 노력하면서, 밝고 환한 길을 가고 싶다. 편한 길을 가고 싶다.

부부란 둘이 하나가 되는 역사다. 때론 잘못도 실수도 있고, 생각이 다를 수도 있다. 그러므로 맞추어 가며 이해하고 서로 돕는 삶이 돼야 한다. 마음을 넓게 열고 배려하고 희생하는 길을 가야 한다. 내적 아름다움을 지닌 지혜를 두고 서로 아끼고 참아내고 인내하며 따뜻한 마음을 전하는 삶이면 싶다. 그 길을 가련다. 내 잘못된 생각도 품어주시라.
늘 서로를 소중히 여기며 가장 뜻있고 보람되게 편안함을 누리면 싶다.
사랑 안에서 웃고 살길 원한다.

비련을 이기고

아픔아, 슬픔아, 괴로운 일들아, 올 테면 오라.
폭풍우 모양 휘몰아쳐 와 보라. 몹쓸 터에, 잘못되고 추한 일들로 인한 신뢰를 벗으련다.
편치 못한 고통, 괴로운 일도 이기련다. 거짓말과 권위와 속임과 배려 없는 삶을 이기련다.
욕이 될까 봐 입을 닫으니 그것도 편안하다.
힘들고 비참하고 험하고 악한 것을 편히 볼 수가 없다. 힘들었다. 아프게 했다. 속이 문드러지고 고통이 번졌다.
견디지 못해 화나고 저기압뿐인 우울증이 왔다. 신나게 날 두드리고 때리려는 고통이 왔다. 스트레스로 인한 아픔에 두뇌에도 문제점이 일었다.
뭐라 말하랴. 거짓말이 짙고 자기 주관만 강함이 무섭다. 말도 편히 이해시키려 하거나 진실을 말했으면 싶다. 그런데 자랑과 거짓된 얘기뿐이었다. 처음 겪는 일이었다.
어려움에 단련된 강인함으로 삶을 다지고 인내하며, 나의 길을 더 강하고 복되게 열고 싶다. 세상이 날 외면한대도 울지 않고 하늘만 바라보리라. 이제 버릴 것은 버리되 다시 일어서련다. 마음 깊은 곳에 큰 숨을 쉬련다.
침잠의 깊은 나락으로 빠지지 않도록 마음을 편히 열련다.
바르게 살려 애쓰는 이들이여, 오라!
보고픔을 둔 이들아, 오라!

행복한 사랑

마음과 뜻에 따라 내 삶은 즐거운 보금자리가 될 수 있고, 슬픔과 괴로움이 끝없는 감방이 될 수도 있다.
행복이 머무는 곳은 어디인가.
메테를 링크의 「파랑새」엔 "행복을 찾아 멀리 헤매지만, 행복은 자기 집 처마 밑에 있었다."- 했다. 또한, 카알 부세는 「산 너머 저쪽」에서 "산 너머 저쪽에 행복이 있다고 찾아 나섰다가 울면서 되돌아왔다."
행복의 출생지는 자신의 마음이다. 자신의 느낌이다.
돌아볼수록 행복은 안에 있음을 느낀다.
아픔은 양심의 허함과 거짓된 삶과 넉넉지 못함에서 온다. 불평, 불만, 원망, 비방, 미워함이 문제다.
비양심과 강한 권위의식과 악함은 마귀가 오는 고속도로다. 때문에 부정적인 생각을 버리려 애쓰련다.
편안하고 쉽게, 이웃을 인정하고 품어주어야 하리라. 욕심과 자랑과 교만은 결국 정신을 피폐하게 만든다.
「케에르케고르의 연애」에서 그는 '레기테 올젠'을 너무도 사랑했기에 결혼을 거부했다- 한다. 사랑하므로 도저히 결혼의 울타리에 그녀의 사랑을 얽어 맬 수가 없었다. 작은 사랑으로는 행복하게 할 수 없음을 알았다. 그는 사랑의 고독을 품고 철학자의 길을 갔다.
인연의 길은 아닌 듯해도 그의 길은 특별했다.
육의 욕망에 앞서, 먼저 맑고 깨끗하고 순수함을 누렸다.

눈빛만 봐도 마음을 읽을 수 있는 통하는 사랑. 그런 사랑은 가슴을 찌르는 순수한 생명의 숨결이 흘러드는 감촉을 거부할 수가 없다. 그래야 고운 삶이 된다. 가슴엔 생명과 사랑으로 채워, 맑고 순수한 것을 바라보는 삶이 될 때, 비로소 가슴에는 찬란한 기쁨이 피어난다.

다급함에 빠지는 실수를 버리고, 차분하게 날 살펴야겠다.

진실한 믿음을 두고, 깊이 뿌리내린 신뢰감을 주련다.

생각과 마음을 높여 행복해야겠다. 추하지 않는 애증으로, 생의 길에 그리움이 되는 행복을 말해야겠다.

사랑함으로 행복해야겠다.

사랑은 언제나 느낌을 품어 온다. 기쁨이 돋게 한다.

다시 갈망으로 들을 수 있는 말을 생각해 본다. 우릴 신에게 데려갈 때까지 사랑이 내 삶에 서정시를 쓰면 좋겠다.

찬양하는 기쁨을 주면 좋겠다. 말없이 지켜보며 미소를 지을 수 있는 사람이 있다는 것을 알아, 늘 성실하게 행복한 꿈을 이루고 싶다.

그때마다 나는 기억할 것이다. 내 인생은 결코 어둡고 불행한 삶은 아니었다고. 나는 행복했다고…….

사랑의 요소

서로 사랑함은 마음과 뜻과 정성을 다하는 일이라 여긴다.
무엇보다 서로 벽과 틀을 깬 진실을 선히 돋우는 일이다.
확연한 사랑은 맘이 타는 듯 뜨겁고 환한 불되기도 한다.
반가움에 가슴 떨림이 일기도 하고, 안타까움과 설렘으로 마음이 쿵쾅대기도 한다. 시냇물 흐르는 소리 된 기쁨과 신선한 기운이 솟기도 한다. 서로 바라보는 것만으로도 행복을 느낀다. 그 마음이 없음은 내 영혼이 시들하다는 의미이며, 무언가 마음이 넉넉지 못하다는 의미다.
사랑에는 끌리는 여러 가지 요소가 있다.
거기에 존경이나 섬김이 빠짐은 복된 사랑이 아니다. 서로 돕고 존경할 수 있는 사랑!
서로 꾸준히 발전하고 새로워지는 부단한 노력을 두자!
정직하고 솔직함이 있고 성실해야 하리라. 새로운 매력을 보여 주듯 배려를 둔 삶이어야 한다. 이를 위해 노력하는 일은 자신을 갈고 닦는 일이다. 그것은 곧 좋은 인품을 형성함과 같다. 사람의 삶은 씨앗을 뿌린 만큼 열매를 거둔다. 아닌 듯해도 매일 말의 씨앗, 행동의 씨앗을 뿌리면 그것이 때로는 향기가 되고 맛있는 별미가 되며, 때론 독화살이나 폭탄이 되기도 한다. 힘이 되고 위로가 되며 길을 트는 열쇠가 되기도 한다.
좋은 씨앗을 구하고 뿌림은 쉽지 않다. 그래도 품고 이겨야 한다. 희생, 봉사해야 한다. 언제나 꾸준히 배우고 익히는 습성이 있어야 한다. 늘 배우는 삶은 중요하다. 배우는 만큼 달라진다. 때로 사랑은 황홀해도 고독하다.
사랑은 융화된 노래를 부를 때가 제일 기쁘다.
세세한 마음 씀씀이, 배려와 관심, 진실함과 믿음 주기 등– 사랑함엔 풍성한 대화와, 표현하는 마음이 있으면 싶다.
사랑엔 불편이나 속박이 있어선 안 된다. 부정, 불신을 주어선 안 된다. 사랑은 진실, 신뢰를 버릴 때 꺼진다. 깊은 생각, 배려도 없이 아픔과 고통을 주는 건 사랑이 아니다.
오해의 소지가 없게 행동하며, 믿음을 심고, 늘 진실하고 정직함으로 신뢰를 주어야 한다. 진실해야 한다.
배반은 영혼의 꽃을 꺾는다.
위선과 배신, 죄악을 보일 때 꺾인다. 그 꺾임은 결국 자신의 삶을 망친다. 인생을 어둡게 한다. 사랑이 처음과 같지 않다는 것은 초심을 잃은 탓이요, 나쁜 독을 지녔음을 뜻한다. 근본적인 사랑을 알지 못한 탓이다.
사랑이란 말이 난무하면서 “주고 싶다.”라는 욕망과 “빼앗고 싶다.”는 욕망을 지닌다 했다. 이것이 사랑인가?
사랑은 서로 믿음 안에서 변함없이 지조를 지켜야 값지다.
사랑은 상대를 나보다 곱게 여기고, 희생하는 마음이 있을 때에 깊고 두꺼워진다.
선하고 깊은 사랑을 지녀 늘 맑고 행복한 생이면 좋겠다.

봉사하는 사람들

원주엔 특별한 곳이 있다. 약 오만 평의 대지에 펼쳐진 예수사관학교다. 옆엔 작은 개울과 섬강이 있고, 산과 한마을이 자리 잡은 전원 속에 위치한 기독교 교육장이다.
신앙 교육과 온전한 믿음에 목표를 두고, 배우고 전진하는 이곳엔 종파와 관계없이 각 지방에서 많은 성도가 오간다.
일일 천여 명이 다녀간 일도 여러 번 있다. 목회자와 평신도, 학생들, 일반단체 등– 다양한 사람들이 오고 간다.
많은 사람들이 오감은, 말씀에 대한 특별한 교육과 행함이 강하고, 소속된 모든 성도가 믿음의 열정과 봉사로 섬기기 때문이다. 늘 정성을 다해 하나님을 경외하고 섬기며 배우고 전진하려는 성도들이다.
그들에겐 봉사의 정신이 몸에 배어 있다. 건물을 보수하고 자연을 가꾸고 정리하는 일이 많다. 딸꼬* 정신으로 살며 봉사에 힘을 쏟는 하나님의 사람들은, 심지어 성도의 가정집을 보수하는 일까지도 솔선수범한다. 하나님을 향한 믿음을 행하므로 면류관을 받기 위함이다. 와 보라! 그리고 유심히 살펴보라.
하늘에 상급을 쌓으려는 이들의 봉사는 진하고 아름답다.
일인다역으로 뛰는 봉사는 진정 말씀으로 하나 된 결과다.
건물과 시설 관리, 교육과 봉사, 잔디밭과 나무가 많아 쉼 없이 잡

* 딸꼬: 핀란드 어. 순수하게 자발적으로 돕는 봉사

초를 뽑고 청소, 관리하기도 한다. 교육을 오는 신앙인이 많아 식당의 봉사도 많다. 성도들은 자기가 쉴 시간에도 와 하늘에 상급을 쌓는다. 쉬는 날은 피곤한 중에도 달려와 땀을 흘리기도 한다.
살펴보면 참 대단한 이들이 많다. 일생을 교회건물 보수 및 관리에 애쓴 이도 있다. 사랑으로 결의된 마음에 한 성도께 집을 선물한 이도 있다. 어떤 인연에도 얽히지 않고 오직 주 안에서의 만남뿐인데도, 병든 이에게 자기 간을 내어준 이도 있다. 하나님을 믿는 신실한 믿음 없인 행할 수 없는 일이다. 보통 사람들이 생각도 못하고 행하지도 못하는 일이다. 정말 너무도 대단했다.
하나님의 사랑과 복을 아는 사람이다.
환상을 보며, 기도하며, 말씀을 생활에 적용해 행함으로써 열정에 타는 사람들- 그 삶이 봉사로 빛을 발하고 있다.
모든 일에 열심을 품고 얼굴 찡그림 없이 감사하며 일할 수 있는 것은 믿음의 행함과, 딸끄 정신에서 비롯된다.
누굴 탓하며 누굴 험담할 것인가. 험담과 탓함은 상급을 쌓다가도 다시 허무는 일이니, 미소 지으며 기쁨으로 품어 줌이 더 복될 일이다. 봉사를 하고 안 하고는 자기의 몫이다. 덥든 춥든, 항상 한결같이 땀 흘리며 먼지를 뒤집어쓰며, 고생하고 애쓰는 성도들을 보면 참 대단하다.
꾸준히 말없이 봉사하는 성도들은 확고한 믿음 안에 산다. 전기 작업에, 방송 관련 일로, 아베로, 교사로, 워쉽과 찬송, 악기로 노력하며 애쓰는 성도들이 체험적인 신앙 속에 명문가 만들기에 애쓰고 있다. 기도하고 공부하고 새로워지려 애쓰며 전진하고 있다.
어찌 원하는 것을 받지 못하랴. 상을 받지 못하랴. 믿음 안에서 큰 빛을 보리라. 하나님이 귀히 쓰시리라.

고독에 사로잡힌 날

물살 가르는 배 위에서 맑고 청정한 섬을 느꼈다. 갈수록 한 섬마을이 가까이 들어 올려졌다. 편안하고 맑고 싱그러운 섬이다. 그곳에 가면, 선하고 맑던 일들이 반갑게 나를 맞는다. 기다림이나 반가움이 된 숱한 일이 빼곡히 들어찬 곳이다.

한 친구의 말이 떠오른다.

"난 네 맘이 얼마나 무겁고 강한지 다 알아! 그 맘 짚어보려 애쓰진 않지만 글에서 다 느껴지던걸, 뭐.

그럼에도 날 보면 늘 웃어주고 반겨주니 고마워."

섬세함과 배려함, 말이 통함이 남달라 좋았다. 고향엘 다녀오다 발동한 장난기를 보인 일이 생각난다.

"지금 있는 곳이 어딘지 알아?"

"글쎄다, 어디요?"

"남의 배 위에 있소. 하하하."

"남의 배! 하하. 얼른 내려오시오."

웃으며 반응을 보였다. 고향엘 갔다가 배를 타고 오며 웃음기를 보인 거였다. 편히 대화할 수 있어 좋았다. 심사心思가 마른 대지에 맑은 물이 흡수되듯 즐거움에 빨려든 것 같기도 하다. 늘 살갑고 친근해서 좋았다. 가끔은 비자나무 향처럼 알싸하다. 찡한 느낌이 왔다. 그댄 말로 날 깨우는 일이 많아진다. 고맙다. 너무나 고맙다.

오늘도 마음을 열어 웃음을 누렸다. 편한 마음이었다. 즐거운 일이었다. 마음을 풀고, 쏟고, 헤집어 본다는 것이 참 좋았다. 마른 땅에 물이 흡수되듯 빨려드는 대화가 있다는 것은 참 행복한 일이다. 비자나무 향 같다. 특별한 그 향을 다시 만끽하고 싶다. 그 향이 내겐 참 특별했다. 쉽게 맛볼 수 없는 것이기 때문이다. 향이 좋은 그 열매를 먹어 본 지가 오래되었다. 비자나무가 있던 곳에 다시 가지 못한 탓이다. 과거 비자의 맛과 향을 느끼던 일을 생각해 본다.

그날은 바닷바람이 맑고 시원했다. 가슴이 울렁거렸다. 웃을 수 있어 좋은 행복한 날이었다. 다시 그곳엘 갈 수 있는 날을 꿈꾸어 본다.

기억 속에 널 채우며

느낌이 좋아 그대의 맘 한 귀퉁이에 내가 담기길 원했다.
통화하던 날 밤엔 기쁨을 가슴에 채웠다.
함께 있기만 해도 행복하고 대화할수록 더 느낌과 깨달음을 얻는 고품격인 사람은 늘 편안함으로 온다. 기쁨으로 온다.
편하고 좋은 만남은 곱고 깊다. 가슴에 타는 불꽃과도 같다. 뿜어내는 향기와도 같다. 그 만남은 차분히, 담담하게 바라만 봐도 즐겁다. 마음 씀씀이에 베어난 배려와 정을 느껴 감동을 받게 되고 표현되는 정으로 가슴이 뭉클해진다. 배려와 진심 없는 세상은 예의나 관심, 도움, 희생이 없다. 이를 고쳐 나가려는 몸부림이 있다면 그는 다르다. 실수투성이요, 흠과 가식이 있다 해도, 끝내 양심을 버리지 않는 사람들이 있다. 진실한 이들이 있다.
사람다운 사람이려 고민하고 몸부림하는 이는 참 아름답다. 행복이 무엇인지 알고 깬 정신으로 살려함은 참 중요하다.
느낌을 더하고 영혼을 깨우며 발전해 가는 삶-!
꿈길엔 둘이 손잡고 꽃밭을 걸었다.
이런 날을 길게 꼬옥 잡아 둘 순 없을까. 환한 웃음, 달 밝은 가을 밤의 숲을 닮은 삶이면 싶다.
가슴 찌릿하고 달콤한 언어의 맛을 넉넉히 지니면 좋겠다.
사람의 만남은 참으로 다색이며 오묘하다.
늘 깨어 있어, 새 길을 가며 맑은 변화를 돋우고 싶다. 늘 깨어 느낌과 깨달음과 감동으로 살면 좋겠다.

아픔을 함께하며

세 번이나 메일이 와 있는 줄 몰랐다.
친척의 아들 결혼식이라, 전화기 소리를 줄여 놓았다.
"집에서 출발해도 되나요? 연락을 받고 나가려고 기다리고 있어요. 답 좀 주세요. 부탁드릴게요."
메일엔 보낸 이의 애탐과 기다림이 역력히 느껴졌다. 가슴이 아려 즉시 답을 보냈다. 답을 보낸 후, 만남을 위해 평소보다 걸음을 빨리했다.
그를 만남 후엔 차를 마실 수 있는 곳으로 이동했다. 그리하여 힘들었던 삶과, 세심한 배려와 깊은 생각이 없는 이로 인한 숱한 고통의 사연을 들었다.
"기대어 의지하고 살 수가 없어 지금껏 힘만 들었다." 했다. 더러는 그가 '살자'의 반대 상황의 말도 하더란다. 경제적인 고통, 삶의 여건과 환경의 험난함을 느꼈다. 슬픔과 아픔의 얘기를 하더니 결국은 눈물을 흘렸다.
너무 어렵고 힘든 삶을 살아왔음이 안타까웠다.
한번은 "생을 마감하려 강에 갔었다." 했다. 생을 마감하려 했다는 말엔 가슴이 쑤시고 아팠다.
"주님은 자살을 원치 않아, 사람은 그의 만드신 바라. 맘대로 생을 끝내선 안 돼요. 그땐 천국에 가지 못해요."
이 말을 듣기 전엔 그걸 몰랐단다. 진실한 믿음과 체험담, 겪은 일들을 숨김없이 들려주었다.

"이제 앞으론 절대 그런 생각은 갖지 않을게요."
그녀의 말은 찡하게 나를 울렸다. 마음을 풀며, 그녀는 또 읽은 내 시에 대해 얘길 했다. 「도전」이란 시였다. 읽으며 하나님 은혜를 감사했단다. 주 안에서 도움 준 이를 만난 자신은 축복된 사람이란다. 돕고 생명을 지켜 준 이 있어 사는 동안 잊지 못하리라 했다. 마음 답답할 때 글로, 아픈 몸과 맘을 위로 받아 감사하단다. 그녀의 말은 계속되었다.
"행복한 모습 보여 드리지 못해 너무 죄송해요. 언제나 부족한 저를 염려해 주시고 도와주셔서 감사해요. 님은 죽을 만큼 힘든 저를 살려 주신 분이에요. 오늘은 제 평생 잊지 못할 날이네요. 참 감사해요."
그녀의 말은 참 고왔다. 뭉클한 울림이 왔다. 그 말들을 깊이 생각하며 아프고 힘든 삶에 위로와 평안이 깃들기를 빌었다.

한참 동안 참으로 많은 대화를 했다. 시간이 많이 흘렀다.
늦은 시간이었다. 집엘 가야 했다.
귀가 길에 오르려 시외버스 탈 곳에 이르렀다. 충분한 시간적 여유를 두고 기다렸건만, 사십 분이 지나도록 차는 오지 않았다. 이해가 되지 않는 일이었다.
결국은 고속버스를 타러 가야 했다.
'귀가하시라' 해도 가지 않고, 옆에 선 그녀는 마음 아파했다. 작별인사를 두고 시내버스에 올랐다. 차를 타고 서울 고속터미널에 이르러 집엘 가야 했다.
정해진 삶을 위해서였다.

가슴엔 울음이 가득할지라도

아무리 애써도 앞이 트이지 않는 고통의 시간이 있다. 계속되는, 폭우의 장마 기간을 견디고 습기와 열기 넘치는 더위 속에서 속 시원한 길을 열지 못할 때가 있다.

그래도 나를 다듬기 위해 애타는 신경을 풀려 애써본다. 오직 다듬고 정리해 불 지피는 고단한 현실을 견디고 있다. 무릎 상처로 인한 불편함을 견딘 지 한 달 열흘이 지났다.

하나님은 어떤 축복을 주시려 고난과 아픔을 준 것일까?

어렵고 힘들어도 늘 인내와 순종과 겸손의 도를 이루고 선한 열매와 상급으로 꽃을 피우련다. 좋은 길을 열어 주시기 위한 축복의 과정임을 알기에 깊은 감사를 드린다. 고통이나 아픔이 있으면 더욱 님을 의지한다.

명품 인생도 그냥 되는 일은 없으리라. 명품이란 무수히 어려움과 고통을 겪어도 노력하고 애쓰며 자신의 생에 미친 듯 열정과 노력을 불 밝힌 열매다. 특별하게 노력하고 애쓴 결과다. 목표를 위해 뼈저린 고통과 독한 인내로 나를 이기고 남과 비교할 수 없는 역사를 꽃으로 가꾼 결과다.

무슨 일을 겪든 인생은 흐르기 마련이며, 삶을 얼마나 뜻 있고 가치 있게 사느냐가 중요하다. 그러므로 마음이 민첩하길 원한다. 트인 생각과 지혜가 넘치기를 바란다.

정해진 생에 더 활기찬 만족감을 얻을 길을 꿈꾸어 본다.

행복한 길 감은 삶에 내가 주체가 됨이 중요하다. 원하고 뜻하고 바라는 바를 높여 가되 타인에게는 피해 주지 않도록 애써야 한다. 내겐 내 꿈의 길이 있다. 두려움과 염려를 제하고 해 보지도 않고 안 된다는 생각을 버려야 한다. 하면 할 수 있다는 강한 의지가 있어야 한다.

한 가지 일이 끝나는 날에는, 자연 속에 집을 짓고 계획된 일을 실행할 나만의 시간을 펼쳐 가리라.

그날을 위해 준비하고 공부하며 소망을 놓치지 않으련다.

꿈을 잃지 않으련다. 십 년쯤 집념으로 나아가다 보면 좋은 결과가 있으리라.

그 일을 위해 시간을 헛되이 버림 없이 건강을 위한 운동과 계획한 꿈을 위해 힘써야 하리라.

목적 달성을 위해 애써야 하리라. 세상엔 연결되고 정해진 일이 많지만, 느낌과 깨달음 속에 노력과 애씀과 성실함이 강해져야 한다.

나의 인생은 내가 만든다. 내 인생을 사는 것은 나일뿐이다.

—

내 삶은 내가 연다.

내 갈 길은 내가 만든다.

깨어 있어 꿈꾸고 계획하고 노력하며

뜻있고 발전된 길을 가야 한다.

오늘 현재 이 시간을 값지게 살아야 한다.

편안하고 행복하며 즐거운 삶을 누리고 싶다.

바르고 쉬운 길을 가고 싶다.

5. 삶의 길을 딛다

내 삶은 내가 연다

두 눈이 번쩍 뜨였다.
울먹이며 "사랑한다." 말하는 그런 고백의 진한 풍요를 얻고파 떨리도록 설레는 만남을 원하는 듯하다.
삶엔 달집을 태우듯 환하게 빛 밝힌 시간이 있는가 하면, 모함과 악함으로 돋는 어둠도 흔한 법이다. 곱게 만들고 섬세히 가꾼 화원이 순간에 짓뭉개진 느낌이랄까.
한 신비한 땅의 아름다움이 아프게 화마에 휩쓸렸다. 참 이상한 일이었다. 느낌으로 부를, 담아 둬야 할 것을 쏟아 버린 아픔 같았다. 그것이 베일을 벗는 천년의 유적 같이 날 놀라게 했다. 신비감이 사라지는 적나라한 풍경이었다. 그 풍경 속에 잃어버린 순수한 빛이 변화를 가져왔다.
그랬다. 고난에서 벗어남도 그런 거였다.
나뭇잎 한 잎에도 세상의 숨결은 있는 그대로 흐른다.
세상 겉보기는 평화와 고요뿐이나, 안엔 온갖 일들이 끊임없이 일어나고 사라진다. 판단이 나락으로 떨어지기도 하고 일생을 좌우하기도 한다.
결국, 자기 자신에 대한 책임은 자기의 몫임을 느낀다.
누굴 탓하랴. 누굴 원망하랴. 곰곰이 생각하면 내 삶은 내가 만들고 가꾼다.
더 깊고 넓게 큰 세상을 바라보고 나를 돌아본다.
괜찮다. 아직 내 삶은 괜찮다.

그래도 가야 할 길

고독이 짙게 깔린 쓸쓸함이 짙던 날이었다. 맘엔 무척 외진 느낌이 가득해졌다. 습하고 답답한 고통이 가슴에 왔다.
왠지 무척 힘든 날이었다.
때로는 혼자인 듯 텅 빈 허전함이 있어 서글펐다.
자괴감에 빠져 울었다. 한껏 웃으며 떠들거나, 훌쩍 여행이라도 떠날 여건이라면 그리 힘들진 않았으리라.
곁엔 눈으로 서로를 느끼고, 말로 위로를 줄 이도 없었다.
사람에 따라서 행복과 기쁨과 즐거움을 얻기도 하고, 고통과 아픔과 괴롬을 겪기도 한다.
따뜻하고 맑고 선한 이, 섬세하고 배려 깊고 산뜻한 사람, 밝고 명랑하고 발랄한 사람, 소박하고 순결하며 때 묻지 않은 순수한 사람– 사랑스럽고 귀엽고 향기를 지닌 사람을 만나고 싶었다.
코스모스 모양 하늘대는 고운 자태의 사람, 바다 같고 산 같은 사람, 좋은 생각이 가득한 사람, 지혜의 샘이 넘치는 사람, 좋은 사람, 선하고 맑은 사람, 마음이 아름다운 사람과 지혜롭고 깊고 큰 생각을 지닌 사람들은 얼마나 멋진가.
답답하도록 힘들게 하는 사람, 피곤하게 하는 사람, 예의 · 상식이 없어 괴로움 주는 사람은 또 얼마나 추한가.
세상엔 다양한 사람들이 존재한다. 제 삶을 산다 해도, 사람과 사람의 관계는 백양백색이어서– 더러는 기쁘고 즐겁고 행복하며, 더러는 슬프고 힘겹고 아파 불행하고 고통스러울 수밖에 없다. 생에 가장 화려하고 멋진 꽃을 피우려면 뼈를 깎는 자기 극복의 과정이 필요할 뿐이다.
좋은 삶은 하루하루 날 돌아보는 삶이다. 치열하게 싸워 이겨야 할 슬기와 지혜가 요구되는 요즈음이다.
짧게 든, 길게 든, 살아야 할 정한 날들을 그려본다. 발버둥 친다고 더 잘 살아지는 삶이 아니요, 그만 살겠다고 종을 칠 수도 없는 삶이다.
삶에 자유와 밝음을 놓고 싶다. 이를 깊이 인식해 생을 즐겁고 편하게 살고 싶다. 하루하루를 멋지게 살고 싶다. 성실히 살고 싶다.
내 생은 내가 주관자다. 내 삶을 살련다. 평생 공부하고 개척하며 생을 즐기련다.
젊을 때- 내게 조금이라도 힘이 넘칠 때에, 더 열심히 하지 못하고 평범한 생각에 묻혀 보낸 시간들이 후회스럽다.
왜 치열하고 적극적인 최선의 길을 가지 못했던가. 이를 일찍 깨달았다면 얼마나 족한 오늘을 살았겠는가.

화려한 꽃을 피워 빛과 향기를 발하려면 평범해선 안 된다. 창조적이고 특별하며, 성실하고 절절해야 한다. 별나고 독특한 생각을 두고 싶다. 꾸준한 노력, 큰 발전의 길을 가고 싶다.
삶의 틀은 내가 짠다. 내가 만든다. 계획하고, 그림 그리고, 목표한 바를 자극받아야 한다. 시간은 잘 쓰는 만큼 내 것이다. 그날그날을 빛이 된 나날로 이어 갈 때, 꽃이 피고 열매가 맺히고 향기가 나리라.
이웃에게 좋은 영향을 주는 사람이고 싶다. 범상치 않는 삶을 이뤄가기 위한 진지한 걸음이고 싶다.

새로워지고 싶다. 이제 지난날을 후회하지 않으련다. 어제는 지나간 날이요, 오늘은 내 삶의 중심이다.
깨달음을 얻은 현재를 뜻 있게 열정으로 사용해야 한다. 새롭게 전진해야 한다. 끝없이 노력하면서, 삶의 중심에 우뚝 서리라. 새롭게 변화함으로 날로 새롭고 싶다. 남을 의식키보다 누구의 간섭도 지운, 진정한 내 자신의 삶을 살련다.
그 길을 가련다.
자유를 옷 입되 남에게 피해 주거나 방종치 않고, 교만하지 않고, 비굴함 없이 생을 활활 깨우는 열정으로 살고 싶다.
스스로 만족할 수 있는 주관적인 삶을 살고 싶다.
현재의 시간을 귀히 여기며, 무엇이나 이루어 가는 삶.
그 삶을 살아야겠다.
하늘은 믿고 의지하며 뜻과 말씀대로 사는 자를 돕는다. 부단히 새로움을 여는 선택된 길을 가리라. 천천히 최선을 다하여 살리라. 삶은 내 것임을 알아 하루를 살되, 하루하루 최후의 날인 양 행복하고 값지게 살련다.
내일 죽음이 온다 해도 후회치 않게 복된 삶을 살리라.
최선을 다한 값진 삶을 살리라.
오늘도 가슴을 열어 하늘을 본다. 편한 마음으로 하늘을 본다.

매력 창조

현재의 삶보다 더 높고 큰 꿈을 지닌 이는 힘이 있다.
날마다 새로워지려 애쓰고 노력하며, 지식을 쌓아 감으로 지혜로워지는 사람에겐 기쁨과 빛이 있다.
한곳에 머물러 변화나 발전이 없는 사람은 심심하다.
외모가 예쁘고 멋져 보여도 정신적 고결함이 없다면 언젠가는 관심 밖으로 멀어진다.
사람에게도 별이 있음을 아는 이는 안다. 지적인 풍성함과 지혜와 남다른 생각의 넉넉함이 깊을 때, 그에겐 고결함이 있다. 그러므로 지식을 쌓으며 깊이 배움의 길을 열어 가야 한다. 생산적인 삶을 살면서 매일 새로워져야 한다.
늘 발전적이고 고결한 삶이 되어야 한다.
발전적인 삶일수록 시간이 흐름에 따라 인성이 달라진다. 그것이 매력 창조의 길이다. 배우고 익히는 과정은 고통스럽지만, 그것이 지식과 지혜로 쌓일 때에 뿌듯한 기쁨이 넘친다.
사람이 멋진 인간으로 다듬어지고 성장된다는 건, 피와 땀과 애쓴 눈물의 소산이다.
그냥 되는 일은 없다. 적극적인 노력 없이는 아무것도 이룰 수 없다. 자기 노력은 생각이 크고 깊을수록 화려한 변화를 가져온다. 평범한 삶은 허망하나, 적극적인 사고엔 활기가 넘친다. 그 삶을 살 때 비로소 귀한 기쁨이 넘친다.
그 매력을 자신이 자랑하려 해선 안 된다. 말하지 않아도 일상에 드러남이 멋지고 아름답고 귀하다.

오늘은, 남은 생의 첫날이다.

꿈과 목표를 두고 오늘을 성실히 살 때 생은 빛으로 통한다. 매력과 향기를 둔 삶을 살고 싶다. 욕심을 버리고, 마음 편히 귀한 삶을 살고 싶다.

만남, 그 인연

'삶의 의미가 달라졌다' 할 특별한 만남이 있다.
소중한 만남에 강한 느낌과 고품격의 생을 일으킬 자극이 될 만남의 길이다.
새 길을 가야 함을 느꼈다. 그건 빛나는 영광과 통하는 직선 대로를 가는 것과 같았다. 계획을 둔 미치도록 적극적이고 치열한 삶이라면, 십 년 후엔 결국 큰 길이 열릴 것이다. 그런 삶을 성취할 때면 내 생은 별로 반짝이리라.
깨인 영혼끼리의 만남에서 얻어지는 촉촉한 감성도 좋고, 기억에 남을 여행이어도 좋다. 스승과 제자의 길이어도 좋다.
기발한 표현을 둔 끝없는 열정의 연이음이면 싶다. 열린 생각들이 줄기차게 흘러넘쳐 생명의 강江에 흐르고, 맑은 생生이 되고, 감동의 기쁨이 되면 좋겠다. 매일- 하루하루가 환희로 가득차면 좋겠다.
기쁨과 즐거움이 울렁대는 길을 가고 싶다. 그때엔, 자연도 사람도 새로움으로 내 안에 들리라. 내게 주어진 시간을 생애 최상의 보물이 되게 넉넉함과 평안을 두고 싶다. 늘 일상에 승화된 느낌이 되는 맑음을 둔다면, 분명 나의 삶에는 큰 변화가 오리라.
느낌의 극치! 선한 생명의 길에 웃음을 쏟으리라. 나의 삶을 위해 바른 양심과 정결함을 사랑하리라. 그 길을 가리라.
세상 일로 연연하기보다 자연의 길을 열고 싶다. 기쁨과 즐거움, 행복을 위해 살고 싶다. 얽매인 삶보다, 타인에게 상처 주지 않게 조용히 살고 싶다. 시간을 아껴, 사소한 일에 시간을 낭비치 않으련다. 정한 날이 갈수록 시간을 뜻있고 보람 있게 쓰고 싶다.
곁에 마음을 비추는 사람을 잊진 않으련다. 통하는 이는 기쁨이고 노래며 없어서는 안 될 친구다.
언젠가는 행복했다 말할 수 있다면 좋겠다. 서로의 힘을 상승시키는 좋은 영향을 주는 인연이고 싶다. 맑고 편한 삶이고 싶다. 특별한 삶을 꿈꿔 본다.
생각이 통할 특별한 사람들이여! 나를, 말없이 사는 나를 관심 없다 여기지 말라. 사람에겐 나설 때가 있고 잠잠해야 할 때가 있다.
현재 안에 치솟는 감정을 억제하며 맑은 길을 가고 싶다.
더욱 자신을 깨우는 노력이 남달라야 하리라.
허한 삶보다 값진 삶을 살고 싶다. 빛에 관심을 두고, 최선의 생을 살 때면 삶이 값지게 한다. 자신을 위한 발전과 노력에 생각의 깊이를 더해야 하리라. 웃을 수 있는 것, 새로울 것, 변화할 것- 기쁨을 찾아 행行하는 사람이 되길 원한다.
표하지 못한 말들- 그 일에 결코 후회하진 않으련다.
믿음으로 관심을 두고, 좋은 느낌을 발하면 싶다. 누구나 서로 염려하고 위로하고 즐거워하면 좋겠다. 그냥 따뜻하게 편히 맘 전할 수 있으면 좋겠다.
어찌 거짓의 터를 넓히랴. 있는 그대로의 느낌을 주고받는 것이 행복인 것을. 처연하도록 깊고, 눈물 나도록 맑고 순결한 믿음과 진실한 사랑을 갖자. 그건 즐거움과 자랑만 찾는 이에겐 절망이지만, 순수 느낌과 자연 안에 있는 이들에겐 환하고 밝은 빛으로 온다.
성결한 맘으로 귀한 님을 바라보고 싶다.
그리움을 지닌 채로 기쁨과 행복을 누리고 싶다. 믿음 안에 굳게 서서 하늘을 보련다. 믿고 구하는 만큼 소원은 꼭 이루어진다.

센스

옛날에 성냥이 생기기 전, 주로 며느리가 불씨 관리를 했는데, 불씨를 지키지 못해 소박을 맞는 경우도 있었다 한다.
그 시절, 한 집의 며느리가 옆집에서 불씨를 옮겨오다가 시아버지에게 발각이 되었는데.
"불씨 하나도 간수看守 못하는 며느리는 필요 없으니 친정으로 가라." 소박을 놓자, 며느리가 고개 숙여 울며, "아버님께서 가라시면 가겠습니다만, 전 너무 억울합니다." 했다.
이에 시아버지가 "왜 억울하냐?" 묻자,
"그 불씨는 옆집 것을 가져온 것이 아니라, 일전에 제가 빌려준 것을 다시 찾아온 것입니다."
그 답을 곰곰이 생각하던 시아버지가 생각하기를, 이만한 기지와 센스가 있는 며느리라면 이 집을 지키기에 부족치 않겠다- 여겨,
"그랬더냐. 이번엔 용서할 테니, 앞으로는 불 꺼뜨리지 말거라." 했단다.

어릴 제 고향 마을에도 센스 있는 한 아주머니가 계셨다.
하루는 바다에 갯것을 취하러 갔다가 땅거미가 지는 시간쯤 되어 집에 도착했는데, 가장인 이가 언성을 높여다 한다.
"빨리 와서 밥 줄 생각은 않고 뭐하다 이리 늦게 오는 거야!"
그때 아주머니가 밝은 얼굴로 말하시기를-
"해 지기 전에 빨리 오려고 달음질쳤는데, 글쎄 해가 저의 걸음보

다 빨리 산을 넘잖우. 폭 넓게 이해하시구려. 그놈의 해가 조금만 늦게 넘어갈 일이지……."

살면서 센스 있고, 위트 있고, 유머가 있는 이들을 만나는 경우가 있다. 그땐 마음으로 박수를 친다.

그들의 삶은 늘 여유롭고, 관조의 미소를 지니고 있다. 해악과 풍자로 멋스럽게 산 옛 선비들 모양, 우리네 삶에도 웃음과 지혜가 넘치면 좋겠다.

감수성과 분별력이 있는 긍정적인 생각에다, 웃음이 있는 이들의 삶은 얼마나 멋진가?

그렇게 사는 것이 무엇인지 아는 철학이 있다.

나의 삶에도 그 생명력 있는 기쁨이 피어나길 원한다.

그것이 날 풍요롭게 하고 행복하게 할 것이다. 이는 나를 키우는 여유가 될 것이다.

현명하여 신뢰할 수 있는 상대, 지도자, 스승을 의미하는 맨토를 두고 열심히 사는 것은 인생을 빛나게 할 일이다.

나보다 나이 많은 사람들은 우리가 아직 경험하지 못한 것을 체험한 사람들이다.

생각이 깬 사람은 끝없이 누구에게서든 배우고 익히며 책을 읽고 지식을 쌓아간다. 지식은 지혜를 만들고, 지혜는 멋지고 값진 인생을 만들기 때문이다. 그것을 느끼고 아는 것도 센스 있는 일이다.

그런 삶을 살고 싶다.

소박함을 지닌 기쁨을 누리고 싶다.

책에 대한 소고

「찰스 램의 장서藏書관」에 이런 내용이 있다.
책을 빌려간 사람들을 가리켜 약탈자로 낙인찍고 있다. 그는「보나벤투라」란 전집을 탈취당하는 불운을 겪었다.
"책을 소유하는 자격이란, 소유권을 주장하는 인간이 그 책을 이해하고 감상하는 능력에 정비례한다."는 지론을 내세우면서, 캄퍼뻿치란 친구가 거리낌 없이 그 전집을 가져간 것이다. 이에 소유권을 무너뜨린 도적감에 마음이 상했다.
과거, 어떤 이가 "여자와 책은 차지하는 자가 임자다."라 망언을 했다던가. 또한 옛 중국에서 전언된 '삼치(三痴)'라는 말도 그렇다. '책을 빌려 가는 사람도 바보, 빌려주는 사람도 바보, 빌려 보고 돌려주는 사람도 바보'란 뜻인데, 어찌 그리 되먹지 못한 얘기가 생겼는지 알 수가 없다.
금전과 노력과 시간의 투자로 구입한 남의 재산을 자기화하는 것은 도둑의 심보요, 무지의 소치며 잘못된 생각임에 틀림이 없다. 책은 구매한 주인의 것이다.
최근에, 품절된 한 권의 책을 구입키 위해 인터넷과 서점을 다 뒤지고, 결국 그 출판사에 부탁하여 책을 산 적이 있다.
한 대형서점의 담당 여직원의 애씀과 도움이 컸다.
그 책을 구한 후의 기쁨이란, 말로 형언할 수 없었다.
결혼 선물로 받은, 읽던 책 한 권과 좋아하고 아꼈던 책을 빌려준 적이 있다.

빌려주었는데 다섯 사람에게서 20여 권의 책을 돌려받지 못했다. 가슴 아프고 속이 상했다.
더는 바보가 될 수 없었다. 그 후 '누구에게도 책을 빌려주지 않겠다.' 다짐을 했다. 책을 아끼기도 하지만, 꼭 다시 읽을 책이 있기 때문이다.
책은 영혼에 영양을 공급하는 음식과도 같다. 책 속에 둔 내가 알지 못한 지혜는 지적 향기다.
능력을 돋우는 힘이 있다. 무한으로, 가야 할 길이 있다. 어찌 남의 것을 도취해야 하는가. 빌린 것은 빌린 것이어야 하고, 산 것은 산 것이어야 하며, 얻은 것은 얻은 것이어야 한다.
책은 많이 읽어져야 하되, 빌린 책은 꼭 돌려줘야 한다.
그것이 식자의 도리다.
책을 사기까진 시간과 금전적 투자를 했을 터이요, 무엇보다 애착과 필요함이 있어 구매하기 때문이다. 빌린 책은 꼭 돌려주어야 한다. 그것이 바른 양심이다.
빌린 책은 진정 내 것이 아니다.
사람마다 다르지만 한 권의 책을 여러 번 읽는 경우도 있다. 배움, 느낌에 따른 차이다. 책을 많이 읽어 영혼이 깨어 있는 사람들이 있다. 그들을 만난 일은 새롭고 아름답다.
정직하고 진실하며 앞을 볼 줄 아는 이들이 많은 나라는 행복하다. 발전적이다. 또한 그런 단체나 업체는 무너지지 않는다. 자녀들에게 목표를 두고 끝없이 공부하며 자신을 개척해 가도록 가르치고, 독서로 지식을 풍성케 함은 중요하다.
독서하는 그곳엔 희망이 있다. 영혼의 향기가 있다. 마음의 풍요가 있다. 깨달음과 느낌을 여는 길이 있다.

책 읽기를 좋아하지 않는다면 그건 자기 생각뿐이다. 타인의 생각을 배우고 깨달지 못해 생각을 키울 수 없다. 지혜와 열린 길이 없다. 열매나 발전이 없다.

"지식이 없는 꿈은 선치 못하다." 했다.

지식이 없는 삶은 무너질 수밖에 없다. "백성이 지식이 없어 망한다." 했다(성경-호4:6).

책을 읽자. 책을 많이 읽게 만들자!

독서를 통해 일상에서 필요한 생각들을 내 것 화해야 한다. 느낌, 감동으로 오는 글의 책을 사야 한다.

책은 사람에게 느낌과 생각을 더하는 양식이 되기 때문이다. 발전의 도구가 되기 때문이다.

아름다운 만남이여, 영원하라

인연의 색깔은 참 다양하다. 만남과 헤어짐도 마찬가지다.
귀한 만남이 때론 충격적이고 값진 삶으로 일생을 바꾸어 놓기도 하고, 잘못된 만남은 어둠의 깊은 나락에 빠지게도 한다. 좋은 만남은 생을 기쁘고 밝게 하나 잘못된 만남은 일생을 어둠과 고통으로 휘몰아 간다.
화려하고 멋지며 고귀한 삶을 살고 싶다. 발전적이며 점차 화려하고 고귀한 삶으로 가는 인생. 그 인생은 이웃과 더불어 성취하고 이루어 빛을 발하고 꽃을 피운다. 또한 성취해 가는 사람이면 상대의 장점을 기뻐하고 들어올리며, 자신을 개척하여 성숙한 발전을 꾀한다.
도전적인 삶, 자극 받는 삶, 열매 맺어가는 삶이 있다. 이 모양 저 모양으로 서로 귀한 영향을 주고받는 삶도 있다.

어느 날, 좋아하는 사람들과 관악산 등산을 했다.
동행한 분 중 체중이 부한 한 분은 참 힘겨운 걸음이었는데 산을 오르는 숨소리가 제트엔진 소릴 닮아 갔다.
이를 안쓰러워한 어부인께서 바로 땀을 닦아 주기도 하고, 손바람을 일으켜 주는가 하면, 뒤에서 밀고 앞에서 끌며 마음을 쏟는데 그 모습이 진정 너무 아름다웠다. 가까이 마음 나누고픈 분들이라.
"참 아름다운 모습입니다."라고 진심을 말하고 말았다.
"평소 집에서 잘하지 못해서 잘한 척해 본 것뿐이에요."라며 겸양의 얼굴을 붉힌다. 참 아름답고 고운 모습이다.
그렇다! 부부란 이런 모습이어야 하겠다. 부부의 걸음은 그렇게 정이 가득한 걸음걸음이면 좋겠다. 사랑이 뚝뚝 베어나도록 아름다웠으면 좋겠다. 사랑이 있고 배려하는 마음이 있는 사람이 어찌 아름답지 않으랴.
이들을 알게 하신 이에게 감사를 드린다.
만남을 따뜻하게 하는 건, 진솔함과 배려하는 마음의 정이 나타날 때일 것이다.
그분들과 관악산을 오르내리며 더욱 친하여졌다. 평소 그분들의 생각과 마음이 속속 전해져와 감동이 된다.
난 평소 말솜씨가 없고 마음을 겉으로 다 표현하질 못한다. 말 한마디에도 힘이 되고 기쁨이 되고 용기가 되기도 한다. 문득 그 부인의 말이 생각난다.
하루는 잠에서 깬 K안사(안수집사)가 무릎을 꿇고 한참 동안 기도를 하기에 "무슨 기도를 일어나자마자 드렸느냐?" 했더니 "최 집사님 시험 잘 보게 해주시라"-고 하더란다.
또 하루는 공부에 진이 빠진 나의 안사람을 위해 식사 대접 을 하려고 내외가 찾아오셨다.
얼마나 고맙고 감사했던가.
우린 이렇게 사랑을 받았다. 감사, 감사할 뿐이다.
내 주변에는 기억에 남을 좋은 분들이 많다. 생각에 세세한 배려가 있는 사람이었다. 불 땐 한옥 구들의 아랫목 같이 따뜻한 사람, 선하고, 곱고 진솔하여 힘을 주는 이였다. 믿음과 영혼이 아름다운 사람들이다. 그분들을 생각할 때마다 너무나 기쁘고 행복했다.
믿음과 영혼이 좋은 이들은 늘 깬 생각으로 다시 온다.

나는 흔히 그런 사람들에 취한다. 겸손하고 솔직하여 참된 일상이 습관마냥 드러나서 거기에 매료된 것이다.
감동을 받은 것이다.
주위 사람과의 친교! "술꾼을 만나면 술꾼이 되고, 노름꾼을 만나면 노름꾼이 되고, 노는 꾼을 만나면 제비가 된다."고 했던가. 화장실엘 가면 화장실 냄새가 배어들고 향수가겔 가면 향수 내음이 배는 것과 같았다.
때 묻지 않은 순수한 사람을 보면 순수함을 지니고 싶고, 열정으로 사는 사람을 보면 나도 열정으로 살고 싶어지는 것이리라. 서로 돕고 옳은 뜻과 생각이 통하는 인연이면 참 편안하다. 그 편안함으로 시원한 바람을 지닌 생을 살고 싶다.
부족하지만, 매력과 향기를 지닌 사람다운 사람이고 싶다. 바르고 귀한 사람들을 곁에 두고 늘 행복을 누리고 싶다.
사람에겐 각기의 장점이 있다.
사람들의 장점을 얻으려 할수록 그를 사랑해야 한다. 기뻐해야 한다. 아름답고 멋진 생각, 진솔한 삶을 살고 싶다.
이를 위한 숱한 기도와 몸부림치는 노력이 필요하리라.
시원한 바람으로 서고 싶다. 아직은 부족한 나를 위하여, 나의 새날들을 위하여. 바른 길을 보도록 노력해야겠다.
소중한 만남, 아름다운 만남이여, 영원하라.

새벽을 깨우다

변화된 길을 가고 싶다. 추한 삶의 죄와 허물을 생각해 본다. 누가 뭐라 해도 사람의 말이나 평가에 연연치 않고, 오직 한 분, 임재 하셔서 날 다스리는 그분과 함께 살고 싶다.
지은 죄와 허물을 온전히 씻어야 하리라. 회개하며 묵묵히 말씀대로 행하는 믿음이고 싶다. 모나지 않고 성화된 부드러움과, 겸손함과 진실함이 온몸에 가득하면 좋겠다. 기쁨으로 랄랄라– 노래하고 싶다. 하나님이 원하는 생활을 살며 성령 충만함이 넘치면 싶다.
외모나 형식보다 중심을 보시며 말씀대로 살기를 원하시는, 그 삶을 살고 싶다. 몸부림치며 하나님 말씀을 따르는 최선의 삶이면 싶다. "날마다 나는 죽노라–" 한 사도 바울의 정신을 좇아, 한껏 낮아져 새사람이 되고 싶다.
언행에 지혜와 믿음의 향기가 풍성하면 좋겠다.
뜻에 합하여, 복 주시는 주께 순종하며 나아가고 싶다. 말씀으로 깨어 참 신앙으로 살려 애쓰리라.
삶에 환란과 고난과 역경이 올 때도 감사하며 기뻐하리라.
그때가 복을 받을만한 때니 기도하고 감사하며 하늘 문을 열리라.
주께 소망을 두고 살리라. 찬양하며 가리라. 더욱 감사의 입을 넓게 열리라.
"주님은 한쪽 문을 닫을 때엔 어딘가에 다른 문을 여신다."
버릴 것은 버리고 끊을 것은 끊고 신실한 삶을 살고 싶다.
맑고 밝고 순수함을 간구하련다.

같은 죄를 반복치 않도록 몸부림치련다. 골고다 언덕에서 물과 피를 다 쏟기까지 사랑을 두고, 그 값으로 죄를 대속하사 날 자녀 삼으신 주님!
"이젠 날마다 체험의 신앙 속에 살며 늘 새롭게 하소서!"
믿음으로 새 힘을 간구해 본다. 진정 내가 새롭게 변화되길 원한다. 또한 그리 될 줄로 믿는다.
여건과 환경에 매어 어둔 길을 가기보다, 한 걸음 한 발짝씩 선한 길을 가고 싶다. 변화된 삶을 살고 싶다. 믿음이 더욱 뜨거워져 완악하고 추한 나를 녹이고, 소망과 기쁨이 있는 "예"와 "아멘"의 길을 가련다. 주님의 인도함이 깨달아져 날마다 노래하면 좋겠다.
욕심과 근심 걱정에 매이지 않는 성령 충만한 삶이고 싶다. 변화된 모습이고 싶다. 밝은 얼굴이고 싶다. 주님 보시고 "좋구나." 기뻐하실 그 정한 길을 가련다.
힘차게 온 몸이 깨어나는 바다-생의 바다에서 힘껏 기지개를 켜며 아침을 맞고 싶다.
삶 또한 그렇게 기지개 켜는 아침이면 싶다. 그 아침을 맞고 싶다. 믿음의 바다에 서서 밝게 외치고 싶다.
세상은 참 아름답다. 아침이 오는 길은 싱그럽다.
때로는 사람이 무섭고 두렵기도 하지만, 눈물겹도록 아득한 꿈들이 와서 날 깨우므로 순수 자연인이길 원한다.
깊은 내 울음의 발돋움이여! 날 괴롭히고 어렵게 하는 일들 있어 때론 힘들지만, 다시금 소망을 하늘로 쏘며 외치고 싶다.
"주여! 어둠을 초월한 밝고 환한 길을 가게 하소서."
새벽을 깨우며 올 평화와 안식을 누리고 싶다.
오직 주님이 기뻐하실 복된 삶을 살고 싶다.

아픔 하나, 슬픔 하나

바람이 분다. 몹쓸 바람이 분다.

자연이기를 포기한 짐승의 울음을 울진 말아야 하는 걸, 추하고 험한 몰골로 악악대는 소리가 높다. 막말이 봇물로 터진다. 양심이 없는 곳엔 어둠이 더욱 짙다.

교만과 자기 위주의 판단으로 군림하는 이는 너무 무섭다.

바른 양심, 끝 간 데까지 간 부끄러움도 버리고 왜 법도 없이 끼리끼리의 단을 쌓아 안간힘을 쏘는 것일까!

진실과 성실, 맑고 깨끗하며 웃고 감싸기보다, 일신의 영욕, 이기주의만 노리니 눈꼴 시릴 따름이다. 막간 사고, 진실과 양심이 가신 터전은 두려울 뿐이다.

괜찮은 큰 인물은 팀의 훌륭한 지도자로서 안정을 이루고, 생산적이고 희망적인 길 가기에 열정을 쏟는다.

잘못된 부분을 바꾸고 발전된 좋은 길을 가려 애쓴다. 무엇이 세상을 밝게 하고, 어떤 일이 발전적인가를 찾는다.

그런데, 어떤 이들은 크고 넓고 멀리 보기보다 편 가르고, 다투고, 지겹도록 싸워 댄다. 말로 때리며 시궁창에 뒹군다.

자기만의 사리사욕과 권세와 자랑에만 치중한다. 골에 밀어 넣고, 넘어뜨리고 짓밟으면서 물고 물리며 추하고 험한 늪에서 헤어나질 못한다. 서로 돕고 힘 돋우는 길을 만들어 가야 한다. 세상과 훗날의 영향, 국제적인 정세도 읽어 가야 한다.

바른 이들은 어려움에서 고통 받고 소외당한 이들을 알므로 서로 협력하며 같이 편할 수 있는 길을 찾는다.
자신의 미래와 앞날을 생각하는 사람이 많으면 좋겠다. 누구나 진실하고 바른 길을 가도록 새 길을 열면 좋겠다.
공평함 없이 치우친 부함만 많다면 끝내 밝음은 없다.
어찌 앞날을 준비치 않고 큰일이나 밝은 내일을 꿈꾸리오.
확실한 꿈과 희망과 기쁨을 위해, 이 민족의 옛 국토마저 찾고파 하는 그런 삶이면 싶다.
타국에 더 당하지 않고 이길 관심을 두면 안 될까.
왜 그리 일도, 환경도 편 가르기에 빠지는 것일까.
어디서부터 손을 댈지- 수정이 불가한 땅이여, 힘 있는 나라가 타국을 관리하는 것을.
힘센 나라가 약소국을 다스리는 것을. 왜 그리 큰 것을 찾지 못하고 끼리끼리 모여 분열과 패싸움만 행하는가?
옛 민족의 땅을 빼앗겼고, 남북이 나뉜 나라이면서 왜 그리 팀별 싸움에만 빠져드는가. 크고 높고 깊은 표본 없이 어찌 그리 답답한가.
아아, 울고만 싶다.
팀별 싸움 없이 크게 발전된 길을 가면 좋겠다.
청년들이여, 멀리 보고 크게 눈 뜨는 큰 인물들이 되시라. 세계적인 나라들을 관찰하고 연구하시라.
직업도 나라 밖의 세계적인 큰 일터를 꿈꾸시라. 시원하게 이웃의 고통을 해소하고 기쁨을 주는 큰 사람은 없고, 갈수록 불안한 아픔을 둬선 안 되리라.
먼 곳을 보는 통찰력이 있으면 좋겠다.
사기꾼이 우후죽순처럼 늘고, 한탕주의 심리가 쌍불을 켜는 곳이 되어선 안 된다. 서로 결탁된 어둠의 질주, 사기꾼이 많은 땅을 만들어선 안 된다. 사십팔 퍼센트가 법을 지키는 사람이 손해라던 어떤 요상한 이들의 의식 모양 본이 돼야 할 존재성을 잃어선 안 된다.
바른 곳엔 귀하고 큰 인물들이 본이 되려고 애쓴다. 옳은 일에 희생하고 봉사하며 밝은 희망을 두려 한다.
무조건 학벌 높이기에만 급급한 사유는 뭔가? 자녀들 뒷바라지에 학부모의 고통은 언제나 끝날 것인가.
기능인보다 '화이트칼라'만 대우받는 별난 논리여, 선하고 맑고 밝은 사람이 드문 땅이여!
역사적으로 국가를 잃고 지배당한 고통은 어떠했던가?
얼마나 비참했는지 깊이 생각해 보면 좋겠다. 이를 교육하면 좋겠다. 교육의 부재로 그 비극을 잊힐까 염려가 된다.
기본적인 질서 파괴와 부정부패와, 각종 병폐로 인하여 등을 돌리는 사람들이 없도록 새로운 바람이 일면 좋겠다. 다시 한 번 깊은 생각을 지녔으면 싶다.
새로운 변화가 넘치면 좋겠다.
살기 좋은 땅, 믿고 신뢰하며 신바람과 희망이 구석구석 넘치는 새 시대가 열리면 좋겠다. 대기업, 중소기업이 든든하고 골고루 잘 사는 안정된 곳, 기본이 잘된 곳, 바르게 열린 세상이 되면 좋겠다.
두루 잘 살면 좋겠다.
요즘 인구가 준다. 자녀를 많이 두라 한다. 그런데 큰 변화가 없다. 왜일까? 짝을 찾지 못해 결혼을 못한 이도 많다.
노처녀 노총각의 결혼도 도움이 필요하다.
근본 원인을 찾았으면 싶다. 밝고 희망찬 내일을 보고 잘못된 것들을 바꿔 가면 싶다.

잘못된 관리, 낙하산을 탄 이들만 흥케 하는 겉도는 일들이 가슴 아프다. 쉽게만 가려는 생각들이 안타깝다.
지혜와 추진력과 정직한 양심과 참된 인품이 뛰어난 이들, 편견 없이 법을 지키는 이들, 자기 욕심보다 봉사와 희생으로 자신을 쏟는 이들을 보라.
그런 귀한 이들이 높게 활동하는 좋은 시대가 오면 싶다.
두루두루 잘 사는 나라, 구석구석에 희망이 넘치는 나라, 세상의 본이 되는 그 행복한 나라를 만들어 가면 좋겠다. 연줄을 뛰어넘는 높고 큰 귀인이 많아지면 좋겠다.
누구나 남에게 피해 주려 하지 않는 복된 삶이 되면 싶다.
자녀들에게 바른 생활을 교육하는 가정이 많아지면 싶다.
삶의 시작부터 바른 세상이 되면 좋겠다.
새로운 변화와 진리의 태풍이 일면 좋겠다.

연에 실어 보는 꿈

깊고 넓은 생각과 예의- 질서의식이나 원칙에 입각한 행함의 부재와 진실 없는 삶, 허세, 오만을 생각해 본다.
많은 사람을 위한 진정한 일꾼이 많으면 좋겠다.
다 같이 잘 사는 길- "자신만 잘 살면 된다." 해선 안 된다. 이는 진솔함과 청렴함의 실종, 넓게 보지 못한 생각이다.
먼 훗날 이 땅이 어떻게 변할 것인가?
평등, 진실이 아닌 편파적인 사람이 많아져선 안 된다. 끝까지 잘못된 길로만 가면 어찌될 것인가?
질서와 예의와 공중도덕이 없는 세상은 망가진다. 쥔 자만이 누리려는 특권 의식, 망가진 학교 교육, 외모와 금권이 우선하는 세상이 되어선 안 되리라. 가르침 없는 가정 교육, 편파적인 규제- 특혜가 만연한 땅이 돼선 안 되리라.
무엇보다 바로 된 인간성이 앞서야 한다.
돈, 자기 권세에만 빠지면 참 씁쓸하다.
이웃 없는 내가 없고 내가 없는 이웃도 없다. 너와나 남녀노소 구분 없이 총체적 반성과 변화가 필요하다.
공정성과 건전한 상식 없이 사회발전을 누릴 순 없다. 편파적인 이가 많아질수록 그만큼 어려움이 따른다.
공중도덕이 넘치는 나라 되면 좋겠다. 생산이 건전할 때 그에 따른 수요가 증가하듯이, 진실함이나 양심이 없는 곳에는 희망이 싹틀 수가 없다.

진실과 사랑이 없다면 언젠가는 외면당할 수밖에 없다.
우리의 역사나 세상의 역사를 보라. 잘못된 세상은 정직함과 튄 생각들이 부족하기 때문이다. 깨달음이 없었기 때문이다. 진실함과 믿음이 없기 때문이다.
권모술수와 모함은 왜 짙은가. 자기 욕심만 두고 넓고 큰 세상을 보지 못한 탓이다.
진정 애쓰고 노력하며 큰일을 이뤄 간 이들을 그려 본다.
열심히 국가와 민족을 위해 애쓴 '독립군'을 생각해 본다. 자신을 버리고 나라를 위해 애쓴 분들이다.
진정 사람들이 바뀌고 청렴해지고 새로워지면 싶다. 고귀한 사랑과 지혜와 최선을 다한 노력이면 싶다.
사랑과 진실, 바른 정신이 강한 세상- 구석구석에 희망이 넘치는 밝은 사회는 편하고 즐겁다.
계획성 없이 방탕하게 즐기는 것과는 달리, 꾸준히 자기 발전을 위해 노력하는 사람들을 그려 본다.
그들이 많은 땅은 얼마나 복되고 좋은가! 그들은 목표를 향해 성실히 점진적으로 발전해 간다.
노력과 깨달음 여하에 따라, 시작은 같지만 결과는 다르다. 시작은 같아도, 어떤 목표를 두고 얼마만큼 노력하느냐에 따라 끝은 엄청난 차이가 있다. 학업의 길도 그렇다. 무엇이나 마찬가지다. 차근차근, 예측하여 계획하고 노력하고 개발함으로 변화를 꾀하는 발전적인 길을 가는 이는 흥해진다. 강해지고 풍요로워 웃음꽃을 피운다.
거기 큰 번영과 희망이 있다. 기쁨이 있다.
이에 반해 노력 없이 허송세월하는 삶의 결과는 후회뿐이다. 고통

뿐이다. 자신도 모르게 어둠의 길로 빠진다. 무질서와 비양심은 세상을 좀먹는 어둠의 늪이다.
원칙을 준수하고 옳은 전통을 살리며, 주체성을 확립하는 정신적 지주가 강해지면 좋겠다. 매스컴과 법인과 정치인이 정직하고 거짓이 없으면 좋겠다.
진실과 성실과 법과 예절과 질서로 바로 서면 싶다.
이 땅에 희망의 바람이 불어오되, 각 마을의 골목골목마다 신선하고 진실한 바람이 넘쳐나길 원한다.
바로 된 좋은 세상이 오기를 비는 마음 간절하다.

아픔의 단편을 열며

봄날의 화사한 꽃의 향연도, 스타를 향한 요란한 갈채도, 열광과 황홀함과 기쁨이 넘치는 권세도, 시간이 흐르고 나면 물거품이다. 언젠가는 시드는 꽃과 같다.
무관심, 무지, 무책임의 삶을 벗어나야 한다.
독한 길을 가는 인생이, 몸부림치며 몸살을 앓도록 애쓰면 어찌 될 것인가. 과한 욕심에 매이면 고단할 뿐인가. 영원히 만족하며 자유를 누릴 순 없는가.
「돈 많다」 거들먹거림도, 교만 자랑도, 빼김도 일장춘몽일 뿐이다. 공수래공수거일 뿐이다. 더러는 돈에, 명예에, 아등바등 집착하는 이도 있다. 그 무엇에도 주눅 들지 않고, 당당하고 멋지게 인생을 살 수 있다면, 그것만큼 행복한 일이 또 있겠는가. 남에게 피해 주지 않고 틀에 구속되지 않으며, 자유혼으로 사는 삶을 희망해 본다. 말도 많고, 탈도 많고, 스트레스 많은 삶이면 안 된다. 그건 갈수록 아픔과 고난과 회한을 느낀다. 더러는 속 좁게 작은 생각에 얽매여 고통 받기도 하지만, 큰 것, 높은 것, 밝고 아름답고 고운 삶을 누리고 싶다.

세상엔 모래알 같이 숱한 일들이 있다. 인연된 사람들을 생각해 본다. 때론 오해하고 얼굴을 붉히며 다투기도 하지만. 언젠가는 “당신은 참 좋은 사람이었다.”는 말이 오면 싶다.
환하게, 산뜻하게, 진실하게 살고 싶다.

"씨앗은 뿌린 대로 거둔다."
그것이 곧 인생이다. 내가 어떻게 사느냐에 따라 내 생은 다르다. 결국 내 삶은 내가 행한 대로 보상을 받는다. 성실하게 노력하고 애쓰는 만큼 빛을 발한다. 느끼고 깨닫는 만큼 순조로움이 온다. 원칙에 준한 바른 삶을 살수록 빛이 임한다.
신뢰를 쌓기는 힘들고 신뢰를 허물기는 쉽다. 인과응보의 삶, 그것을 인식하며 살고 싶다.
돈에 양심을 팔아버린 이들이 많다. 가엾은 일이다.
가슴 아픈 상황이다.
비밀이란 없다.
스스로 "아니라." 감추려 해도, "하늘이 알고, 땅이 알고, 자신이 안다."는 말을 잊지 않으련다.
왜, 당신은 모르리라! 다른 사람은 모르리라. 무모한 고집을 품고 사는 걸까요?
다 아는 일에 가면을 쓰려는 것일까요?
행한 일로도 끝내 거짓되고 양심 없는 언행을 보일까요?
실수를 할 수는 있지만 고의적인 거짓 행함은 없으면 싶다. 한발 내딛기가 힘겨운 요즈음, 갈수록 자연 속에 곧게 서는 초인의 삶이고 싶다. 자유혼이고 싶다.
자연 속에, 삽질이나 괭이질 하는 야인이 되고 싶다.
꿈은 지녔으나 아직 그 길을 가지 못하고 있다.
아직 땅을 두지 못한 때문이다. 그 길이 꼭 열리면 싶다.
그날을 소망하며 열성껏 살고 싶다.

해 뜨는 집

산다는 것은 한때다. 짧든 길든 이미 정해진 기간이다. 다만 그 끝날을 알 수 없을 뿐이다. 아무리 바꾸려 발버둥 쳐도 바뀌진 않는다. 정해진 날을 나답게, 보람 있고 뜻있게, 멋지게 살고 싶다. 즐겁고 편하게 살고 싶다. 무엇을 하며 살 것인가?

시간을 쉽게 버리기보다 자투리 시간까지 아껴 쓰는 현명함을 지니고 싶다. 하루하루를 뜨겁게 최선을 다해 살고 싶다.

꿈꾸고 찾고 행하는 것, 모두 즐겁게 뜻하는 대로 이뤄갈 때에 삶의 의미나 기쁨이 좋아지리라.

보람을 찾는다는 것, 기념이 될 만한 생의 작품을 두는 것, 자신의 만족감을 두며 뜻을 이루고, 내 길을 연다는 것. 그런 일에 최선을 다하는 삶이면 싶다.

낭만적이며 멋있는 삶이고 싶다. 기쁨과 즐거움이 넘쳐 기분이 들뜬 하루하루가 되면 좋겠다. 좋아하는 지인들과 자연 속에 살며, 가족과도 편히 산, 들, 바다를 벗하듯 산다면 좋겠다.

바람의 숨결, 파도의 외침, 꽃들의 황홀함도 느껴 볼 일이다. 작은 것에 무관심하기 쉬운 마음의 눈을 떠 서로 아픔이나 혼자된 외로움이나 고통도 품을 수 있다면 좋겠다.

이웃들의 슬픔과 아픔까지도 읽고 느낄 수 있다면 좋겠다.

선히 바르게 사는 이에게 아픔과 고통을 주는 일이 없도록 조금만 더 관심을 가져보자. 인연 줄로 묶인 사람은 서로에게 얼마나 소중한 존재요, 얼마나 귀하며 아름답고 귀한가.

서로를 절절이 느끼도록 실습해야겠다. 그대를 깊이 헤아리련다. 진실로 사랑하련다. 서로에게 감동으로 남을 좋은 시간을 지니련다.
튄 대화를 나누고 싶다. 편히 함께 가는 벗이고 싶다. 맑고 시원한 생각을 지닌 일상을 즐기고 싶다.
진실함을 두고 편히 서고 싶다.
사람다운 이들 앞에 겸손히, 마음을 다한 정으로 서련다.
남다른 행복을 누리는 사람들을 보련다.
그만큼 몸부림치고, 노력하며 애쓴 결과에 이르련다.
옳고 바른 정신으로 사는 건 귀한 복이다. 화초를 가꾸고 텃밭을 경작하듯 가정도 가꿔 가야 한다. 행복한 가정엔 서로 간 오가는 간절하고 애틋함이 있다.
행복! 그것은 자기 책임이요, 배려다.
자기희생이요, 겸허함이다.
어릴 적 가친께서 들려주신 이야기가 있다. 불행한 가정에는 왠지 '항상'과 '맨날'이 함께해 싸우지만, 행복한 가정엔 누구나 '내 탓'이라 함으로, 잘못과 문제점을 찾는 겸손함과 늘 자신을 살피는 노력이 있다 했다. 두 가정의 얘기였다.
한 가정은 항상 웃음소리가 넘치는데, 또 한 가정에선 늘 고함과 불협화음이 끊이질 않았다. 불행한 한 가정의 가장이 웃음의 길을 배우고 싶었다. 그리하여 웃음 많은 집을 방문했다.

"어쩜 좋아요, 제가 부주의해서 가마솥이 깨졌어요."
새댁의 말에 남편 되는 이가,
"너무 걱정하지 마, 내가 이해토록 말씀드릴게."
"아니에요. 이 일은 제 잘못이니 제가 말씀드릴래요."

가마솥 파손 일로 염려하는 젊은 부부의 대화였다. 며느린 곧 시어머니 앞에 나아갔다. 다소곳이 무지한 자초지종을 말씀드리고 용서를 빌었다. 듣고 난 시어머닌 며느리에게 밝게 말했다.
"괜찮다. 그릇이나 솥은 깨질 수도 있다. 아직 살림에 익숙하지 못할 텐데, 미리 관리법을 알려 주지 못한 내 잘못도 있잖니? 괜찮다. 편히 생각해라."
그리 위로를 해 주었다. 이야길 들은 시아버지도 말했다.
"애야, 사람은 누구나 실수할 수도 있다. 아파하진 말거라. 덕분에 새것을 쓰게 돼 좋구나."
'아! 바로 저거다.' 그는 무릎을 치며 집으로 돌아갔다.
자기 생각을 바꾸고 웃음 많은 가정을 닮아 가기로 했다.
날마다 열심히 노력하며 가족 사랑하는 길을 열었다. 가정의 기둥이 노력하는데 영향이 없을 수는 없다. 그 후, 그 집에서도 웃음꽃이 만발했음은 물론이다.

서로 배려하고 이해하고 위로하며 용서하는 삶- 이를 느끼고 감사하는 마음. 여기에 기쁨이 있고 웃음이 있다.
사려 깊은 생각과 자기 노력과 애정 없이 행복할 순 없다. 표현하지 않는 마음도 고쳐져야 한다.
표현치 않으면 그 사랑을 어찌 느끼겠는가. 사소한 일이라도 표현하는 사랑은 아름다운 법이다. 이를 느껴 진실하고 정직하며 솔직한 삶으로 기쁨을 누리고 싶다. 잘못된 부분을 고쳐 가며 늘 새로운 길을 가련다. 해 뜨는 가정에 늘 웃음과 기쁨을 두고 싶다. 즐거워하며 행복을 누리고 싶다.

청년아, 대망을 품어라

귀 열린 청년아, 들으라!
튄 생각과 깨달음으로 날마다 새로워지며 지혜를 얻는 인생은 얼마나 복福되랴. 그 삶을 살라.
머뭇거리기에는 너무 짧은 인생- 철저한 노력과 타는 열정으로 살아도 꿈을 이루지 못해 힘들 때가 있다. 그땐 어떻게 사느냐 맘먹기에 달렸다. 세상은 넓고 할 일은 많지만, 트이고 열린 삶은 내가 산다. 내가 만들고 내가 이룬다.
인생의 훌륭한 스승이나 멘토를 두시라. 가야 할 목표를 이루지 못하고 허송세월함은 안타까운 일이다. 깬 생각과 열정의 관계를 몰라 가슴이 아플 뿐이다.
꿈을 향한 치밀하고 계획적인 하루하루를 살자!
금전에 얽매임보다 현실에 빠져 참되고 멋진 큰 내일을 꿈꾸자. 성취할 그림을 그리고 연관된 꿈을 둔 그 앞에 나를 새겨두자. 오늘이 최선의 날이 되게 사는 것!
그것이 목표를 이루는 길이다.
청년아, 내 삶은 내가 만든다. 대망을 품어 대장부가 되어라. 삶을 즐기되 꿈을 이뤄가는 기쁨 속에 곧게 서야 하리라.
시간을 희락의 탐닉에만 할애한다면 그 끝은 결국 눈물과 후회의 길이 될 것이다. 그 끝엔 몸부림치며 울어도 아무런 답이 없으리라. 미치도록 꿈에 젖어 일에 몰두해 보시라.
찬찬히 세상을 보고 느끼며, 성공자의 삶과 실패자의 삶을 살펴보

자. 극과 극인 삶이 왜인가 알아감도 중요한 일이다. 거기 나를 비추어 곰곰이, 그리고 깊이 생각해 봄이 깨달음이다.
영혼이 깨어, 큰 자극을 받아 몸이 떨려야 한다. 그렇지 않다면 아직 고차원의 길에 이르지 못한 단계다.
어떤 느낌이든 큰 깨달음을 지니라.
이상적인 꿈과 희망을 품기를 원한다. 생각이 트인 복된 길 가길 바란다. 기필코 큰 꿈을 도전으로 성취하려는 자는 복을 받으리라.
청년기의 하루하루가 꿈을 향한 열정으로 가득하길 빈다. 맑고 정한 삶을 살기 바란다.
큰 삶을 살기 원하는 그대여! 오늘 하루가 최선의 삶이 되게 살라.
꿈을 점검하고 매일 자극받으며 자신을 깨우라.
깬 자는 지혜가 있는 만큼 필요한 자극을 받는 법이다.
그건 나이가 어릴 때일수록 복된 일이다. 인생의 모델이 될 사진이나 스승을 두면 더 좋은 일이다.
그대여, 깊이 생각하라. 큰 뜻을 품어라. 끊임없이 영혼을 자극할 책을 읽고 지혜를 얻으라.
성공자成功者가 되려면 성공자의 이야기를, 사업가가 되려면 그 분야의 지식과 돈 버는 법을 습득하고 스크랩해야 한다.
되고자 하는 방향에 온 힘과 정성을 기울이되 무엇보다 깨이고 열린 생각으로 나아가야 한다.
때마다 자극을 받으라. 자신을 만드는 건 자기 자신이다. 그대의 노력이 그대를 만들 것이다.
내일을 생각해 보라. 나의 목표를 그리며 나아가 보라. 깨닫는 자, 기쁨의 삶과 희열을 맛보리라.
이룬 자의 행복감과 만족함에 떨게 되리라.

청년아, 자신을 위해 큰 꿈을 품으라. 큰 꿈을 두고 나아가라. 열정을 쏟으라. 거기엔 열린 문이 있다. 환한 빛이 있다.
무한한 잠재력과 가능성이 있는 그대여!
더 넓고 높고 큰 것을 바라보라. 나이 어릴 때 일찍 깨닫는 만큼 달라지리라. 오대양 육대주 그 광활한 곳을 향해 나아가라. 세계적인 인물이 되라. 세계를 무대로 삼으라.
더 큰 세상을 향해 몸부림 칠 그대여, 영광이 있길 바란다.
대망의 꿈을 이루는 기쁨이 있기를 빈다.

내 안에 새벽이 오는 소리

"진정 참된 이들의 가정은 삶이 즐겁고 행복하다."
남보다 스스로를 깨쳐 변화함이 중요하다.
깊이 생각하며 나를 되돌아본다. 잘못됨과 부족함엔 깊이 반성, 회개하며 무릎 꿇어야 하리라. 선치 못한 것, 추한 죄악, 부족한 생각, 때 묻음이 있다면, 말씀대로 살려 애쓰며 새롭게 다시 서길 원한다.
남 탓함과 미움과 다툼 없는 선한 삶을 살고 싶다.
자만심만 높이면 순수함이 사라질 터, 겸손하면 좋겠다.
계급적 사회가 형성된 세상은 사람 위에 사람이 지배하고, 사람 아래 사람이 아파하는 어둠이 돋는다.
사람을 판단함도 겉모습만으로 판단하기가 일쑤다.
"주 안에서 서로 사랑하라." 했다.
진정 진실하고 순수하려 애쓰고 싶다. 성장하려면 더 쉽게 편히 날 죽이련다.
돌이켜보면 쉽게 젖어버린 죄와 허물이 날 아프게 한다.
순수함을 가장하며 살아선 안 된다. 미움과 다툼과 시기와 질투와 허다한 나쁜 생각을 버리자. 마음에서 우러난 진심으로 바르게 살자. 겸손하기보다 교만함으로 살아선 안 된다.
참 믿음이라면, 말씀대로 행함이 있어야 한다.
부드러움과 사랑이 가득한 맘으로 이웃을 대하고 선한 사람을 기뻐하며, 칭찬하는 진심이 있어야 한다.

아무리 생각해 보아도 부족하고 추하면 고개를 들 수가 없다. 누가 알든 모르든, 바른 삶을 살아 편해지고 싶다.
신앙 안에서 더 맑고 밝고 따뜻한 길을 가고 싶다. 고의든 아니든 상처 준 이들에겐 용서를 빌며, 반성의 날이고 싶다.
진정 회개의 기도를 드리고 싶다. 진정 형식이 아닌 진실한 믿음으로 살려 애쓰련다.
변화된 새로움으로 오늘을 살고 싶다.
다 이해하거나 용서치 못한 삶!
넓은 마음으로 쉽게 사랑하지 못한 아픔!
이 부끄러움이 안에 흐른다. 고난으로 운다.
오호, 통세라. 이 아픔이여. 겨우, 속속 회개의 눈물이 돋는다.
쾌락과 고통, 후회와 아픔도 있다. 통통 튀는 묘한 감정이 있기도 하다. 끝없는 인연을 혼자 깊이 보며 견디는 아픔이 되기도 한다. 몸부림하는 회개의 눈물이 영혼을 흠뻑 적셔 새롭길 원한다. 새길 가기를 원한다. 새로운 출발로 새바람이 넘치길 바란다. 생각할수록 가슴이 뛰는 맑음과 밝음이 넘치면 좋겠다. 순수함이 있기를 갈망한다.
통증과 아픔, 괴로움은 내 육신의 정욕과 안목의 정욕과 이생의 자랑에 눈먼 탓이요, 결단코 깨어 바르게 살지 못한 탓이다. 기쁨으로 날 열고 주님만 바라보며 믿음의 길을 가고 싶다. 주의 말씀을 따라 살고 싶다. 세상일에 젖지 않고 말씀을 따라 행함으로 기쁨이 넘치고 변화된 삶으로 하늘을 보며 살고 싶다. 늘 기도하며 임재하신 주를 따르고 싶다.
기쁘고 행복하고 편안한 삶을 살고 싶다.

열린 인생길

스스로의 노력이 담긴 변화, 그것이 지속되다 보면 하나의 고귀한 경지에 도달하게 된다.
길을 앞서 가는 사람들은 다 그런 사람들이다.
깊이 빠진 열심과 인내로 자신을 가꾼 사람들이다. 특별나게 혹은 특이하게 자신을 개척하면 귀한 사람이 되고, 괴짜가 되고, 명물이 된다. 대장부로서의 명성을 얻거나 유명인이 된다.
자기만족의 행복을 꿈꾸는 것도 그렇다.
자신을 위해 지혜를 높이고, 목표를 향해 달리면 길이 열린다. 노력 없이 목표에 이를 순 없다. 쉽게 되는 일은 없다. 열정과 정신을 다한 노력은 값진 것이다.
그 원하는 쪽에 자신의 정신을 집중해 보면 영혼으로 볼 수 있는 별난 눈이 트인다.
평범하고 평이하게 사는 것도 마찬가지다. 편안하려 하고 자극받지 않으려는 생각에서 비롯된다. 아무런 변화도 없이 물길 흐르는 대로 흐르면 그만이다.
변화를 모색치 않는 안일한 삶으로, 생이 어떤 건지 충분히 알 수 없고 행복할 수도 없다.
내 삶 역시 뜻대로 이룰 힘찬 삶이길 원한다. 생기와 팔딱임이 충만하면 좋겠다. 자연 그대로 살거나, 세상을 초월한 정신으로 걱정, 근심을 버린 편안함이고 싶다. 그 삶이면 특별한 길을 갈 것이다. 자연인이 될 것이다.

내가 아파지더라도 참 열심히 살고 싶다. 치열하게 살고 싶다. 눈 코 뜰 사이가 없어도 괜찮다. 다만 하고픈 일에 최선을 다하며 웃고 싶다.

성공하는 사람들을 보면, 남과는 다른 차별된 특별함, 타고난 재주와 번뜩이는 아이디어, 다부진 결연함이 있다.

끊임없는 노력과 창조성. 최선을 다한 성실함이 있다. 그리고 끈기가 있다.

빛과 열매와 향기가 드러나게 열심히 살고 싶다. 하고픈 일에 최선을 다하고 싶다.

바른 삶을 살고 싶다

하늘 우러러 부끄럼 없는 나날 되길 갈망한다.
어떤 길에 있든지 근심이나 걱정, 아픔이 없으면 좋겠다.
그 생각을 두고 진지하게 내게 묻는다. "바른 길을 가고 있는가?"
회개하고 반성하며 온전한 습성을 지니면 좋겠다. 아직 남을 품지 못해 아픔이 많다. 깨달음으로 속히 진지한 출발을 하고 싶다. 이 순간에 한 획을 긋고, 진정한 마음으로 살고 싶다. 바르게 사랑하지 못한 아픔과, 언어와 행실과 입술로 기쁨 발하지 못한 일들을 반성한다. 미움과 용서치 못한 것에의 내적 갈등이 있나 살펴본다. 마음의 죄악을 깨부수고 싶다. 다시 맑은 길을 열고 싶다.
하늘을 우러러 한줌 부끄러움이 없도록 정직하고 진실하게 굳은 심지로 나를 살리고 싶다. 맑고 선하고 진실하며 올바른 삶을 살고 싶다. 하늘의 말씀대로 살면 좋겠다. 그리하여, 다시 때 묻지 않은 순수함을 지니고 싶다. 부끄럼 없는 언행을 지니고 진실어린 사랑을 나누고 싶다. 상큼한 마음의 배려를 두고 조용한 입술, 따뜻한 가슴으로 욕심 없이 살고 싶다.
선이 넘치는 인정을 지녀 밝은 기쁨, 즐거움, 편안함을 누리며 살고 싶다. 그것들로 채운 맑고 밝은 삶이고 싶다. 부끄럼 없이 살고, 가만히 미소 지으며 살고 싶다.
천국에 소망을 둔 바른 믿음의 길을 가고 싶다. 오직 주님을 인정하고 의지하는 삶, 그 변화된 삶을 살고 싶다. 어둠이 없는 길을 걷고 싶다. 하나님 뜻에 합한 삶을 살고 싶다. 그분이 인정하는 삶이고 싶다. 사람에게 인정받기보다 하나님께 인정받는 삶으로, 누가 뭐래도 하나님만 보며 살고 싶다. 거짓 없이, 죄 없이 하나님의 모든 것을 보고 듣고 알고 계심을 알아 범죄를 저지르지않게 살려 노력하고 싶다.

무엇보다 믿음 안에서 복된 삶을 누리고 싶다. 늘 편안한 길을 가고 싶다. 이 세상에서 겪는 어떤 아픔이나 고통, 어려움과 고난도 시간이 가면 사라지고 해결되며 순탄케 된다.

그 무슨 일이나 부질없는 것, 다 잊고 지우고 편안하게 살고 싶다. 자연스런 마음으로 살고 싶다.

지혜

어렵긴 하겠으나 돈에 매여 살지는 않으련다.
돈에 지배당하진 않으련다. 수입이 백만 원이면 백만 원에 맞추어 살련다. 아낄 것은 아껴 쓰고, 꼭 써야 할 돈을 쓰는 지혜. 설 곳과 누울 곳을 분별하고, 할 말 안할 말을 아는 지혜를 지녀 무너짐 없는 삶을 살련다. 큰 것, 작은 것, 먼저 할 것, 늦게 할 것을 분별하고, 경중을 아는 지혜- 그 지혜로 남의 눈치 보지 않고 당당하게 바른 삶을 살련다. 그것이 나를 나답게 하리라.
큰 꿈과 계획이 있어도 억지 부리진 않으련다. "능치 못할 일이 없다." 믿고 살련다. "때가 되면 이루리라." 믿고 살련다. 택하시고 인도하신 이가 선한 뜻에 합당하면 꼭 도와주리라, 이뤄 주시리라 믿으며 간구하련다. 다만 노력하며 살련다.
현재의 일에 최선을 다하며, 책을 많이 읽으련다.
삶은 자기 욕심으로 인하여 항상 어렵고 힘들고 슬퍼진다.
현실에 순응하며 욕심에 빠지지 않고 살아갈 때라야 마음의 평안을 누리고 자유와 즐거움을 얻게 되리라.
내일에 대한 염려는 아직 임하지 않은 내일의 일이요, 맘먹기에 따라 편할 수 있음을 알고 걱정 근심을 버리련다. 얽매임 없는 마음을 두련다. 오지 않는 내일. 그때 일은 그때 염려할 일이요, 오늘 일은 오늘에 만족해야할 뿐이다. 물 흐르는 대로 편히 가고 싶다. 아직 일어나지 않은 일로 날 괴롭히지 않으련다. 모든 것을 편히 생각하며 살아야겠다. 지혜로운 삶을 살고 싶다.

깬 영혼을 지닌 이에게

한 계절이 편하게 느껴지고 있다.

조석으로 서늘하고 상쾌한 그 기운처럼 나를 시원케 하고 나를 기쁘게 하는 그대여!

그대는 청정 지역의 그 맑고도 시원한 자연 같다.

배려와 진정한 마음의 염려와 따뜻한 위로와 기쁨을 둔 듯 늘 소박하고 선한 맘을 열기 때문이다.

"오늘 하루를 행복하게 하는 사람! 우린 서로의 기쁨이 되고, 친구되고, 오누이인 듯싶다.

마음을 다한…… 어떤 말을 하루 만 번 이상 하면 그 일이 꼭 이루어진다잖아." 기대에 찬 생각을 날리는 언어로도 맘이 환해졌다.

그대는 가을을 닮아 있다.

조금씩 점차 발전되고, 의미가 있어 살 만한 힘이 되는 것처럼 오늘도 고운 언어의 빛을 놓는 그대!

가슴 따뜻한 언어로 닿기까지, 신중하고 섬세한 걸음이란 늘 좋은 느낌을 더하는 법이다.

쉽게 그 누구에게서나 느껴 보지 못한 배려와 진심. 같은 생각을 지닌 사람끼리는 마음이 통한다는 진리를 다시 갈무리한다. 하나라도 주려는 마음과 마음 다한 관심. 그런 것들이 와서 나를 행복하게 한다.

"하루만 살다 헤어져도 저 사람의 배필이고 싶다.

가난해도 좋으니 저 사람 곁에서 살게 해 달라."는 그런 염원같이,

맑고 밝은 얼굴로 농을 놓고 싶다.
"하하" 웃을 수 있는 깬 영혼으로 다가와 짓궂게 해바라기 하는 소녀처럼, 그대의 언어에 기쁨이 돋으면 싶다.
사람을 시원케 하는 매력을 지닌 사람으로 늘 행복하기를. 그냥 편한 연인같이 경쾌하게 웃으며, 작은 것에는 연연치 않기를 빈다. 보다 크고 높고 뜻 있는 것- 위대하고 가치 있는 바른 길을 가는 멋진 삶을 누리길 빈다.
자연을 안에 품고, 언젠가는 떠나야 할 이 인생을 품고, 자연 속에 어우러져 하나가 되는 성정으로 늘 순수한 맘이 되길 바란다. 자연을 향한 마음의 여유가 있어 늘 행복하기를. 시간, 시간 나를 찾고 얻는 기쁨에 가슴 붕붕 띄우시기를.
그러므로 언제라도 생의 끝에 이르러서는, "잘 살았노라. 행복했노라." 말할 수 있도록 살아가시길…….
그대여, 가을이 와서 생각이 더 깊어진다. 오늘 하루도 즐겁기를 비노라. 행복하기를 원하노라.
그대여, 그대가 있음으로 내 마음이 기쁘다. 항상 내가 느끼기에 따라 행복해진다는 그런 사고로 살자.
"그것 또한 곧 지나가리라."
어렵고 힘들 때는 이 말로 위로를 받으며 긍정적인 생각을 품고, 작은 것에의 집착을 버리련다. 훨훨 영혼의 날개 짓을 하면서- 곁에 손잡아 주는 이 사람 있어 늘 마음 든든하기를 바란다. 늘 행복하시길 빈다.
오늘도 한 편의 삶을 노래하며 마음을 연다.

아름다운 사람들을 그리며

마음을 풀며 휴가를 즐길 해수욕장은 만원일 듯싶다.
한 주간 내내 고속도로는 차량 행렬로 북적인다. 그 여파는 현재 살고 있는 도시에도 미쳤다.
고속도로가 막혀 시내를 거쳐 다시 고속도로를 타고 간다.
이 도시의 사람들은 평소 느긋하니 양보도 잘하며 부드럽게 운전을 했는데, 그리 도는 차들은 달랐다. 그 차들은 왜 그리 조급히 차선 변경, 교통법 무시, 난폭 운전으로 기운을 흐려 놓던지. '역시 난 아직 좋은 도시에 사는구나.' 위로를 받았다.
일찍 고향을 다녀와 티브이를 통해 휴가철 풍경을 보았다.
해변에 몰린 인파 속에서 단속원과 닭튀김 판매 인간과의 쫓고 쫓기는 일이 클로즈 되는가 하면, 백사장에 섞이고 묻힌 닭 뼈를 치우기 위해 채를 치는 광경이 방영되었다.
학력이 높아진 세상이나 더 씁쓸함이 짙다. 학력 높음보다, 배운 만큼 정한 사람이 많으면 좋겠다. 그만큼 생각과 인격을 높여 가면 싶다.
자기가 버린 쓰레기를 제거할 양심이나, 그것을 치울 기본 교육, 환경 보호의 필요성을 인식케 할 순 없을까. 계몽 관리의 부재라-신선함으로 오는 것은 없다.
월드컵 경기 때 한 응원팀이 쓰레기를 줍고 정리하던 이들의 정신은 참 신선했다. 그때 '붉은악마 응원단'의 곱고 아름다운 정신에 감사하며 박수를 보낸다.

방송은 필요 적절한 때에 그런 정신을 높여야 한다. 때론 국민 정신을 깨우는 방송프로가 많으면 좋겠다. 자연 보호의 중요성, 버려진 쓰레기가 미치는 영향, 편리한 것과 불편한 것, 치우기 쉬운 쓰레기와 국세 낭비의 관계, 국세는 내가 내는 것이라는 의식 전환이 필요하다.

지상에 버려진 양심을 깨우면 좋겠다.

좀 더 옳고 그름을 알리고 계몽하는 법이 필요한 때다. 행동하는 실천인들, 옳고 바르고 선한 아름다움을 가꿔 가는 이들을 그려 본다.

어느 방송에서 한 등산단체가 매주 산행을 하면서 쓰레기를 수거하는 장면을 보았다.

구석구석에 버려지고 감춰진 쓰레기들 줍는 멋쟁이들이다.

산과 물, 자연을 오염시키는 일은 순간이지만, 오염된 것을 맑게 순화하는 데는 백년이 소요된다 했다.

산과 등산코스를 정해 걸으며 쓰레기봉지에 쓰레기를 주워 나르는 그들의 모습이 참 감동적이었다. 고마웠다. 진정 등산 자격이 있는 분들이다.

등산 시 쓰레기를 버리고 자연을 망치는 이들이라면 등산할 자격이 없다. 등산을 못하게 하면 좋겠다. 그들은 통제되어야 할 이들이다. 너나없이 우린 새로운 발전의 운동을 일으켜야 한다. 잘못된 부분 부분을 깨우고 느끼는 일이 많아지면 좋겠다. 총체적인 변화를 일으킬 바람이 곳곳에 일면 싶다.

의식 전환 운동!

내일을 의식하고 깬 생각으로 바로 된 세상을 만들면 싶다. 신선한 충격들이 많아지면 좋겠다.

환경오염을 막는, 맑고 시원한 바람이 일면 좋겠다.

청정한 자연은 내 병을 줄이고 기쁨과 아름다움을 준다.

폐기물과 쓰레기를 자연 속에 버림은 환경을 망친다.

세상을 추하고 더럽게 망치지 않으면 좋겠다.

나와 후손들에게 영향을 끼치는 나쁜 일임을 알고 자연의 귀중함을 알았으면 좋겠다.

지킬 것은 지킬 줄 아는 이들이 많아지면 좋겠다.

오만과 편견

진정 바른 인간이면 싶다. 생각도 없는 불편한 인간이 되지 않았으면 좋겠다.
대우하는 만큼 대우받는 사람이 됨을 명심하련다. 좋은 대우엔 좋은 소문, 나쁜 대우엔 나쁜 소문이 따른다. 좋은 일이 많은 나라는 고통이나 불안함이 적다.
언행도 그렇다. 자녀를 위해서는 부모의 언행도 본이 되게 맑고 깨끗해야 한다. 배려와 이해, 도움을 위해 마음 씀이 있어야 한다. 서로 더불어 사는 사회를 만들어 가면 좋겠다.
그대여! 잘난 게 무엇인가?
바른 사람은 정직하고 성실하며 곧고 선하다. 사람 차별은 오만이요, 편견이다.
도와주라. 베풀라. 사람다운 삶을 살라.
당신은 괜찮은 나라에 태어났다.
혼자 잘난 체 말라. 거짓말하거나 거짓된 삶을 살지 말라. 자기 교만이요, 어리석음일 뿐이다. 세상에 위대하고 특출한 인물들이 얼마나 많은가?
또한 사람마다 자기 특징이 있고 각기 특별한 부분이 있다. 비교하고 분석해 보면 난 나의 재능과 은사를 지녔다.
누구나 마찬가지다. 남에겐 대단치도 않다. 왜 그리 권세와 자랑과 대우받기에만 급급한가. 그것은 욕심이요, 교만과 무지일 뿐이다. 자신의 생각과 지혜가 부족하기 때문이다.

괜찮은 사람, 그들을 보라.

타인을 돕고 사랑하고 존경받지 않는가. 남에게 인정받으려면, 날 깨우고 바꾸기에 노력해야 한다. 온전한 길 가려 노력하며 발전과 변화를 위해 힘써야 한다.

그 누구 앞에서도 부끄럽지 않는 삶을 살면 좋겠다.

그 길을 가 보자! 그래야 삶에 기쁨과 즐거움이 넘치리라.

달콤한 안식

사람에겐 무한한 잠재력이 있다.
그 잠재력을 위해 열정적이라면 기쁨이 온다. 힘과 열정이 바닥나기 전에 안식을 누려야 한다.
인생의 참맛을 알고 느끼는 것도 깨달음이다.
삶을 개발하라. 사람에게는 누구나 감춰진 재능과 은사가 있다. 그것을 알고 찾아 발휘하는 이도 있고, 내게 무엇이 있는지 몰라 남을 부러워만 하는 사람도 있다.
쓰지 않는 재능은 서서히 퇴보되어 결국은 사라져 버린다.

인생엔 발전과 개발이 필요하고 절제도 필요하다.
휴식과 일함, 안락과 가치 추구에 적절한 점을 찾아야 한다. 하지만 너무도 자기 위주요, 자기 생각만 옳다는 이가 너무 많다. 공중도덕이나, 예의, 정한 규칙도 없다.
남을 위한 배려, 도움은 없으면서도 남이 도움을 안 준다고 자기만 고생한다고 말한다. 그리고 남을 비방하기만 좋아하고, 자기만 높다 한다.
오늘날 사람들은 불필요한 일에 염려나 근심이 많다.
너무 형식적이고 거짓된 일도 많다. 진정 바꾸고 걱정하며 변화해야 할 일에는 관심이 적다. 편히 듣고 배우고 발전할 일이나, 청정하고 선한 일에 미칠 영향에 신경을 쓰지 않는다. 넓게 생각하거나 깊이 생각지 않는다.

다투고 싸우는 일이 없게 살려 말을 줄여 살면 아무것도 모르는 사람이라 여겨 더 험담을 하고 사람이 없는 곳에서 그 사람을 욕하며 비방하기도 한다. 잘못된 일이다.

미워하지 말자. 나만 높다 하지 말자. 겸손하고 성실하며 자기 일에 최선을 다하자. 완벽한 사람은 없으니 너무 높아지지 말자. 성경에,

"나는 아무것도 스스로 할 수 없노라. 내 팔은 내 뜻대로가 아니라 나를 보내신 이의 뜻대로니라.

이 일을 행하시는 이는 안에 살아 계시는 아버지이니라."

기도로 하나님을 찾는다는 것은 그분과의 대화 또는 그분께 쓰는 일기를 말한다.

아빌라 성 테레사는 "기도를 멈추는 것은 하나님의 축복이 쏟아져 들어오는 문을 스스로 닫는 것이다."라 했다.

끝없이 시간과 장소를 불문하고 기도하고 싶다.

혼란에서 질서로, 근심에서 평온으로, 절망에서 희망으로 변화하는 길을 가고 싶다.

하나님은 우리의 인도자요, 스승이며 치료자이시다. 그분과 조화를 이루며 산다면 우린 더 강하고 지혜로워질 것이다.

성도는 자신의 재능을 최대한 발휘하고 선한 일을 행하라- 부름을 받았다. 그 부름을 알고 느낌이 중요하다. 무엇보다 바쁜 길이 아닌 좋은 길을 가라 하신다.

사람은 아는 만큼 기쁨과 즐거움이 있다. 우린 삶을 통하여 영혼을 살찌워야 한다. 늘 주의 뜻을 구하고 묵상해야 한다. 말씀과 기도는 발전과 힘의 근원이다.

하늘을 보라! 느끼고 깨달으라.

하나님은 우리의 언행뿐 아니라 생각까지도 아신다.
말씀과 뜻대로 살고, 진실하고 선하고 깨끗하며 믿고 기도하며 밝게 살아가야 한다.
하나님은 우리를 통해 일하신다.
우린 더 깊은 교제를 통해 에너지를 채우고 발전해야 한다. 그분 안에서의 안식이 필요하다. 우리는 우리가 지녀야 할 길을 바라볼 필요가 있다.
그 길이 곧 나를 행복으로 이끄는 원천이기 때문이다.

말에 대한 소고

일상에서 가장 쉽게 드러나는 것이 언행일 것이다. 그러므로 어렵고도 쉬운 것이 말이 아닌가 싶다.
귀는 외이外耳, 중이中耳, 내이內耳가 있다. 말을 들을 때도 귀가 셋인 양 들어야 한다.
"말하는 것을 귀담아 듣고, 말에 감춰진 말을 신중히 알며, 차마 말하지 못하는 감춘 말도 느껴야 한다(『멘토』 중에서 R.이안 시모어의 말임)."
말을 잘한다는 것은 말을 많이 하는 것이 아니다. 뜻있고 깊은 말을 합당케 하는 말과는 다르다. 때와 상황에 맞는 말은 금과 같다.
말로 인해 오해와 미움과 다툼이 일기도 한다.
상대를 이해함보다 내 잣대, 판단, 기준대로만 결론을 짓기 때문이다. 자기 의사를 뜻대로 표현치 못할 땐 속상해한다.
그런 경우엔 상처를 받기도 한다.
긍정적인 대화법엔 "옳소, 맞소, 그렇소."가 있다.
말에 긍정적인 생각을 두면 그 삶은 훨씬 편하다. 일상의 대화에서 '아'와 '어'가 다르듯이, 같은 상황에서도 화자의 화법에 따라 명암이 확연히 다르다.
화법에 따라 시시비비가 풀리고 얽힘을 종종 경험케 된다.
어떤 일 중 "이게 뭡니까?"보다 "이건 이러이러함이 좋겠는데요." 함이 낫고, "그것도 확인 않고 뭐했습니까?"보다 "이런저런 일을 더 신경 쓰면 좋겠네요." 함이면 싶다.

미리 느낌을 예측하고 곱게 말함이 더 좋을 터이다.
험하고 배려 없는 말은 상대의 기분을 엉망으로 만들며, 하고자 하는 의욕도 꺾는다. "말 한마디가 천 냥 빚을 갚는다."는 말을 생각하면 말의 중요성은 삶에서 익히 느끼는 바이다.
습성화되지 않아도 꾸준히 채찍질하고 몸부림치며 치열하게 다듬고 경작하는 노력이 필요하다. 그것이 결국 나를 높은 곳으로 인도해 갈 것이다.
그 애씀이 결국 언젠가는 나를 훌쩍 틔울 것이다.
발전을 위해선 크고, 넓고, 깊고, 높은 생각을 지니리라. 날마다 애쓰는 노력을 지니리라.
독특하고 세련된, 가치 있고 위대한 꿈은 꼭 빛을 발하리라. 특별하고 발전된 창조적 지혜로 날 채우고 깨워 가다 보면, 그만큼 남과 다른 인물이 될 것이다. 단지 십 년 공적, 절차탁마의 삶과 인내하고 노력하는 삶으로 날 이끌어 가야 한다.
늘 새로워지고 싶다. 발전을 위해 더 노력하고 싶다.
노력 없이 바뀌는 일은 없다.
나 자신의 발전된 삶을 위하여 더욱 매진하고 싶다. 씨앗을 틔우고 가꿔 꽃을 피우고 싶다.
활활 타오르는 영광의 불꽃을 피우도록 힘쓰고 싶다.
파이팅! 새 기운을 돋우자.

생각지 못한 전화를 받고

출근코자 방을 나서는 순간이었다. 손전화가 외쳤다. 문을 열라고-. 바로 문을 열었다. 화면에 뜬 한 이름을 보았다.

저편에선 말이 없었다. 전화를 걸어 놓고 말은 않는다. 그래서 먼저 입을 열었다.

"여보-세요. 오랜만이네. 잘 지냈어. 어쩐 일이야?"

"응. 너로구나." 그때야 그런 답을 했다.

"왜, 다른 사람에게 전화한 거야?"

"아는 사람께 전화를 하려다가 그만……."

전에도 꼭 같았던 상황을 생각해 낸 난 답의 진실을 살폈다.

결론을 짓는다. '하나의 방법이구나.'

"아, 내가 그야? 건강하고 잘 지내지!"

"응, 잘 지내. 목소리가 달라서 놀랐어?"

"목소리 듣고 싶어 전화했다- 해도 괜찮은데."

"앞으로는 그럴게. 목소리가 활기차서 좋네."

"네 말이 금덩이 같아서 그래."

"하하- 시인은 역시 다르군! 좋은 글 많이 써."

"그래, 님이 역사하시면 확실히 감동이 많은 글을 쓸 거야."

그 언어로 편히 마음이 통했다. 안에 흘러드는 맑은 시냇물 같았다. 오랜만에 떨지 않고 편한 대화를 나눴다.

길 가며 그녀를 생각해 보았다.

가끔 말과 인연으로 글감을 주는 귀한 사람이다. 고마웠다. 목소리를 준 것만으로도 너무 고마웠다. 늘 감성이 있는 글을 쓰도록 대화의 기회가 많아지면 싶다. 이렇게 날 깨워 주면 좋겠다.마음뿐 아니라, 생각의 높이가 같아 편한 대화를 나눌 수 있는 벗이다. 자주 보고 싶은 친구다. 내겐 참 소중한 친구다. 처음으로 내 마음의 감정을 눈뜨게 했고, 한 번씩 던져 주는 말들은 빛으로 왔다. 만나거나 대화할 때마다 날 행복하게 했다. 확 트인 길을 가듯 편안한 마음을 두고 싶다.

다 열지 않아도 느끼고 깨달던 마음이라 이젠 하고픈 말도 편히 쏟아 놓고 싶을 때가 있다. 그만큼 말을 듣기도, 얼굴을 보기도 어렵기 때문이다. 사는 곳의 길이 먼 탓이다.

잘 있으라. 세상을 하직할 때까지 편하게 살라.

한 젊은이에게

목표를 세우고 꿈을 향해 전진하는 이는 다르다.
"인물은 선택과 조화, 훈련으로 만들어진다." 했다.
명품 인물이 되려면, 스스로 큰 변화를 꿈꾸고 앞길을 보며 꾸준히 나아가야 한다. 십 년, 이십 년 앞을 보고 독하게 노력해야 한다.
"배우는 고통은 잠깐이지만, 못 배운 고통은 평생을 간다(하버드대 도서관에 쓰인 글이라 함)."
인생을 절실히 느껴 깨달음이 독해져야 할 말이다. 깊이 느끼고 자극되어 삶을 바꿔야 하고, 현실을 느끼며 새롭게 자신을 개척할 일이다. 꿈을 위한 고난과 고통도 내일을 그리면 즐거울 수 있다.
지식을 높이며, 꿈을 지닌 의욕이 넘치는 길을 가고 싶다. 최선을 다하여, 지치고 힘들어도 뛰고 싶다. 예습과 복습, 최선의 집념을 돋우고 싶다.
남보다 앞서려는 몸부림이 있으면 좋겠다.
목표를 향해 온 힘을 쏟고 자신과의 싸움에서 이기는 노력은 훗날 자신에게 올 기쁨과 비례한다.
현재의 출발은 같으나, 참고 인내하며 노력하는 만큼 목표의 산을 오르는 높이는 갈수록 차이가 난다.
이룬 자의 결과는 피나는 노력과 애씀의 과거다.
그냥 되는 일은 없다. 목표를 향해 최선을 다해 보자.
꿈은 인내하며 최선을 다할 때 환한 길이 열린다. 큰 기쁨이 온다.
그 길 가도록 힘써야겠다.

느낌

일상의 깨달음과 느낌, 자각증이 없는 삶엔 변화가 없다.
느끼지 못하는 감각과 알아차리지 못한 두뇌를 열고 속히 깨달아서 변화를 이루면 싶다. 험한 일로도 요동치 않고 잠잠할 수 있다면 좋겠다.
오직 저 천성을 향해 날마다 바른 길을 가고 싶다.
소망을 이루려면 먼저 깨끗한 지식이 많아져야 하리라. 선한 꿈, 맑은 영혼을 품은 정직함이 있어야 하리라.
"할 수 있다." 믿고 행하는 만큼 빛이 오리라.
"하면 된다."는 믿음만큼 새로워지리라. 생각을 높이 열수록 기적이 오리라. 생각하고 느끼는 만큼 다양한 빛깔로 오는 삶의 길은 언제나 밝게 열리며, 기쁨과 즐거움이 넘치리라.
주변 환경에 휩쓸리기보다 주관이 뚜렷한 옳은 길을 가련다. 그런 다짐으로 하루를 살리련다.
"오늘은 항상 새롭다."고 되뇌고 싶다. 찾고 노력하고 새로워지면서 더욱 성실히 살고 싶다. 하루하루 날 깨우고 싶다.
책 속에서 원하는 지식을 만나면 몸과 마음도 시원해진다.
기존의 의식을 깨고, 바꿀 것, 생각을 높일 것과, 적극적인 삶, 이해, 사랑, 돕기에 빠진 사람은 얼마나 아름다운가.
생각의 틀을 깨자. 스스로 애써 달라져 보자!
오늘도 나는 새로운 길을 꿈꾸어 본다.

간절한 소원

간절한 소원은 꼭 이루어진다. 최선을 다함이 중요하다. 감동 있게, 크게 인정받을 꿈을 지니려 노력해야 한다.
꼭 이루고 싶은 꿈이 있다. 밝고 환하며 크게 열린 감동이 되면 좋겠다. 자연적인 삶과 재능과 은사를 꽃피우고 싶다.
진지하고 잔잔하며 평안한 감동과 기쁨을 전하고 싶다. 참된 문을 열고 싶다.
느낌과 깨달음이 짙은 빛이 많아지면 좋겠다.
무엇이나 일찍 꿈을 꾸고 먼저 깨닫는 이들에게는 그만큼 높고 확실한 목표를 이루리라. 일찍 이 일을 느낄 수 있다면 얼마나 좋겠는가. 늘 책을 읽고 공부하되, 목표를 두고 공부하면 싶다. 선각자의 깊은 지혜를 배우려 애쓰련다.
멋진 지식은 책 속에 있다.
그 지식을 내게 쌓을수록 나는 앞선 길을 가리라. 지식이 나를 흥하게 하리라. 빨리 깨달을수록, 발전이 빠를수록 귀한 인물이 되리라. 깨달음이 어린 나이일수록 명인이 되리라. 그것이 소원에, 꿈에, 목표에 빨리 이르는 길이다.
곁길로 가는 치우침 없이 노력하며 전진해야 한다.
가장 가까운 사람들에게 알리고픈 소중한 지혜다. 사랑하는 이들에게 주고픈 이야기다. 깬 생각과 지혜로 언제나 큰 변화를 꿈꾸는 이들, 현명한 젊은이들에게 순간의 느낌과 충격으로 힘이 부여되면 싶다.

한 부분을 깊이 알아 감에는 공부와 지혜가 필요하다. 늘 책이나 자연, 옛 사람을 통해 배우고 익힘은 참 중요하다. 흐트러진 길을 가지 않고 늘 옳고 그름을 깨달고 싶다. 현시대에 녹지 않고 진정 올곧은 길을 가고 싶다. 그것을 이룸이 참된 인생일 것이다.

한 분야에 깊이 치중하고 싶다. 인내하며 귀한 경지에 빠져들면 좋겠다. 배우고 알고 깨달아 남다른 생각을 품고, 변화된 발전적인 길을 가고 싶다. 버려진 물품을 보완해 새로운 창조물이 되게 함이 중요하다.
새 힘을 돋워 새로움을 개척하고 싶다. 늘 성실한 행함으로 날 기쁘게 하고 싶다. 글 쓰고 그림 그리며 편히 살고 싶다. 내 꿈은 그런 것이다.
애 쓰며 남다른 노력 없이 꿈을 이룰 수는 없는 법!
소원하는 꿈에 이르도록 늘 열정과 노력 있기를 빈다.
몸부림이 되도록, 피 눈물 날만큼 최선의 노력이 되도록…….

나를 위하여

동행이란 서로 통하고 도우며 같은 길을 가는 일이다.
마음 열어 서로 편한 길로 통하는 일이다. 세상 삶의 길은 어렵고 힘들다. 꼭 같진 않다. 그러므로 서로 이해하고 도우면 기쁨과 즐거움을 누린다. 그런 삶이 편안하고 행복하다.
믿음과 신뢰는 관심을 둔 것보다 더 큰 잔치다. 믿음과 신뢰가 있도록 진실하고 정직해야 한다.
소인은 멋만 부리려 하고 대인은 내적 단장과 지혜를 키운다. 형식을 버리고 깊고 큰 생각을 바르게 행하면 좋겠다.
사람들이 평하고 집착하는 외적 형식은 값없는 일이다. 자기 욕심일 뿐이다. 남의 관심을 끌기 위한 개인적 의사다.
정신이 온전치 못하면 미모는 별게 아니다. 그건 겉치장일 뿐이다.
판단의 기준은 사람마다 다르지만, 생각이 깊고, 인품이 곱고 고상하며, 청정하고 따뜻한 마음 지닌 사람이면 얼마나 좋으랴.
그냥 말없이 살고 싶다. 노력하고 싶다.
선하고 정직한 삶을 살려 노력하고 싶다. 바른 도전정신 앞에 불가능은 없다. 꾸준히 애쓰고 노력하되, 환경과 마음도 바꿔 감이 참 소중하다.
진실하고 싶다. 신실하게 살고 싶다. 바르고 온전하기 위한 노력은 인생의 힘이다. 하나님이 도우시면 안 되는 일이 없다. 무서워 말자. 염려하지 말자. 믿음이 어떤가가 문제다.
세상엔 각 단계별 동식물이 있고, 사람이 있고, 하늘에는 하나님이 계시다. 하나님은 우리가 거울을 보듯 내말과 행함과 생각까지도 다 알고 계신다.
사람이 통하면 마음이 서로 비치듯 하나님과도 마찬가지다. 못할 일이 없으시다. 믿고 구하는 것은 다 해결해 주신다.
그 구함은 자기 욕심보다 하나님 뜻에 합한 것이어야 한다.
더러는 바로 답이 오지 않는 경우도 있다. 믿는 자의 단련을 높이고, 더 큰 답을 주시기 위함이다. 형식이나 외식을 원치 않는다. 깨끗하고 선하며 하나님 뜻에 합한 생각의 삶이어야 한다. 지혜와 믿음이 충만할 때, 순종하며 경외할 때, 믿을 만한 깨끗한 그릇일 때, 고운 빛을 발하신다.
그냥 되는 일은 없다. 기도와 간구로 의사가 통해야 한다.
그러므로 우린 공부하고 배워야 한다.
사람은 누구나 언젠가는 이 세상을 떠난다.
그때 우린 살아온 삶에 심판을 받는다. 아직 오지 않는 일이니 죄를 회개하고 너무 두려워 말자. 다만, 하나님의 뜻대로, 말씀대로 살려 애써 보자. 그 마음을 지니고, 차분히 편안한 마음으로 열심히 살자.
바르고 정하며 맑고 고운 삶을 살도록 노력함은 값지다.
그것이 삶에 기쁨과 보람을 더할 것이다.
내 생을 복되게 할 것이다.

연말

추운 계절이 서성인다. 황량한 바람이 제 기세를 높일수록 추위를 이겨 보려는 무장이 짙다.
겨울 멋쟁이는 얼어 죽는다는데, 멋 부려도 누구하나 관심 보일 이 없으니 실속을 차림은 당연한 일이다.
입을 것은 다 껴입고 추위에 떨지 않으련다.
오늘도 알찬 시간을 누리려 생각하는 것들이 있다. 즐기는 송년회보다 뜻있는 시간 만들기를 갈망한다.
지난해를 돌이켜 반성하고 결산하며, 새해를 맞을 계획을 세우고, 차분히 한해를 정리하는 시간을 지닌다.
말 한마디의 따뜻함, 반짝이는 섬세한 생각들을 놓고, 좋은 기억을 남기고 간 이들이 그립다. 바르고 진실한 사람은 확실한 기억에 남게 됨을 느낀다.
지금껏 이룬 것들과 못 이룬 것들을 새겨 본다. 나태한 부분도 생각해 본다. 열심히 살아야 했는데, 인내 없던 부분도 생각해 본다.
금년의 결산을 통해 더 나은 내일을 꿈꿔야겠다. 열정으로 꿈을 이루는 신년이 되면 좋겠다.
필요한 표본을 준비하고 개척을 위해 마음을 쓰련다. 더 구체적이고 세밀한 신년 계획을 준비하련다.
신년에는 꼭 꿈을 이루고 목표에 도달하련다. 보낼 해의 결산과 맞을 해의 계획을 종이에 기록해 본다.
또 하나의 인생을 위하여, 그리고 전진할 삶을 위하여.

회상

때론 아프고 힘들며 비틀거리는 일이 있다.
더러는 실수로 후회하거나 아파하기도 한다. 더러는 자기주장만 앞선 이로 고난받기도 한다. 자기만 옳다고, 거짓말하는 이로 인해 스트레스도 받는다. 그땐 수 없이 안으로 견디며 비틀거린다. 악연도 있고 호연도 있다. 치가 떨리는 고통을 주는 사람이 있는가 하면, 한없이 따뜻하고 부드러워 삶의 기쁨을 누리게 하는 이도 있다. 그때는 웃고 기뻐하고 감동을 받기도 한다. 생각해 보면, 먼 길을 오며 진정 멋진 이도 여럿을 만났다. 그들을 길게 혹은 짧게 만났다. 매력과 인품에서 풍기는 향기로 영혼이 통함도 있었다.
인생은 사람과의 관계에서 얻고 잃는 것이 많다. 좋은 자극과 톡톡 튀는 느낌, 시원한 결론, 깨끗하고 맑은 감성과 푹 안겨들고픈 따뜻함이 있기도 하다. 참 사랑과 감미로운 앙탈과 애교, 신선한 유혹도 있다. 그냥 스쳐도 오래 각인되는 몸짓과 장난기도 느낀다. 개척과 도전을 불 지피는 놀라움을 지닌 이도 있다. 어디쯤에 꽃필지 모르나 끝까지 꿈의 열정을 두고 싶다. 이루지 못할지라도 후회나 아픔은 생각지 않으련다. 열심히 살고 멋있게 살며 당신을 알게 되어 행복했다는- 그런 느낌을 얻도록 살고 싶다. 산다는 일에 마음이 통해 즐거우며 편안하면 좋겠다.
남에게 피해 주는 일 없이 내 삶을 살고 싶다. 내 삶은 내 것이니 내 뜻대로 살아 행복하길 원한다.
더는 사람으로 인해 아파하고 힘들어하지 않으련다.

욕심 없이 자연 그대로 편안한 길을 가고 싶다. 고통이나 미련, 아픔을 버리고 그냥 왔다가 가는 나그네의 길을 걷고 싶다. 쉼 없이 편히 복잡한 선들을 제하고 말없이 살고 싶다.
아무런 연고도 없는 사람 모양 끝없이 자연의 길을 가리라.
기쁨이 날 비켜 간다 해도, 아무도 나를 인정해 주지 않는다 할지라도, 밖에 버려질지라도, 바른 길을 가고 싶다. 옳은 길을 걷고 싶다. 편히 웃을 수 있는 길을 가고 싶다.
아무 관심이 없다 해도 나만의 기쁨을 누리고 싶다. 혼자 자유로운 편한 마음으로 살고 싶다. 자연인 되어 살고 싶다.

기쁨의 노래

눈도 하나, 날개도 하나밖에 없는 전설의 새 비익조라. 서로 사랑하는 암수가 만나야만 날 수 있으며, 반쪽의 둘이 만나 하나가 되는 새라 한다.

이 새는 원래 다른 새와 같이 정상적인 눈과 날개가 두 개씩인 새였단다. 그런데, 사랑하는 짝과 하나 되려고 자기 눈 절반을 잘라 버린 것이다. 사랑을 위해 자기를 버린 것이다. 사랑할 상대를 못 만나면 날지도 못하고 불구로 살아야 한다. 완전한 사랑을 위한 자기희생의 결과다.

사랑이 아니면 고통뿐인 사랑을 상징하는 전설의 새다. 사람의 사랑도 서로 반만 지녀 둘이 하나 되는 게 사랑이다.

또 하나의 귀한 사랑이 있다. 암 · 수컷이 짝을 이뤄 평생을 함께하는 고니의 사랑이다. 동물도 이리 아름다운 사랑을 하건만, 만물의 영장이라 하는 사람의 사랑은 왜 그리 진귀함, 애잔함, 절절함이 없는가. 배신을 밥 먹듯 하고, 더 나은 조건, 더 편함을 찾아 안달하며 무시하고 잘난 체하고 거들먹거릴까. 자랑과 교만에 빠져 오락가락할까.

세상에 비밀은 없다. 양심적으로 살며 자신을 알고 고귀한 생각을 품은 이는 아름답다. 순수하고 맑고 깨끗한 사람은 아름답다. 남을 배려하며 피해를 주지 않으려함은 참되고 곱다.

생각에 따라 삶은 달라지기 마련이다. 그 삶을 살면 싶다.

지혜와 명철로 그 길을 열면 좋겠다. 사랑한다는 것은 열린 마음이다. 사랑은 받는 것이 아니라 주는 것이다. 품어 주는 일이다. 사람은 신이 아니다. 잘못, 부족함, 어려움, 실수가 있어도 이해하고 품어 주려 애써야 한다.

행복한 부부는 서로를 돕고 서로를 감싸며 즐겁게 살려 한다. 돕고 희생하고 봉사하며 상대를 돕고, 존경하려 한다.

자신을 높이려 하기보다 상대를 인정하고 높이려 애쓴다.

서로가 하나임을 인식하며 산다.

그 길을 가야겠다. 달고 오묘한 고운 삶을 누려야겠다.

꿈을 향한 노력

애쓰고 노력하며 느낄수록 밝고 환하게 살고 싶다.
삶이 힘들고 어려워도 거짓 없이 살고 싶다. 그 삶이 통할 이에게 통하고 쉽게 비취리라.
칠전팔기의 삶, 오뚝이 같이 일어나고 싶다. 세상에 쉬운 일은 없고 그냥 되는 일도 없다. 하지만, 고통을 이김은 맘먹기에 달렸다. 진한 고통을 견디며 전진함은 더 고귀한 곳에 이른다. 가슴을 후벼파는 절망이 덮쳐 올지라도, 처절한 발버둥이 이어질지라도 나를 이기고 싶다. 순간순간 허우적대는 고통이 느껴질지라도 나를 이기고 싶다. 밝게 웃고 싶다.
크고 높은 꿈을 이루기는 쉽지 않다. 가는 길은 멀고 다양하다. 끝에 이르기까지 할 일이 너무도 많다. 하지만 이겨야 한다. 할 일이 쉽지 않아 답답하고 힘들어도 괜찮다. 단지, 고뇌의 사항을 견디고 이겨 승리하고 싶다. 아무리 일이 어려워도 포기하지 않으련다. 무엇이든 방법을 찾아 최선을 다하련다.
삶에 불을 지피고 활활 태워 꿈을 익히고 말리라. 삶이란 무수히 울고, 견디고, 도전하며 이루는 성취의 길이 아니던가. 믿고 구하는 만큼 길이 열리리라. 아낌없이 쏟는 노력으로 결국은 환히 웃고 싶다. 믿고 행하는 만큼, 끝엔 크고 환한 빛이 오리라.
믿고 열심을 품고 성실히 길을 달리고 싶다. 큰 생각을 둔 넉넉한 마음으로 살자. 나의 길은 내가 만든다. 내 꿈은 내가 이룬다.
언제나 밝고 맑고 기쁘게 살자. 최선을 다하며 살자.

시간이 흐를수록

삶의 길은 정해진 길이다. 묵묵히 그 길을 열고 싶다. 삶의 끝을 향해 갈수록, 선하고 맑고 정한 이가 그리워진다. 진심으로 사랑을 주는 이가 보고파진다.
맑고 진실하며 때 묻지 않아 아름다운 이들을 그려 본다. 따뜻하게 품어 주고 부드럽게 안아 가는 진실함이 있는 삶엔 늘 시원하고 상큼한 전율이 오리라.
통하는 영혼의 정이나 사랑엔 행복이 있다. 순수하고 맑고 아름다울수록 그 기쁨은 큰 생각을 연다. 그 진가를 아는 이를 만나면 기쁨이 넘친다.
친구, 형제 같되 욕심내지 않고 서로 돕고 지켜 주는 사이! 가슴을 다 열어 보여도 부끄럽지 않고, 그 어떤 말로도 위로가 되는 그런 친구가 그립다.
그런 영혼을 만나 그냥 꾸밈없는 얼굴로 말하고 싶다. 생각이 통하는 만큼 편안하고 싶다. 편안히 사는 행복을 맘껏 누리고 싶다. 티 없이 맑은 순간을 늘 이어 갈 순 없지만, 만남만으로도 기쁘고 즐거운 시간들이 꽃으로 피면 좋겠다.
인연된 관심들이 느껴지는 행복과 배려의 언행으로, 지혜와 정이 더 고운 향으로 피어나면 좋겠다.
늘 욕심 없이 넉넉함으로 서로를 보면 좋겠다. 그럼으로 더욱 행복한 나날이고 싶다.
늘 평안과 기쁨을 둔 나날이고 싶다.

귀한 만남

귀한 만남엔 기쁨과 사랑이 있어야 한다.
좋은 만남을 위해선 자질과 인품이 고와야 하고 정한 아낌이 편히 드러나야 한다. 아무리 생이 자기 삶이라 해도 필연코 지켜야 할 법이 있다. 그것을 예의라, 경우라 하고 도덕과 규범이라 한다. 지킬 것은 법도요, 아는 것은 지혜다.
기본 지식과 지혜를 쌓기 위해선 가정 교육이중요하다. 가정 교육은 깊은 관심과 사랑 속에 이뤄진다.
해야 할 것과 말 것, 배우고 익힐 것은 일찍 가르칠수록 좋다.
출생 전부터 초교 5년까지의 교육이 인생 승패를 좌우한다. 나이에는 상관이 없다. 다만 교육과 배움이 빠를수록 좋다.
무엇이 잘못이며 무엇이 그른 것인 줄 모르면 얼마나 허물어진 삶이겠는가. 잘못된 사람이 많은 곳은 갈수록 어둠이 짙다.
정과 사랑이 마른 시대가 온 탓인지, 무책임한 언행이 있어 갈수록 사람을 힘들게 하고 슬프게 한다.
믿음이 단번에 무너지고 아픔과 고난과 안쓰러움이 파고들어 결국은 맘이 아프고 힘들게 된다. 사람과 사람의 만남엔 인내, 이해, 용서가 미치는 영향이 크다. 거짓 없고 선한 맘으로 밝은 곳에 이를 때 삶은 그만큼 곱다. 배움을 위해선 지혜와 깊고, 높고, 넓은 생각이 필요하다. 배려와 베풂이 있는 삶은 따뜻하며 기쁨과 행복을 품게 한다. 부단히 자신을 깨달아 단점을 고쳐 갈 때는 기쁨이 온다.
듣는 귀, 읽는 눈이 있는 이여, 행복을 누리시라.

습관적 언행을 생각하며

사람이 많은 저녁 한 식당에서였다.
한 자리에서 함께 술 마신 이들의 언성이 너무 높다.
입술에 손가락을 대며 말했다.
"쉿! 음성을 낮춥시다."
평소의 습성 탓인가. 잠시 낮다가 다시 높아졌다. 음성은 여전했다. 습관성이었다.
낮은 음으로 다시 일상 얘기로 방향을 바꿔 본다.
"소변보기 전에 손을 씻느냐, 후에 씻느냐?" 물어본다.
모든 대답이 "소변을 본 후 씻는다." 했다.
"손이 깨끗할 것인가, 거시기가 깨끗할 것인가?" 다시 물었다.
"거시기가 깨끗해야" 하단다.
"그러면 손을 먼저 씻는 것이 맞지 않느냐." 했다.
"그렇겠다."는 긍정적 대답을 했다.
원하는 답은 그것이었다. 손은 다양한 것들을 만지니 깨끗하지 못하다. 결론은 먼저 손 씻음이 좋건만, 후에 씻는 일이 많다. 많은 사람들의 행함이 그렇다. 옳고 그름, 좋고 안 좋고를 생각하기 전에 습관적으로 행함에 대해 심사숙고해 볼 필요가 있다. 술과 담배도 마찬가지다.
과거로 거슬러 올라가 보면 시작은 호기심이나 주변 환경에 따라 시작될 뿐! 깊게, 멀리 생각하는 이는 흔치 않다.
쉬운 시작이 결국은 바꿀 수 없는 습관성이 되는 것이다. 습관을 바꾸는 건 자극과 노력과 지혜로 이루어진다.
옳고 바른 언사를 위해 입에 돌을 넣고 습관을 바꿔 간 사람도 있단다(안전 문제가 있으니 쉬 따라할 문제는 아님).
손에 바꿀 것을 써서 달고 다니는 사람도 있다 한다. 노트에 고치고 바꿔야 할 습관을 적어 놓고 자신을 깨우며 고쳐 가는 사람 등-자기만의 방법을 행하는 사람도 있다.
습관적 언행뿐 아니라 삶 중에도 고칠 점들이 많다. 꿈의 성취와 발전을 위해서는 강한 자극과 깨달음이 있는 자기 노력이 필요하다. 화내거나 욕하고 비방하고 비평하는 말들이 자주 드러나선 안 된다. 물론 잘못됨을 끝없이 참기만 해도 좋진 않으리라.
지혜 있는 자는 남이 날 비방하거나 고칠 점에 자극을 줄 때는 그 일을 감사함으로 받아들인다. 그렇게 나를 바꿔 감이 중요하다. 자극이 올 땐 마음의 정리와 다스림이 필요하다.
그런 노력들이 나를 더욱 성숙한 인간으로 만들고 아름다운 삶을 살게 하리라.
그 삶을 살고 싶다. 그 발전을 위한 길로 나아가고 싶다.

섬김과 봉사

"좁은 문으로 들어가라." 그 말씀을 가슴에 새긴다.
힘들고 어렵게 애쓰며, 하늘 문을 통과함이 곧 높고 넓은 곳에 가는 진정한 길이다.
개척정신으로 남이 가지 않는 길 감이 오히려 빛을 발한다. 작은 일에도 그 길을 찾도록 노력하고 싶다
말없이 섬기고 봉사하며 묵묵히 최선을 다해 상급을 받는 사람이 있는가 하면, 할 일을 다 해도 상급은커녕 욕을 먹는 사람도 있다. 생각과 배려, 예의, 생각이 있느냐 없느냐를 볼 수 있다. 살펴보라! 느껴지는 것들이 있다.
세세히 자신을 살펴봄이 자기발전을 위한 초석이 된다.
누가 보든 아니 보든, 맘과 뜻과 정성을 다하는 꼭 필요한 사람과 입으로만 외치고 행함이 없는, 그저 있으나 없으나 마찬가지인 사람도 있다. 일하는 곳에서 눈앞에 빈둥대며 불만을 표하고 훼방하고 비방하는, 차라리 없음이 나은 사람도 있다.
"지식이 없어 망한다." 했다.
스스로 자신을 조금이라도 높은 곳에 세워 대우를 받으려는 교만함보다, 의의 깃발을 들고 숨은 정성을 열성껏 쏟는 신실함이 있으면 좋겠다.
남이 자연스레 느껴 존중할 길이 열리면 싶다.
누구나 삶은 자기 스스로가 만든다. 몸이 아프고 피곤에 지쳐 쓰러질 힘겨움에도, 고통을 이기며 하늘에 상급을 쌓는 이도 있다. 밖

에 드러내기 위함이 아니요, 남든 말든 오직 한마음- 그냥 정성으로 자기소임을 다하는 이는 얼마나 고귀한가.
남이 섬김과 봉사를 행함에, 대우만 받으려 함은 헛된 삶이다. 지위와 권세만 누리려 해선 안 된다. 어긋난 도리에 가르침을 얻고 새로운 반성의 기회를 찾는다. 섬김과 봉사에, 시키는 이와 행하는 이가 달라선 안 된다. 말로만 "섬기자. 봉사하자." 앞설 것이 아니요, 몸소 행함을 보여야 함이 최상이다. 단체의 지도자적 인물들이 이런 정신을 갖지 못한다면 그런 단체는 시간이 흐를수록 사람을 잃어 와해되고 말 것이다.
자기만 자랑하고 높이려 하기보다 맑고 깨끗하고 진실함이 중요하다. 서로 돕고 칭찬하며 남을 높이는 섬김과 봉사가 필요하다.
어렵고 힘든 자신이 노력하는 일 없이 어찌 위대한 단체가 되며, 명문가로, 유명인으로 이름을 높이겠는가.
먼저 주어진 임무에, 부지런하여 게으르지 말고 정한 열심을 품어야 한다. 거짓 없이, 말없이 행함으로 나아가야 한다.
특히, 남모르게 선행을 한다면 얼마나 귀하고 아름다우랴.
늘 반성의 기회로 삼고, 무릎 꿇어 하늘을 보련다.
자신을 돌아보며 새로움을 꿈꾸련다.

고난과 역경이 와도

고리타분한 삶을 살진 않으련다.
쿨하고 시원한 삶을 살려 애쓰련다.
사소한 일에 집착함 없이 마음 편히 살련다.
남이 비난하는 말에도 침묵하거나 허허 웃기를 원한다. 쉽지 않겠지만, 모두를 이기는 달관된 경지에 오르고 싶다. 물에 떨어진 먹물 방울 마냥 환경에 희석된 듯해도, 내면은 맑은 거목과 바위 같이 고고하고 의연하면 싶다.
힘겹고 어려운 일이 많으나 끝내 이겨 강해지고 싶다.
인내하려 해도 때론 비난도 있으리라. 더러는 뒷말이 오리라. 너무 잘난 체한다- 화살을 쏘리라. 묵묵히 시기와 질투를 받을 수도 있으리라.
틀을 벗지 못한 자기성찰 없음은 반탄력적인 화살이다. 그런 일이 있어도 편한 모습으로 의연하고 싶다.
말썽이 많을 땐 원점으로 돌아가 살펴봐야겠다. 말썽을 막기 위한 노력은 그 누구의 상처도 원치 않는다. 입이 싼, 무게 없는 입술이 길을 뭉개어도 자기반성 없이 변명만 한다 해도 침묵하고 싶다.
사람은 완전할 수 없어 장단점도 있으며, 신이 아니니까.
그런 생각을 품으련다. 다만 귀를 막고 싶다.
때로는 삶에 회의가 오면, "왜 사냐 건 / 웃지요(김상용 시 「남으로 창을 내겠소」 중에서)." 시 한 구절을 생각해 본다.
위안이 되었다. 그래서 견딜 만했다. 그 무엇으로도, 고통에 빠지는 길을 벗어나고 싶다.
심판은 하늘에서다. 그래서 실수치 않길 빌 뿐!
조용히 날 살펴 회개하며 말없이 살고 싶다. 바르고 편한 삶이면 좋겠다. 자신의 의사만 드러냄으로써 겸손은 사라지고, 비밀은 비밀이 아닌 것처럼, 모든 것을 알고 느껴도 비관치 않으련다. 다만, 창조주를 향해 가길 원한다.
그분이 함께하심에 늘 기뻐하길 빈다.

한때는 어렵고 힘든 일이 한꺼번에 왔다. 모든 고난과 역경이 동시에 오는 듯했다.
사랑하는 이가 피곤함으로 지쳐 앓기 시작했다.
한 번뿐인 인생! 사는 날까진 웃고 살리라 다짐을 했다.
미친 듯 '하하' 웃고 살자! 비록 슬프고, 앞이 어둔 어려움에 처해도 웃고 싶었다. 바보 같이 웃고 싶었다. 세상을 편히 바라보며 웃고 싶었다. 흔한 욕심을 버리고 편히 살고 싶었다. 아무것도 염려치 않고 새 길 가길 원했다.
사람보다 하늘을 보며 살고 싶다. 말씀을 배우고 행하며 하늘 아버지와 대화하고 싶다. 아버지의 인도하심 따라 웃으며 편히 살고 싶다.
어느 날 생각해 낸 상황이다.
그리 살면 인생이 밝고 환해지리라. 삶이 달라지리라.

한 여행을 떠나기 전에

진솔한 사람을 만나면 자연적 분위기가 마음에 들고 덩달아 기분이 좋아진다.
신비롭게 조용함이 오는 자연과의 데이트 모양 설렘이 인다. 필요한 만큼 더 폭 넓은 삶을 꿈꿀 자극이 온다.
옳고 바른 길은 모두에게 열려 있다. 다만 진실하고 깨끗한 노력에 달려 있다. 그냥 되는 것은 없다. 힘써 최선을 다하는 만큼 내 것이 된다.
좋은 사람들아, 매력을 잃지 말자. 깨달음의 기쁨과 잃지 않는 정으로 살며, 일상에 귀 기울여 새 날개로 훨훨 비상하면 좋겠다.

오늘은 안에 그리움이 울렁인다. 보고픈 사람들이 다가와 나를 깨운다. 빛을 향한 소망과 꿈을 지닌 기쁨으로 그들에게 가고 싶다.
특유한 밝음과 당당함을 두고, 예의와 배려를 잃지 않은 이들과 동행함은 얼마나 좋은가.
함께 걷되 방해되지 않고, 대화를 이어가되 찰나의 느낌을 확실히 심어 주는 걸음이면 싶다.
보고 듣고 느끼고 생각하는 여행이요, 무엇이든 얻고 담아 오는 여행이면 좋겠다. 여행 중에 신선한 충격의 놀람을 만나고 싶다. 깬 영혼을 지닌 이들과 동행하고 싶다. 일상을 뛰어넘어 독특한 생각을 품어 보고 싶다.
가야 할 곳, 머물 곳을 가볍게 그려 본다. 하고픈 일들이 자유로운 곳에 이르고 싶다.
어떤 자료를 얻고, 글을 쓸 수 있는 시간과 생각을 얻고, 모아 오는 푸짐한 기쁨이 많아지면 좋겠다.
그날을 그리며 꿈을 펼쳐 본다. 그 꿈은 남에게 보이려함이 아니라 나를 즐겁게 함이다. 멋진 삶은 그렇다. 자신의 삶을 살며 성취하고 편해지는 일이다. 남에게 자랑하기보다 자기 삶을 잘 사는 일이다.
"서로 화합하라. 맞추어 나가라!"
조용히 내게 명한다. 독서하고 배우며 새롭게 발전해 가고 싶다. 그것이 승진이요, 값진 삶이다.
"결혼 다음 날 몸빼옷 입고 뛰는 여자가 가정을 일으킨다."
그 말을 깊이 생각해 보자. 이 말에 생각이 확 튄 젊은이가 많아지면 좋겠다.
느낄 것을 느끼고 배울 것을 배우는 이들이 많으면 좋겠다.
큰 꿈을 열고 싶다.
열린 길을 가고 싶다.

살며, 세상을 보며

정말 심오한 깊은 생각을 열어 느낌을 놓고, 깨달음을 얻는 찬연燦研한 삶을 살고 싶다.
독특하여 특별할 수 있는 일상이나, 사소한 일에도 각별한 감동을 불러일으키는 섬세함을 두고 싶다. 눈에 드는 더욱 큰 것을 보려 애쓰련다.
연활軟滑한 생각과 밝은 이상의 외침을 놓고 싶다. 지혜롭고 총명한 빛의 도구가 되도록 소박하고 순수한 삶을 살련다.
세상을 달관함으로 평안을 누리련다.
선히 웃는 길을 감은 더욱 똑똑해지는 일이다. 간구하며 열망을 두되 긴장을 풀고 웃으련다. 부단히 책을 읽어 지혜를 높이고, 눈을 틔워 쉬운 열성을 누리며, 반복적으로 자극받고 싶다. 독서와 배움과 깬 생각으로 살고 싶다.
걸림돌이 되는 일을 뛰어넘으려 애쓰련다.
목표가 아닌 길의 탈출- 자기주장만 강한 곳을 벗어나련다. 늘 지식을 쌓아, 거짓 없이 진실하고 솔직하면 좋겠다.
지식과 지혜가 풍성하면 세상을 보는 눈도 커지리라.
목표를 둔 노력만이 새 길을 가는 바탕이 된다. 그 바탕이 큰 힘이 된다. 그것이 인재, 대장부, 명작품, 고품격 인물이 되는 일이요, 인생의 다양한 길을 여는 일이다.
그중에는 가슴이 감동되고 흥분되며 떨림이 이는가 하면, 기억하기 싫은 아프고 고통스러운 일도 있을 수 있다. 분별 행함에 무엇이 중요한가를 깊이 생각해야겠다.
스스로 맑은 기쁨을 주는 일에 치중하련다. 집착, 채찍, 고뇌의 잔을 드는 것이 좌절에서 오는 고통으로 통하지 않도록 날 깨우고 싶다. 단호한 결심으로 바른 길 가는 밝은 삶 되면 좋겠다. 진지한 눈물로 야심을 깨우고 결국 인생을 가슴에 비추어, 쉽게 편히 웃는 행복한 날들이면 싶다.
옛 선비들은 사랑채 뒤뜰에 백일홍을 심었다 한다. 그건 백일홍이 일 년에 한 번씩 꼭 껍질을 벗겨 내는 습성을 지닌 때문이란다. 다시 희망을 품고 힘찬 걸음을 디뎌야겠다.
오늘 하루를 더욱 치열하게 살련다.
사는 맛이 더욱 귀히 느껴지면 좋겠다.
알찬 나날을 인생에 품기를 소원하면서, 밝고 새로운 출발을 꿈꾸어 본다.
내일도 밝은 태양이 뜨리라. 세상을 초월하면 참 기쁨이 넘치리라, 편안함이 오리라.

꿈을 그리다

꿈을 꾸기는 쉬우나 이루기는 어렵다. 목표를 두고 날마다 최선을 다해야 한다. 계획된 꿈을 성취키 위해선 최소한 십 년의 노력이 필요하다. 계획하고 준비하고 실력을 쌓고 훈련하고 실행의 과정에 들 때까지, 철저한 노력과 성실함과 몸부림이 있어야 한다. 눈물과 아픔도 견디며 땀을 흘려야 한다.
한 꿈을 위해 계획을 품어 본다. 섬에 그림 하날 새겨 본다. 그 섬 한곳에 바닥을 정리하고 꿈을 옮긴다. 다른 한편엔 시 화석과 벽화, 명언을 놓는다.
그것이 시작이다. 노력 없이, 인내함 없이, 최선을 다한 열정 없인 꿈을 이룰 순 없다. 깨달음이 강해야 한다.
오늘 현재 이 시간을 값지게 누려야 한다. 가장 값진 시간이 현재다. 나는 언제 이 세상을 떠날지 모른다.
끝은 오늘이나 내일일 수도 있고, 한두 달, 열 달 후일 수도 있고, 수십 년 후일 수도 있다. 그러므로 가장 중하고 귀하고 소중한 시간은 현재 지금 이 시간이다. 이 시간을 값지게 살자. 열심히 최선을 다하여 살자. 그리 살면 다음은 험산의 정상에 오른다.

어릴 때 소풍을 갔던 곳이다. 잔디밭이 넓은 능선이었는데 결국 암석 채취장이 되었다.
암을 캐낼 것이면 깊고 넓은 동굴 형태의 광장이나 석굴을 만들고 암벽 훈련장, 인공폭포 등을 만들 일이다.

그 섬의 자생 초목을 이용한 정원을 두고 구름다리를 놓아 공원을 만들어도 좋을 것 같다. 이제라도 연계된 지역에 관광지 될 작품 정원을 만들면 싶다. 해변을 따라 둘레 길을 만들되 자연의 훼손을 최소화하고 청정하며 아름다운 경관을 느낄 수 있는 길을 열면 싶다. 혹은 전시관과 기념관, 청소년과 신혼부부 위한 교육관이나 인성 개발을 위한 개척과 창조의 교육장을 두면 싶다.

그 꿈을 가슴에 담고 희망의 길을 가련다.

이것이 자연스레 피는 꽃이다. 한 꿈의 길이다.

내 생을 깨우는 값진 길이다.

나를 비추어

잘 알고 편히 지내던 분이 세상을 떠났다. 그분이 세상을 떠남으로 인해 나를 생각해 본다.
편한 길을 가고 다툼 없이 살기 위해 별난 생각을 품는다.
비석에 새긴 말이나 유언의 말들을 생각해 본다. 라블레는 "막을 내려라. 광대놀이는 끝났다." 했고, 베토벤은 "친구여, 박수를! 희극은 끝났다." 했다.
임종은 누구에게나 온다.
피할 수도 연기할 수도 없고, 남에게 전가할 수도 없는 그 길은 하늘의 절대자가 정한 일이다.
죽음엔 부자, 가난한 자, 잘난 자와 못난 자의 구별이 없다. 다만 하늘에선 믿는 이와 믿지 않는 이의 심판이 있다. 술수나 아첨도, 뇌물이나 압력도 통하지 않는다.
언젠가는 이를, 끝을 생각하며 편히 살아야겠다. 그것이 오늘을 살 방법을 제시하고 깨닫게 한다.
세상 욕심에 취하지 않고 주관을 둔 기쁨을 누리고 싶다.
그 기쁨을 위해 내 삶을 비추어 볼 때가 되었다. 끝이 정해진 날이 언제인지 모른다. 그러므로 값진 삶을 살련다.
하늘을 보며 귀를 열고, 눈을 열고, 입을 열어야겠다.
평안과 겸손과 웃음을 지니고 밝게 살아야겠다.
순전하고 정직하려 애쓰며 하나님을 섬기는 삶이고 싶다.
밝고 맑고 편안한 삶을 살려 노력하고 싶다.

좋은 만남을 꿈꾸며

어떤 인생길을 가느냐는 참으로 중요하다.
인생길은 선별하여 택함이요, 스스로 여는 길이다.
바로 된 곱고 높은 길은 쉽게 그냥 열리진 않는다. 생각도 정신도 크고 높고 넓게 열어야 한다. 열심을 품고, 꼭 이루겠다는 강건함으로 가야 한다. 독하게 최선을 다하여, 애쓰고 배우고 노력해야 한다. 지식을 쌓고 발전해 가야만 한다. 늘 깨어 있어야 한다. 사람이 늘 깨어 있음은 참 중요하다.
자신의 길은 자신이 여는 터이다. 자신의 길은 시작에서 끝까지 스스로 열고 닫는다. 자기 생에 악이나 불행을 끌어들여선 안 된다. 바로 되는 일은 아니지만, 노력하여 습성이 되고 바뀌어 새로워져야 한다. 욕심은 달콤하지만, 악은 패망으로 가는 고속도로다. 일순간의 잘못된 판단에 일생을 망치는 경우도 있다.
정결함, 진실, 성실함은 웃음과 기쁨과 행복으로 통하나, 자기기만, 거짓됨, 양심 없는 삶은 고통과 어둠을 몰아온다.
오늘은 힘들어도 인내하며 꾸준히 옳고 바른 길을 가면, 그 길은 살며시 평탄하게 바뀐다. 거기 도달하면 기쁨을 노래할 푸른 초원이 있다. 자기 삶에 최선을 다한 성실한 길은 환하고 아름답다.
행복을 위해 지식과 지혜, 분별력과 통찰력이 있어야 한다. 깊이 알고 많이 알아야 한다. 서로 통해야 아름다운 사랑을 하듯이, 부부는 서로의 복된 길을 아는 만큼 행복해진다. 마음이 편안해진다.
영혼이 맑게 깨어 진실하고 선한 길을 간다면, 어둠 속인들 무슨 상관이랴. 때 묻지 않은 영혼은 늘 별 같이 빛을 발한다.
창조와 개척의 길가는 강한 영혼을 지닌 사람이고 싶다. 이를 위해 추함과 어둠 없는 사람이면 싶다. 그러므로 늘 깨어 맑고 밝은 길을 가고 싶다.
길 가며 모두 자신만 옳다 함은 뒤처진 인간이다. 바뀌어야 한다. 인간은 누구나 신이 아니다. 모든 일에 완전할 수는 없다. 다만 자신을 알고 개척하고 발전하여 상승해야 한다.
세상은 인품 그 자체를 사랑하고 존경하기보다, 외형적인 얼굴이나 권세를 보고 인간을 평가하는 오견이 많다.
심지어 인성이 나빠 지탄받는 불량감자까지 떠받드는 이들도 있다. 잘못된 세상일을 깨닫지 못하는 이도 있다.
그 일이 들끓는 세상은 어찌 되겠는가. 때로는 비감이 느껴지는 세상에서, 아름답고 고운 영혼을 만난다는 것은 참 행복한 일이다.
세상의 죄악과 허물에 빠지지 않으려 애쓰고 싶다. 옳은 길, 바른 길 가기에 힘쓰련다. 교만하거나 자기 자랑에 빠지지 않고, 옳고 그름을 잘 판단하는 사람이면 좋겠다. 자신의 역사를 알고, 현실과 내일을 볼 줄 알면 좋겠다. 늘 연줄에 치우침 없이 바른 정신을 지니고 싶다. 교만과 권위에 빠지지 않으면 좋겠다.
편견과 자랑에 빠져서 자신을 망각하기보다 지혜와 명철로 반짝이는 맑은 길을 간다면 얼마나 좋겠는가. 권세와 교만, 무지와 자랑에 빠지지 않고 순수하고 맑은 길 감은 얼마나 아름다울까! 그 길을 가고 싶다.
표본적인 좋은 길을 간 귀인들. 그것을 알아 자존적인 삶을 산 존경스런 옛사람들. 그런 이의 삶을 배우고 싶다. 그 삶을 배워 웃으며 즐거움을 누리고 싶다. 편한 기쁨을 누리고 싶다.

날 들여다보며

어느 때보다 맑고 상큼한 계절이다. 빨갛고 검붉으며 진한 다색의 단풍나무와 노란 은행나무와 연지색인 마가목과 황토색과 갈색, 녹색이 도는 떡갈나무, 갈참나무, 도토리, 자릴 잡고 조화를 이루는 침엽수들이 제빛을 발한다.

가을의 숲을 눈여겨보며 많은 생각을 했다.

언제 어디서나 사람들의 마음과 정신은 다르다. 생각 없이 쏟는 비방이나 분노는 잘못임을 깨닫는다. 가까이 머문 사람에게 실망과 아픔을 주면, 그 영향이 결국 다시 내게 미침을 새겨야 하리라.

오늘은 고쳐야 할 점을 찾는 일을 시작했다.

군소리를 버려야 하고, 한번 못 박히면 빼지 못할 관념적인 편견과 행사용의 형식을 싫어함도 되새겨 보았다.

뜻이 달라도 품고 인정할 줄 아는 마음을 지니련다. 적극적으로 마음을 넓게 열고, 자분자분 설명하듯 말하지 못함도 부족함임을 알련다. 강권을 버린 다정함에 인격 존중의 습성도 넉넉하면 싶다. 탄탄하고 견고하며 강한 달음질- 도전정신도, 끝까지 물고 늘어지는 집념도 버려야 하리라.

고쳐야 할 점들을 생각해 보았다. 한마디로, 총체적인 능력이 턱없이 모자람을 알련다. 빈틈없이 삶에 완벽하려 발버둥 치면서, 긴박함을 느끼는 몸부림으로 보는 날 고쳐야겠다.

날 바꿔 가야겠다.

세상에서 겪는 고통이나 아픔들을 넓게 생각해 본다.

관심 배려가 없고, 원칙도 경우도 없으며, 최소한의 양심도 버린 삶이어선 안 된다. 나만 제일이라 자랑하는 교만한 사람이어선 안 된다. 경제력이 풍부하다- 뽐내며, 남을 무시해서도 안 된다. 거짓말을 밥 먹듯 하며 안하무인격인 인간이 돼선 안 된다.

반성하고 회개하며 겸손한 길을 가야 한다.

날 살펴 새 하늘과 새 땅을 볼 줄 아는 눈이 트이면 싶다. 예의범절과 경우를 따라 행동하는 길을 원한다. 어긋난 행동보다 신행信行의 삶을 기뻐하련다.

그 삶을 살려 애쓰는 이를 모델 삼아 차분히 전진하고 싶다.

마음의 눈을 떠 보면 주변엔 너무도 귀하고 멋지고 아름다운 이들이 많다. 그들을 닮으면 얼마나 좋겠는가.

곁에 인품이 좋고 선한 이들이 있다는 것은 행복한 일이다.

이제야 눈이 맑게 트이는 모양이다. 볼 것을 보고 들을 것을 들으며 느낄 것을 느끼는 것은 다 하나님이 주신 복이요, 기쁨이다. 마음을 주고 사랑을 주는 이들이 고맙다.

좋은 영향을 끼치고 고품격의 인품을 보인 이들이 그립다.

한 번도 싫은 소리 않고 품는 마음으로 묵묵히 주어진 일에 최선을 다하는 사람들! 곱고 맑고 환한 미소를 안에 지닌 그들을 생각해 본다.

믿음을 굳게 두고 진심과 성실하게 사는 이들이 부럽다.

분발해야겠다.

더 깊고 크고 높은 믿음을 지니기 위해 애써야겠다.

삶의 길을 가는 동안

영혼이 깬 맑음일수록 톡톡 튀는 빛깔, 전율이 돋는 지혜가 온다.
그 지혜를 품은 이에겐 늘 열린 생각이 있다.
어찌 사느냐가 중요치 않는가!
그렇지! 직녀야, 처량하고 애달픈 나의 직녀야. 창밖을 보며 감성에 취한 모습으로 자연을 보자.
세상 험한 낯짝이 싫어 산속 길을 가고픈 바람같이- 오늘도 새로운 변화를 꿈꾸어 본다.
짙고 깊게 깔린 편안한 생각을 누리고 싶다. 자연을 향한 고운 감정을 열고 싶다.
맑음이 짙은 자연인 섬에, 소풍을 온 사람인 양 편안하게 길을 가며 고요 속에 이르는 자유로움을 누리고 싶다.
생각마다 맑음이 꽃으로 피고, 사려 깊은 말과 소박함을 담은 마음으로 곱고 포근함이 넘쳐나면 좋겠다.
삶에 깊이 빠져든 기쁨과 초연함을 품고 싶다.
사람들의 관습과 무관한 세상을 초월한 삶을 산들 어떤가. 임무나 의무가 주어지면 최선을 다해야겠지만, 무의미한 곳엔 줄을 끊고 편히 걷는 것이 맛있기만 하다. 잠시나마 세상을 훌훌 턴 시간은 얼마나 살맛나고 낭만으로 가득하겠는가.
고난이 있을 때는 색다른 즐거움을 찾아 누리고 싶다.
삶이란 각자 해석해 누리는 만큼의 무대다. 감정이 머리끝까지 차오른 언어들은 상대를 찌른다. 감정에 따라 기쁨과 불화가 된다.

그것은 더러는 안에 불을 지르고 강한 물결에 휩쓸린 중심을 빼앗거나 차원이 다른 곳에 이르게도 한다.
그렇다면 배려가 있는 마음들은 어떤가.
소설 출간 후, 팬들의 응원과 관심이 드러남은 참 고왔다.
행복을 느꼈다. 행복을 느낌은 말보다 먼저 오는 세세한 맘 씀씀이 덕이다. 영혼을 자극하고도 남을 언어들– 잊을 수 없는 사람들은 지금도 내 안에 남아 있다. 누군가는 "맑고 순수하고 사랑의 느낌이 그대로 전해지는 살아 있는 글이라." 했다. 또 "잔잔하게 감동이 느껴지는 아름다운 사랑 이야기는 질투를 느끼게 한다." 했다. "청소년을 위한 소설 교본이 될 만한 참으로 아름답고 예쁜 사랑 이야기다." 했다.
학생인 딸에게도 읽기를 권했다 한다.
또 누군가는 "가슴이 꽉 찬 느낌이다. 어쩜 수필 같은 소설이랄까? 파도에 밀려온 조약돌처럼 예쁜 주인공들이 반짝인다. 글을 읽을수록 마음이 더 조급해지는 건, 더 깊은 감동으로 밀려올 후반부를 기대하기 때문"이란다.
또 한 분은 "좋은 느낌으로 소중하게 책장을 넘기고 있답니다. 정말로 아끼면서…… 거의 끝자락을 향하여."라고 말하였고, 어떤 분은 "덕분에 내 영혼이 맑아지고, 인생이 아름다워 보이네요.", "회춘이라면 과한 표현일지…….."라고 아낌없이 이야기해 주었다.
"와! 정말로 재미있다. 기가 막히다. 부럽다. 진짜 거시기하다– 어떤 수식어를 붙여도 모자라고 몇 날 며칠을 읽고 생각해도 질리지 않는 이 책을 놓고 별별 상상을 다 했다."
그렇게 느끼는 마음들을 드러내 주었다.
힘이 돋았다. 고맙고 즐거우며 감사할 뿐이다.

세상 보기

사람들은 주변에 흐르는 정보나 매스컴, 핸드폰과 신문을 통해 나름대로 세상을 읽고 해석한다.
조작되고 부풀려진 것도 있다. 세상은 보이는 대로가 아니다. 보이기 위해 의도적으로 만든 것도 있다.
순수하고 맑고 밝으며, 꾸밈없고 참되며 진실하고 정직한 사람을 보기는 쉽지 않다. 바른 사람을 모함하고 비방하는 사람도 많다.
바르고 옳은 정신을 지님은 참 중요하다.
자신을 살리려 거짓말로 남을 떨구는 사람도 있다. 당사자 앞에서도 거짓을 말하며 깔아뭉개려는 이도 있다.
자기 관리에 있어 잘못된 이미지를 벗거나 느슨해질 때까지 가만히 기다리는 것도 좋은 일이다. 무조건 빠지지 않는 것은 더 중요한 일이다. 오리발을 내밀거나 아니라는 수법에 젖어선 안 된다. 식상한 일도 저지르고 진실치 못해 더 나쁜 길로 흐른다. 그 결과는 결국 언젠가는 그 자신에게로 돌아간다.
최선으로 마음과 정성을 다하는 삶이면 싶다. "피할 수 없으면 즐기라." 했다. 아무리 힘들고 어려워도 스트레스 받지 않았으면 좋겠다. 경험에 의하면 스트레스는 뇌세포를 죽인다. 기억력을 나쁘게 한다.
치매 현상 같이 단어가 생각나지 않게 한다.
삶엔 늘 새로운 느낌을 품는 것이 중요하다. 오늘의 삶이 최고가 되고, 오늘이 생의 중심이 됨을 알자.

오늘 하루는 너무도 소중하다. 성실하고 귀하며 값진 날이다. 그리고 자신을 위한 성실함은 빛을 발하는 기초다. 깊이 성실하게 살아가다 보면 길이 열리고 눈이 트인다. 그래서 가장 아름다운 것은 참되고 성실한 노력이다.

생각에 따라 다르나, 자신을 개척하며 전진함은 금빛이다. 그 금빛을 누리려 힘쓰며 바른길을 가고 싶다.

편견과 아집으로 나를 끌진 않으련다. 바른 생각으로 순조로운 길 가며 평안을 누리련다.

고난과 복은 한 테두리 안에 거한다.

생각이 트인 사람은 고난도 감사하며 즐거워한다.

곧 복이 뒤따라오리라 믿으며 산다.

보는 눈이 선하고 밝아야 마음도 편안한 법이다.

많이 듣되 판단력이 정하고 맑아야 한다.

편키 위해 감성과 낭만이 흐르는 길을 가고 싶다. 힘들어도, 아프지 않을 자연과 조화된 삶을 살며 늘 흔들림 없는 편안한 길을 가고 싶다. 자연의 길을 가고 싶다.

그리운 사람들에게

빛의 속도로 와서 거북이걸음으로 문 여는 사람이 있다.
오랜 기억 속에 담긴 사람이다. 주마등이 켜지는 길을 걸어가며 주변 풍경을 하나씩 보듬어 보듯이 안에 두고픈 추억들! 그 기억의 바다가 펼쳐지고 있다.
따뜻함이 있는 길이다. 포근함이 있는 곳이다.
내가 준 관심보다도, 더 따뜻한 관심을 보인 좋은 사람들- 때론 힘을 돋워 주고, 예쁜 기억을 남겼는가 하면, 귀여움과 애교로 가슴 풍성케 했다. 기쁨과 행복을 가져다준 사람들이다.
세상엔 갈수록 호감 가는 사람과 그렇지 못한 사람도 있다. 호감이 간다는 건 뜻이 통하고 매력적이며 생각의 공통점이 많이 있음을 의미한다. 그래서 입이 열린다.
호감 가는 이의 삶 속엔 맑고 곱고 아름다운 일이 많다. 드러내려 하지 않아도 드러나는 숨은 메시지가 있다.
따뜻한 마음과 지혜로움, 풍성한 사랑, 겸손한 배려가 있다. 신비한 매력이 있다.
내 기억엔 잊지 못할 사람 여럿이 있다. 존경스런 스승, 형들, 좋은 친구, 귀엽고 예쁜 후배들, 참된 믿음의 빛과 소금이 된 성도들, 사랑으로 가슴 떨리게 하는 가족들, 알 수 없는 묘한 느낌을 주던 여인들이 있다.
오래도록 기억 속에 두고픈 존경스럽고 사랑스런 이들이다.
아직 닫히지 않는 내 그리움엔 상큼한 바람이 나풀거린다. 그 바람이, 가벼운 날의 꽃동산 같이 나를 행복하게 한다.
만날 수 없는 그리움이 짙으면 짙을수록 가슴에 둔 생각은 애잔한 물결을 이루듯이, 문득문득 전해지는 아픔 또한 날 흔들어 힘겹게 할 때가 있다.
마음에 둔 고운 인연이 끊겨 아픔이 이는 슬픈 날이 있다.
외로움이다. 쓸쓸함이다. 무서운 고독이 임함이다.
어렵고 힘들고 불편할수록 누군가가 생각나듯이, 만날 수 없는데 절절함으로 오는 사람이 있다면 어찌 독한 설움과 버거운 아픔을 감출 수가 있으랴. 기억해 주길 원했고, 만나길 원했으며 긴 인연이 되길 원한 마음과는 달리 쉬 끝나 버린 그 아쉬움이 어찌 녹록하랴.
순숙純淑한 마음을 지닌, 순전純全함으로 웃고 싶다.
순적함으로 다가서고 싶다. 가슴 밑바닥에 흐르는 자연적인 마음을 부추겨 길을 트고, 삶 속에 진실과 인정을 쌓아 신행信行의 이름이면 좋겠다. 고품격의 인품을 지녀 맑음이 빛나면 좋겠다. 이를 위하여 더욱 나를 갈고 닦아야 하리라.
그리운 사람들께 전할 이야기가 전개될 화실을 두고 싶다. 생각들을 전할 공간을 꾸미고 싶다. 그 기획을 꿈꾸련다.
그 계획을 설계하고 준비하고 현실화하련다.
그리운 사람들이여! 그때는 그대들을 오게 하리라. 화려하거나 거창하지 않은 잔치를 열리라. 들뜸으로 웃을 수 있고, 편안함으로 자연을 노래할 그날이 속히 오면 좋겠다.
우주에 남길 작품이 되도록, 전심전력으로 최선을 다하여- 나를 쏟아부을 그날을 만나고 싶다.

지난날을 회상하며

살며 곁에 두고픈 편한 이가 있는가 하면, 접할수록 힘든 어려운 이가 있다. 가까이 두고 싶지 않은 이가 있다.

무엇보다 거짓을 일삼는 것을 받아들일 수가 없다. 무조건 자기가 제일이란 말을 받을 수가 없다. 남에 대한 배려가 전혀 없는 이를 받아들일 수가 없다. 자신을 대단한 인물로 보이려 자랑하려 할 뿐, 자기 잘못을 알지도 느끼지도 못한다.

자기가 할 일인지 남이 할 일인지도 모르는 답답한 이가 있다. 고통과 아픔, 고난의 원인도 모르는 사람이다.

자신이 타인에게 어떤 모습일지도, 남을 힘들고 어렵게 해선 안 된다는 것도 모른다.

나는 어떤가? 나를 돌아보는 시간을 가져 본다. 더러는 쉬운 말로, 더러는 경솔함을 보인 적도 있다. 더러는 고통과 아픔을 준 이를 향해 쏟아 놓은 말도 있다.

배려나 세심함이 없는 표현도 있다.

예의 없고, 겸손치 못해 교만한 일들. 자랑하며 남보다 낫게 여기는 경만함은 두지 말자. 거짓된 일은 두지 말자. 경솔하게 행함은 아픔으로 온다.

낮게 엎드려 무릎 꿇고 죄악을 회개하는 사람이 되자. 미움과 다툼과 시기, 무지함을 두고 깨끗한 척 가면을 쓰는 일은 또 얼마나 답답하고 무서운가.

어렵고 힘든 이에겐 도움이 있어야 한다. 선행은 자랑치 말고 은밀히 행해야 한다.
아무도 모르게 행하고 그 행함을 드러내지 않음이 좋다. 조심스럽게, 따뜻하고 정감 있게 자신을 길들임이 좋다.
조금씩 나아지고 발전해 가야 한다.
그 끝은 모르나 새롭게 성숙함을 옷 입고 싶다. 그 일을 위해 몸부림치는 노력이 필요하다.
진정 세심한 변화를 위한 노력이 있어야겠다. 더 겸손해야겠다. '욱'함을 버려야겠다.
말없이, 가만히. 그러나 조용히 나를 바꿔 가야겠다.
아프고 힘들고 어려운 일을 만나 스트레스 받을 때가 있다. 마음을 풀어 보려 애를 써 본다.
그러나 너무 힘들 땐 두뇌에는 나쁜 영향이 돈는다.
울고 싶다. 다시 나를 편하게 단련시키고 싶다. 모든 일을 버리고 자연 속에 이르고 싶다.
힘들고 고단해도 마음만은 편안하고 싶다.
자연 속에서 오직 하늘만 바라보며 살고 싶다.
거짓 없이 욕심 없이 살고 싶다.
그 누구도 미워하지 않고 조용히 살고 싶다.
하고픈 일을 행하며 없는 듯 살고 싶다.

섬, 거금도를 그리며

섬, 거금도는 옛적엔 '절이도'라 불리던 섬이다. 고흥반도의 남쪽, 소록도를 돌아들면 앞에 뭍인 듯 보이는 섬이다. 과거 뭍에서 뱃길로 이동시 20여 분이 소요되던 곳이다. 지금은 연육교가 생겨서 배를 타고 가던 기쁨은 사라지고 차로만 오갈 수 있는 상황이 되었다. 이 섬이 내가 태어나 자란 곳이다. 오염되지 않은 자연과 맑은 공기와 깨끗함이 넘치던 곳이다. 살기 좋은 곳이었다. 인위가 아닌, 자연은 늘 마음이 상쾌하게 했다.
가 보라! 맑음을 느껴 보시라. 양심을 버리지 않고 고요와 평안을 접하리라.
곳곳에 흐르는 물이 얼마나 맑고 시원하던지! 청아한 냇물이 탄성을 자아내게 하던 곳이다. 물줄기는 여름에도 안에 일분을 견딜 수 없을 만큼 차갑고 시리기만 했다. 여름에도 발이 시린 명경지수였다. 뼛속까지 스미는 차가움이 깨끗함을 실감케 했다.
정말 맑고 깨끗한 곳이었다. 에두른 산엔 섬 특유의 정서를 자아내는 나무숲과 돌밭이 어우러져 무성한 녹음을 자랑하는 곳이다.

한마을 복판엔 고산 윤선도가 심었다는 '고산목'이 있다. 뻗은 가지의 자태가 멋과 운치를 지녔고 품은 것이 느껴지는 멋스런 나무다. 옆으로 누운 나무의 모양이 참 특이하다. 이 마을은 산이 품어 안은 탓에 황혼이 일찍 드는 곳이다.
몇 컷의 사진을 찍고 이 마을을 떠나, 바다로 갔다.

한 용섬에 도착한 것은 오후 네 시경이었다. 이 용섬엔 작은 협곡과 정원을 이룬 숲과 바다가 맑다. 그림 같은 풍경을 이룬 곳이다. 이곳엔 소나무와 후박, 굴거리, 맹감, 뻴뚝 나무들이 엉키어 자란다. 그 용섬에 올라 아래쪽을 바라보았다.
파도가 찰방거리는 바다의 물빛이 고왔다.
포말이 지며, 드러난 옥빛 바닷물과 갈색 바닷말을 본다. 눈을 드니, 마을 앞 방파제 안에 정박한 어선들이 정겹다. 물결에 출렁이는 모습이 춤을 추는 것 같다.
뱃머릴 마주하고 출렁이는 바다랑 어우러진 곳이다.
오래 머물 수는 없었다. 또 가고픈 곳으로 다시 걸음을 재촉했다. 해안을 벗어나, 폐교된 동교를 지나 한 마을로 향한다. 산굽이를 돌고 비탈길을 올라 정상인 언덕에 올랐다.
마을은 하늘과 숲들이 손 맞잡아 있다.

이곳은 여전히 고요하고 평화롭다. 산언덕에 위치한 마을답게 정경이 아름답고 고왔다. 젊은이들은 육지로 떠나고, 노인들이 세상을 떠남으로, 빈 집들은 또 허물어져 흔적이 사라질 것 같다. 마을 정경이 왠지, 밤이면 하늘에서 온 할아버지들이 내려와 앉아, 이야기꽃을 피울 것만 같다.
밤이면 밤하늘을 끌어다 펴고, 달 · 별빛 속에 차를 마시면서, 밤새 대화를 나누었을 법한 풍경이랄까. 주위에는 별들이 은빛 물결을 이루고, 조용하고 맑은 음률이 깔린 평화롭고 아늑한 풍경이다. 그 속에, 곱고 선한 이들이 모여앉아 오순도순 미담美談을 나눌 것만 같다. 그들의 생각이 맑고 선하고 고와서, 이야기는 전설이 되고, 서로 격려하고 칭찬하며 꽃과 향기를 품었을 듯싶다. 인정하며 힘 돋우는 말들이 넘쳐 났을 것 같은 마을이다.

다시 이 마을을 벗어났다. 섬, 거금도의 옛길을 다 돌아보고 싶다.

—

자연 가까이에 집을 짓고 욕심 없이 살고 싶다. 자연을 누리며 살고 싶다.

청정한 자연은 맑아서 좋다.

그곳의 삶은 내 주관대로 살 수 있어 좋다. 간섭하는 이 없고, 정신적 고통과 아픔이 없기 때문이다. 그 무엇이나 흐르는 대로 같이 응할 수 있어 좋다.

거짓 없고, 속임 없고, 있는 그대로이므로 좋다.

온실에서 자란 꽃은 향기가 약하다. 그냥 모양과 색깔만 지닐 뿐이다.

자연 속에서 비바람을 맞으며, 햇빛을 받고 자란 화초는 향기가 강하고 아름답다.

그런 향기를 맡을 수 있도록 자연과 함께 살고 싶다.

걷고 달리고 뛰고 멈춰서며 편안 길을 가고 싶다. 자연 그대로의 삶을 살고 싶다.

평안함을 누리며 살고 싶다.

6.
자연과 같이 살고 싶다

맛도 위에 곱던 노을

어릴 적, 남쪽의 한 섬 위 특별하고 멋진 노을을 몇 번 본 내겐 아직 그 기억이 남아 있다.
그 예쁘고 곱고 아름다운 노을 풍경을 다시 보고 싶다. 곱고 아름답던 그 노을을 볼 수 있는 곳에 다시 가고 싶다. 그 예쁜 노을을 볼 수 있던 시절을 생각해 본다.

어릴 적엔 같은 또래나 형들과 매일 산엘 올라야 했다. 방목했던 소를 몰아오고, 땔감을 구하기 위함이었다. 여름 더위가 심할 때면 산골짝 연못에 나신으로 뛰어들던 시절. 산속 연못은 곧 우리의 풀장이었다. 피리, 가재, 다슬기 등이 사는 연못들은 물이 맑아 좋았다. 그곳은 입장료 없이도 맘껏 놀던 곳이었다.
더위가 한풀 꺾일 때쯤엔 우린 그곳을 벗어나서 칡을 캐거나, 복분자 같은 산딸기를 따 먹기도 했다. 그때의 자연은 에덴동산이었다. 돌도 바위도 나무도 숲도 우리의 벗이었다.
바람은 가슴이 시원토록 불어와 주었고, 앞산을 향해 소리를 지르면 메아리가 반갑게 답해 주었다.
우린 걷기도 하고 뛰기도 하며 자연의 품을 걸었다. 어떻게 시간을 보내던 간섭하는 이 없고, 아무도 우릴 탓하지 않았다. 늘 자유롭고 평안했다.
우린 해가 뉘엿뉘엿 질 녘에야 하산을 했다. 동쪽에서 서쪽으로 트인 길에서 가곡이나 동요를 부르며 소리를 높이기도 하고 시원한

산바람에 가슴을 열기도 했다.
그때 보았던 '맛도' 쪽에 붉게 타던 노을은 얼마나 곱고 아름답던지! 활활 타는 노을은 너무도 예뻤다.
말 그대로 활활 타던 노을은 내 맘을 흔들기에 충분했다.
그 노을은 신비한 그림이었다. 인간이 창작할 수 없는 귀한 작품이었다. 색깔과 모양이 여러 가지로 자주 바뀌는 명작이었다.

지금도 그때를 생각하면 가슴이 뛴다. 다시 그런 노을이 보고파진다. 그 섬에 가고 싶다.
자연에 피는 아름다움을 느낄 때, 우리의 마음은 더욱 곱고 선하며 인간다워지는 것이리라.
노을이 타는 서녘 하늘은 잘 익은 홍시 같았다. 금방이라도 주홍빛 물방울이 뚝뚝 떨어질 듯했다. 붉고도 고운 노을은 너무도 아름답고 찬란했다. 꼭 수줍음에 얼굴 붉힌 순박한 여인을 보는 것 같았다. 서녘과 마주한 언덕도 부끄럼 탄 새색시의 얼굴 같았다.
빛이 발그레했다. 순수하고 상큼한 모습이었다.
노을은 바다에도 빛을 뿌렸다. 노을에 젖은 바다가 붉게 물들었다. 붉은 빛에 젖은 사람의 얼굴을 보는 듯했다. 갓 피어오른 장미송이 같았다. 사춘기 소녀의 수줍음 같았다. 암만 생각해도 타는 노을은 하늘나라의 불놀이였다. 그곳은 황홀한 잔치를 연 곳이었다. 색의 조화, 다양한 구름의 모양, 그 고운 빛깔들이 그랬다.
노을은 빨강 · 진홍 · 주황 · 노랑 · 보라 등으로 색을 바꾸었다.
양털 모양, 실 꾸러미를 풀어놓은 모양이었다. 꽃, 점, 선들이 펼쳐지고, 수많은 형상들을 수놓기도 했다. 그뿐만이 아니라, 물감을 풀어 그린 수채화가 되기도 했다.

반할 만한 아름다운 노을이었다. 멋의 극치였다.
감탄사가 절로 나왔다. 생각하면 아름다운 노을은 지금도 가슴이 뛰게 한다.
자연이 맑고 깨끗한 그 찬란한 노을을 지닌 섬. 도시에선 결코 볼 수 없는, 그 노을이 있는 섬엘 가고 싶다. 그 섬에 가고 싶다. 고운 노을을 보고 싶다.
아름다운 노을에 마음 젖을 수 있는 그곳에 가고 싶다.
그 노을을 보고 싶다.

크게 눈을 틔우고

지구는 인간뿐 아니라 생명들의 집이요, 자연은 그 모두의 삶터다. 맑은 물과 공기, 음식을 제공할 뿐 아니라, 생육을 쉬게 하는 곳이다. 맑은 자연이 없는 지구란 있을 수 없고, 지구 없이 인간이 거할 곳 또한 있을 수가 없다.
자연을 깨끗이 보존하고 가꾸어야 할 이유가 여기에 있다.
환경오염과 자연 훼손만큼 그 보복은 인간에게 되돌아온다. 자연은 자정 범위 안에서는 스스로를 정화하지만, 그 한계를 넘으면 자멸하고 만다. 하천과 바다의 죽은 수초들, 땅의 기상 악화, 황사, 희귀병들, 에베레스트와 알프스의 녹아내린 빙하. 녹는 빙산을 보라. 망친 만큼, 이상 현상은 점차 늘어만 간다.
아직도 남의 일이라, 나완 상관없다 여겨선 안 된다. 그건 좁은 생각이며 깨달음이 없는 삶이다. 지혜 없는 삶이다.
양심과 영혼이 죽은 세상에서 자연을 더 망치는 족속. 그 족속이 바른 인간이라 할까.
인간을 만물의 영장이라 했던가. 인간이 머문 곳마다 쓰레기요, 자연 파괴요, 훼손뿐이다.
앞을 볼 줄 모르는 인간을 어찌 만물의 영장이라 하리요.
살 땅을 망쳐 지구 멸망의 길을 열어선 안 된다. 황폐한 자연으로 삶이 끝날 수도, 살 곳이 없어질 수도 있다. 이 일에 무관심해서는 안 된다. 알지 못하는, 느낌 없는 이기심에 때론 아픔과 슬픔이 온다. 곳곳에 자연이 몸살을 앓는다. 개발이라는 명목 하에 말짱한 녹지를 초토화시키고, 깨끗한 자연을 망치니 어이하리요. 자기 욕심을 위한 자연 훼손이 많다. 훼손은 쉬우나, 복구는 육십여 년이 걸린다.

시간이 흐를수록 자연이 오염되고 망쳐지고 있다. 생태계가 파손되고 있다. 마실 물은커녕 병마에 시달릴 환경으로 치닫고 있다. 어찌 하면 좋은가?

오십여 년 전의 자연은 깨끗해 좋았다.

그대여, 깊이 생각해 보라. 자연이 추하다면 지구는 생명이 살 수 없는 환경이 되고, 인류는 끝을 보게 될지도 모른다.

내가 어렸을 제, 물을 사 마신다는 것은 생각치도 못했다.

과일은 그냥 닦아 먹고, 오염된 공기란 느끼질 못했다.

우린 자연 환경을 보호하고 사랑해야 한다.

음식물 쓰레기를 줄임은 물론, 생활쓰레기 관리가 철저해야 한다.

너무 지나치게 인공적인 부분이 많아져선 안 된다.

오염된 쓰레기를 줄여야 한다. 흙을 살려야 한다. 배기가스, 인위적인 온갖 환경 파괴 요소들- 자연을 살리기 위해 총력을 기울이면 좋겠다. 그것이 가진 자, 쥔 자, 우리 모두의 사명이라 여긴다.

더 이상의 환경 파괴는 없어야 한다.

학생이여, 남다르게 배우시라. 젊은이여, 깨어라. 깨달음의 눈을 틔우시라. 어른들이여, 느끼시라. 욕심뿐인 잘못을 바꾸면 싶다.

무엇이 진리인지, 무엇이 최선인지 알아 세상이 달라지면 좋겠다.

그것이 인간의 도리요, 사람다운 사람의 길이리라.

몇 번을 물어도 "그렇다. 맞다." 답할 수 있는 것! 그것을 따르라.

진솔하고 선하고 거짓 없이 살자. 자기 생각을 정결하고 깊게 열어 가라. 단체의 편 가르기에 진한 인간이 되지 말자. 휩쓸리지 말고,

두루 만인을 이롭게 하는 길 가면 싶다.
그런 사람이 많아지면 좋겠다.
양심 있고 지혜로운 사람에게 판단할 여지를 남기자. 활개 쳐선 안 될 사람들이 활개 침으로 세상은 퇴보된다. 어려워지고 있다. 어두워지고 있다. 꾼들이 많은 탓이다. 너무 거짓된 자만심에 빠진 이가 많기 때문이다. 외형만 좇는 탓이다.
잘난 교만뿐- 발전도, 노력도 없이 명예욕만 품는 형식들을 버리자. 돈의 노예가 되지 말자. 돈과 권위에만 취한 이들에 의해 세상은 망한다. 또한, 집단 이기주의자들은 이 사회를 좀먹는 악이다. 어두움을 생성하는 악의 늪이다. 땀 흘리는 노력도 없이, 더 땀 흘리고 노력하는 사람들보다 잘 산다면, 그것은 그만큼 남의 이익을 갈취한 것이다.
풍요가 낳은 추한 이기심과 환경 파괴를 반성하고, 먼 내일을 위한 희망을 노래하면 좋겠다. 자연 파괴의 피해는 다시 내게로 되돌려 질지니, 귀한 자연을 보호하고 행할 최선의 일을 생각해야 하리라. 그것이 지구를 살리는 길이요, 사람을 보존하는 길이다. 내 삶을 바르게 세우는 길이다. 후손들을 위한 길이다. 나를 위한 길이다. 이 나라의 역사를 위한 길이다. 세상에서의 삶이 편안해지는 복된 길이다.

가을에 빠져들며

열린 하늘이 내게 와 있다. 갖가지 단풍과 맑고 푸른 하늘, 선선한 바람과 곱고 가냘픈 코스모스, 황금빛 들녘이 곱게 눈에 들어온다. 흔히, 가을은 천고마비의 계절이요, 사색의 계절이라 했다. 독서의 계절이라 했다. 산을 오르고 오솔길을 가며, 자연을 느끼기 좋은 계절이다.
내겐 가을은 낭만이요, 시요, 소풍길이다. 가을엔 누구에겐가 편지를 쓰고 싶다. 친척, 친구, 지인이나, 그리운 사람, 보고픈 사람에게로-
나태하고 무감각한 것을 깨워 생의 활기를 돋우고 싶다. 가을이 더욱 새롭길 희망해 본다. 가을을 얘기하고 싶다. 자연에 심취한 나를 말하고 싶다. 하나의 풀잎이 되어. 숲을 나는 새가 되어서- 그들의 외로움, 그들의 노래하는 소리, 그들의 감동, 그들의 느낌과 순수함, 싱그러움, 깜찍함, 귀여운 몸짓을 드러내고 싶다. 전율로 오는 사랑을 말하고 싶다.
익는 계절에 취해, 한껏 가을 안으로 걸어들고 싶다. 자연을 품어서 청정하고 순박한 정취에 젖고 싶다. 자연에 취하고 계절의 향에 빠지고 싶다. 인간사의 어두움을 확 지우고, 겸손하고 온유하며 진실하고 순수하여서 참된 성정으로 마음을 열고 싶다. 가을을 닮고 싶다. 꾸민 모습을 벗은 진실함으로, 헛됨을 버리고, 미움, 다툼과 아픔도 지우고, 하하 웃으며 살고 싶다. 분주해 멈추지 않는 걸음보다 속이 단순한 삶을 살고 싶다. 복잡함을 버리고 싶다.

초자연의 길을 걷고 싶다. 경제적 삶이 고달플지라도 사람답게 살고 싶다. 자연 속에 조용히 살고 싶다. 순리대로 살아가고 싶다. 불의와 타협치 않고 억지 부리지 않고, 영혼의 깊은 곳에 울리는 따뜻하고 순수한 노래를 들으며 편히 살고 싶다.
청정한 자연 속에 조용히 살고 싶다. 나뭇잎의 살랑거림, 수풀의 속삭임, 풀벌레의 노래를 들으며 더 맑고 아름답게 감춰진- 숨은 것들의 얘기를 들으련다. 그들의 숨결을 느끼련다.
자연과 교감하며 감성으로 나아감이 곧 행복을 품는 길일지니, 한곳에 머물기보다 고결한 길을 따라 앞으로 가고 싶다.
더 깊고 큰 생각을 지니고 싶다. 가다가 쉬어 가면 어떠리.
돌아오면 어떠하리.
긍정적 사고를 두고 평안한 마음을 지니련다.
자연의 숨결에 취하듯 자연의 삶을 살고 싶다. 가만히 말없이 살며, 조용한 침묵의 길을 가고 싶다. 깊은 명상에 잠겨, 맑음과 버림과 순수함을 구하고 싶다. 바람이 서늘하여 갈수록 가을을 닮고 싶다. 날마다 발견되는 행복을 누리고 싶다.
느낌 하나가 맑음이 되어 온다.
보고픔이다. 그리움이다.
오늘도 가을이 안에 깊어, 금방 파란 하늘빛 그리움에 젖을 것만 같다.
좋은 계절이다. 행복함에 젖는 날이다.

가을날

그토록 독한 열기로 몸을 달구던 여름이 갔다. 불같은 열기가 심하던 그 시간들이 갔다. 불더위가 고통의 선을 체험케 한 나날이었다. 그 열정의 여름을 딛고, 인내한 후에야 풍성한 가을을 맞을 자격을 얻는 것인가?
계절이 바뀐 들녘에 섰다. 지천에 갈꽃으로 단장된 뜰에서, 올바르게 가야 할 한 해를 앞서 의식해 본다. 벼가 익어 고개 숙인 들녘엔 영근 낱알의 벼 이삭들이 곱다.
농부들에게 짙었을 땀을 생각해 본다. 얼마 후면 추수가 끝나고 가을 또한 겨울로 바뀌리라. 잊힐 이들 모양 떠나가게 되리라. 가을은 그렇듯 곁에 왔다가 간다. 온통 붉고 노랗고 고운 빛으로 산지山地를 채색한 단풍을 본다. 오곡백과의 풍성함, 노란 황금물결로 출렁이는 들녘을 본다. 삶이 더욱 풍성해지길 갈망한다.
머무르고 일궈 고운 빛을 물들여 놓기까지, 인내한 노력은 값지다. 말없이 안으로 가꾼 일들의 결실은 찬란하다. 나뭇잎은 쓸쓸하게 바람에 지지만, 소명을 다한 시간이기에 슬퍼하지 않는다.
사람의 시간도 자기 할 몫을 다할 때에야 돋보이는 것처럼, 자연의 길도 제 몫을 다할 때 더욱 찬란하다. 사람다운 삶, 부모다운 부모, 자식다운 자식, 스승다운 스승, 학자다운 학자, 이웃다운 이웃, 사람다운 사람으로 사는 것은 얼마나 값지고 아름다운가!
더욱 희소하여 귀한- 곧고 진실한 사람들이 그립다.
문명의 발달과 흔한 여행이 많아졌다. 다양한 먹을거리와 즐길 거리로 세상이 좋아졌다. 인정이 꽃피지 못하고, 양심이 버려진 땅이어선 안 된다. 양심이 가득하여 늘 웃음꽃이 풍성한 땅이어야 한다.
계절과 자연에 취해 평화를 얻는 순화의 길을 가고 싶다.
졸졸 흐르는 냇물에 시름을 풀고, 바람의 산뜻한 맑음을 호흡하며, 산을 벗 삼고 싶다. 들, 바다와 어울려 내 안의 얽힌 것들을 풀고 싶다. 자연의 맛을 쉽게 느끼고 싶다.
가을은 맑음으로 가을다운 정취에 빠져들게 한다.
맑음을 호흡하게 한다. 야외로 걸음을 딛고 싶다. 노랗게 익어 황금빛을 발하는 벼를 보고 싶다. 기쁨에 젖은 산새들을 보고 싶다.
적, 갈, 황, 주홍빛이 어우러진 산들을 보고 싶다.
맑고 드높은 하늘과 산들산들 불어오는 폐부 깊숙이 스미는 맑은 공기랑, 밤하늘에 반짝이는 달, 별들을 그려 본다. 풀벌레 소리를 생각해 본다. 코스모스, 샐비어, 은빛 억새들을 그려 본다.
빨간 고추를 말리는 풍경과 햇볕에 팍팍 튀어 오르는 콩팥들. 뚝뚝져 내릴 가을의 잎들과 설움 한 줌이여! 눈물 같은 맑은 물이여! 괜한 쓸쓸함, 고적함, 울적함이 가슴에 찬다. 안에 가을이 찬다.
그대와 숲을 밟으며 더 깊은 가을 안으로 걸어가고 싶다.
맑게 갠 인생길을 가며, 가을을 맞고 싶다. 욕심을 버리고 사람다운 사람으로 나이 들고 싶다. 가을날의 꽃을 닮고 풍성한 열매를 소망하면서, 가진 것이 없어도 흥얼대며 사는 빼어난 자연인이 되고 싶다. 어리석음에 부대끼며 멸시당치 않고, 삶에 거짓 없이 편한 자유를 누리고 싶다.
가을을 닮은 맑고 고운 삶을 살고 싶다. 자연과 어우러져 산이나 강인 듯 흐르고 싶다. 끝날, 세월의 저편에 고운 노을빛으로 머물고 싶다. 그 삶을 살고 싶다.

전원을 향한 꿈

전원에서의 삶을 꿈꾼다. 경제적 여유가 없어 아직 터를 얻진 못하였으나, 터가 마련되면 산, 들, 바다 가까운 곳에 집을 짓고 싶다. 친환경의 집을 짓되 꿈꾼 계획을 이루고 싶다.
가까이에 맑은 산수山水가 흐르면 좋겠다. 집에 자연의 기운이 넘쳐흐르면 좋겠다. 맑고 정결하며 소박함이 가득하면 좋겠다. 휘, 휘 꽃바람이 시작되는 곳에 텃밭을 일궈, 쉽게 느끼는 자연이면 싶다. 한 예쁜 마음을 지닌 이가 그려낸 울 집 풍경이다. 원하는 그 풍경 속에 앉아서 자연을 호흡하고 싶다. 자연을 가꾸며 꿈꾸던 삶에 취하고 싶다. 텃밭에 이르는 길은 산책로를 두고, 조경석과 꽃과 작은 나무들이 어우러진 뜰엔, 발 담그고 차를 마실 수 있는 물길도 두련다.
거실과 서재 밖 풍경은 최상의 자연으로 보이면 좋겠다.
뜰엔 어느 계절이든 모닥불 피울 수 있는 '불 터'를 놓고, 쉬 자연을 관망할 수 있는 곳. 그런 곳에 자연스런 집을 두고 싶다. 지으려는 집은 소박하고 아름다운 집이면 싶다.
지붕에는 잔디가 자라게 할까, 옥상정원을 만들어 둘까.
집 앞 정원에는 주목과 후박과 진 붉은 단풍과 명자나무와 영산홍과 둥근 소나무와 황매화, 비자, 석류와 뽕나무를 심어야지! 사용화와 접시꽃과 작약과 백합과 글라디올러스와 국화와 둥굴레와 맥문동과 고스모스와 봉선화, 더덕도 심으련다.
작은 연못엔 부레옥잠과 연과 물풀을 놓아두리라.

거기 피리, 가재를 키우면 더 좋으리라. 또한, 나무 아래엔 자연석으로 의자와 탁자를 놓아 책을 읽거나 쉴 수 있는 공간도 준비하련다.
사람을 만나거나 때론 작품을 구상하는 자리로 삼으리라.
이 꿈이 실현되면 좋겠다. 그림, 시화, 글씨도 전시해 두고, 찾아오는 이들에게 때로는 시 낭송도 해 주련다. 청소년들과 대화의 시간도 두고 싶다. 바른 인간으로 살아갈 지혜를 얘기하고 싶다. 살아가야 할 의미와 정신을 전하고 싶다. 텃밭엔 갖가지 채소들을 키워, 찾는 이들과 어울려 소담한 상도 베풀고 상추쌈도 즐겨 먹으리라.
그때를 위해 준비하고 싶다. 꿈을 키우고 싶다.
지식과 지혜가 많아지고, 가르칠 것을 익히 가르칠 수 있는 준비도 돼야 하리라.
꿈과 이상과 희망을 위하여 길을 제시할 수 있는 자리- 그 터를 만들어 원하는 교육도 즐기고 싶다.

내 꿈은 이렇게 무르익고 있다. 십 년 후를 생각하며 차분히 가고픈 길이다.
글도 쓰고 그림도 그려야지! 과거에 읽던 좋은 책도 읽어야지! 꾸준히 나를 깨우고, 새 길을 열며 그날들을 생각하련다.
길이 꼭 열리리라.
오늘도 그 길을 꿈꾸며 안에 기쁨을 지니련다.
평안을 누리련다.

영혼으로 듣는 소리

특별한 축제였다. 맑디맑은 섬에서 기쁨과 즐거움을 품고 춤을 추었다. 밤바다가 나와 함께했다. 달도 낮같이 제 빛을 한껏 발하고 있었다. 속내를 팔딱이며 쏴아 찰싹 찰싹– 흥분한 듯이 오는 갯바람은 몸을 어루만져 주었다. 감미로웠다.
형식 · 규제 · 위선도 없는 그곳엔 고요함이 머물러 아늑하였고, 그냥 있는 그대로의 평안이 사방에 넘쳐났다.
자연이 얼마나 아름답고 멋있는지, 밝고 맑을수록 아름답다는 것을 깊이 의식했다. 행복했다.
달콤한 축제의 밤이 영혼을 푸르게 했다. 심장이 뛰었다.
마음이 따뜻했다. 섬은 기쁨과 사랑의 터전이었다.
한껏 편안함과 만족함을 누리지 못한다면 불행한 일이다.
작고 하찮아 보이는 것도 깊이 느끼면 행복의 근원이 된다. 풀잎, 이슬, 바람의 숨결, 꿈을 생각하며 감사했다.
사랑하고 있음의 기쁨, 사랑받는 행복을 누렸다. 헤아릴 수 없는 축복된 삶을 누렸다. 그런데 참 이상했다. 생각하면 감사할 일이 너무 많은데, 왜 감사치 못한 것일까.
걱정 근심, 욕심이 많은 탓이리라. 욕심에 빠져 스스로를 알지 못하고, 눈 어두워 볼 수 없음이 참으로 안타깝다.
가슴을 열수록 들려오는 소리와 활기찬 모습과 갓 건져올린 고기의 파닥임 같은 맑은 바람과 자연을 생각해 본다.
맑고 편안한 것들을 안에 두고 싶다. 내면에서 순수 기쁨과 아름다움을 느끼고 싶다. 기쁨은 몇 배나 커지리라. 자연적인 나를 인정하련다. 그리하여 편하고 행복한 마음으로 웃으며 살련다.
마음이 통하면 말하지 않는 말도 느낄 수 있다. 안으로 눈 떠 보자. 마음을 쏟아 들어 보자. 달 · 별 · 바람의 속삭임, 말하지 않는 말도 들을 수 있다. 상큼하고 환한 기운을 얻는다.
그 기운을 위해 다시 축제를 열어야겠다. 얽매임을 다 버리고, 사랑하고 기뻐하며 영혼의 아름다움을 지녀야겠다. 믿음의 길에 살려 노력해야겠다.
인간이 닿지 않는 청정한 자연을 생각해 본다.
자연은 어느 것 하나 아름답지 않는 것이 없다.
그런데 맑고 곱고 깨끗한 이 자연에 쓰레기꾼 인간이 들면 환경이 오염되고 파괴되고 만다. 개인의 욕심과 무지는 나쁜 환경을 만들고 만다. 맑고 깨끗하고 좋은 환경이나 깨끗한 세상을 만들기 위해서 애쓰는 사람은 얼마나 고운가.
새소리, 산골짜기에 가득한 맑은 물소릴 들어 보라. 밝게 웃는 풀들을 그려 보라. 가슴 떨리는 감동과 기쁨이 있다면 얼마나 좋을까.
이 밤도 잔잔하게 여울지는 별들을 본다. 가까이서 들려오는 찰싹이는 파도 소리를 듣는다. 그런 것들에 빠지는 만큼 난 편안하다.
자연 속에 벌거벗은 나는 행복하다.
세상일을 다 잊고 자유인인 동안은, 끝없이 평안이 넘친다.
마음 고운 사람들, 착하고 선한 사람들을 그려 본다.
그들을 만나고 싶다. 그들이 보고 싶다.
그 사람들을 향한 마음이 돋는다. 영혼을 활짝 열고 그들을 부르고픈 정이 안에 가득해진다.

야간 산행 길에서

창밖 풍경 속에 숲이 물들어 있다. 빨강, 주황, 노랑, 갈색인 잎들이다. 아직은 푸른 잎과 물들기 시작하는 잎들이 가을을 품고 있다. 가을이란 계절은 참 선선하고 아름답다. 너무도 다양한 마음을 지니게 하고 형형색색의 자연 속에서 느낌을 얻게 한다.

가을 길을 가 본다.

"이랴-" 소를 몰아 산비탈의 밭을 가는 듯 가을걷이에 바쁜 농부의 일손과 알알이 익은 곡식들이 그려진다. 폐부 깊이 스미는 시원함과 산 계곡의 졸졸 흐르는 물소리. 세심하게 마음에 든 짧고 따뜻함을 느낀다. 그 느낌이 있어 산 숲길을 걷고 싶다. 숲길을 걷는 묘미와 낭만은 때론 평안을 담뿍 채운다.

가을이면 야간 산행을 두고 싶다.

야간 산행은 오래전 관악산을 오르며 특별함을 경험한 일이다. 달이 밝아 손전등이 필요 없고, 숲이 짙어도 빛이 스며들어 또 하나의 편안함을 지니게 했다. 더 많은 야간 산행을 꿈꾸게 했다.

냇물의 도란대는 소리를 듣고, 내키면 맨발로 물을 딛기도 하며, 옆에 동행할 옆지기가 있다면 그의 발도 씻겨 주리라. 그리고는 가만가만 가곡을 불러 줘야지. 어릴 적 좋아했던 그 노래들을 불러 봐야지!

그렇게 기쁨과 즐거움을 누리며 환한 길을 열고 싶다.

산을 오르다 초원에 이르면 또 얼마나 좋으랴.

무엇이나 자연스러운 생각과 마음으로 나를 열고 싶다. 걷고 뛰며 달빛이 전하는 은은하고 신비한 언어들도 들으며 더 행복하게 사는 법을 배우고 싶다.
자연을 닮아 가며 평안함을 누리고 싶다.
바위에 앉아 가을밤을 넉넉히 안에 채우고 싶다. 온갖 시름 걱정, 세상의 형식, 아픔과 서러움도 다 내려놓고, 있는 자연의 풍경과 가을밤의 정취에 빠져들리라.
경험 없는 이가 느끼지 못하는 그 느낌에 빠져들리라.
인생은 언젠가는 끝이 있는 것. 스스로 느끼고 얻는 행복을 지니련다. 가슴깊이 느끼는 감정으로 날 깨우며, 더욱 섬세한 얘기를 들을 청정한 자연에 귀를 기울이련다. 세세히 곁에 있는 것들을 살피며 눈을 틔우련다.
마음 문을 열고 특이한 생각을 지닐수록 새로움이 오리라.
멀고 가까운 풍경들이 은빛으로 빛나리라. 색다른 것들을 볼 수 있도록 힘쓰고 싶다.
남은 생이 더욱 지혜와 감동과 행복감으로 넉넉하도록. 더욱 풍성하도록. 마냥 따뜻한 모닥불이 타오르도록. 자연에 묻힌 고요와 평화를 향한 기쁨만이 충만하도록- 읽고 공부하며 나를 바꿔 가고 싶다.
금년엔 그 길을 편히 걷고 싶다.
원하는 기쁨을 누리고 싶다.

가을 편지

가을이가 곁에 와 있다. 단풍, 푸른 하늘, 선선한 바람, 코스모스, 황금빛이 와 있다.
흔히, 가을은 사색의 계절이라 한다.
산을 오르고 오솔길을 걸으며 生을 느끼기 좋은 계절이다.
내게 있어 가을은 멋이요, 시요, 소풍길이다. 가을이 오면 친척이나 친구에게, 그리운 사람, 기억에 남는 사람, 보고픈 사람에게 편지를 쓰고 싶다.
말 없고 무감각함을 깨워 생의 활기를 돋우고, 변화되고 새롭길 희망하면서 자연에 심취하고 싶다. 초목이 되어, 숲을 나는 새가 되어 가을을 전하고 싶다. 그들의 외로움, 노래하는 소리, 수수함, 고움, 싱그러움이나 깜찍함, 귀여운 몸짓을 표현하고 싶다. 그들을 향한 감동, 가슴에 오는 느낌을 전하고 싶다. 전율로 오는 사랑을 말하고 싶다.
계절에 취해 한껏 가을 숲을 걷고 싶다. 자연을 품어서 청정하고 순박한 정취에 젖고 싶다. 자연에 취하고 계절의 향에 녹아들고 싶다. 삶의 어두운 모습들을 지우고 겸손하고 온유하며, 진실하고 순수하여서 성정으로 마음을 열고 싶다.
가을과 친하고 싶다. 꾸민 모습을 버린 진실함으로 욕됨을 버리고, 미움, 아픔도 지우며 하하 웃고 싶다. 분주하게 멈추지 않는 걸음보다 단순한 삶을 살고 싶다. 복잡함을 버리고 싶다. 자연의 길을 가고 싶다.

경제적인 일로 고달플지라도 사람답게 살고 싶다. 자연 속에 살고 싶다. 순리대로 살고 싶다. 불의와 타협치 않고, 억지 부리지 않고, 영혼의 깊은 곳에 울리는 따뜻하고 순수한 노래를 들으며, 조용히 살고 싶다.

산골짝에 흐르는 물같이 살고 싶다. 나뭇잎의 살랑거림, 수풀의 속삭임, 풀벌레의 노래를 들으며 더 맑고 아름답게 감춰진 이야기를 생각하련다. 맑고 정한 자연의 숨결을 느끼련다.

자연과도 교감하며 감성으로 나아감이 곧 행복으로 가는 길이려니. 한곳에 머물지 않고 이곳저곳 자연을 돌아보련다.

더 깊이 있는 생각을 찾으련다. 가다가 쉬면 어떠하리. 돌아오면 어떠하리. 긍정적 사고를 지니고, 편안한 마음을 지니고, 자연의 숨결에 취하듯 살고 싶다. 가만히 말없이 살고 싶다.

깊은 자연 속 맑음과 버림과 순박함을 구하련다. 바람이 서늘해 갈수록 가을을 닮아 가련다. 가을을 닮는 일에 행복을 누리고, 느낌은 맑음이 되어 온다. 보고픔이다. 그리움이다.

오늘도 가을은 가슴으로만 깊어, 금방 파란 하늘빛 그리움에 젖을 것만 같다.

좋은 계절이다. 행복함이 안에 흐르는 날이다.

춤추고 노래하며

누가 뭐라 해도 흙내 짙은 자연 속에 살고 싶다.
호미와 삽, 괭이, 쇠스랑을 벗하며 살고 싶다. 힘을 쏟고 땀 흘리며, 있는 모습 그대로 자연과 살고 싶다. 이름이 없어도 소박함을 지니고, 거짓이나 속임, 시비 없는 삶에 자연을 호흡하며 살고 싶다.
자연 속에 묻혀 묵묵히 살고 싶다. 말없이 편히 살고 싶다. 벌, 나비, 풍뎅이와 함께 놀고 싶다. 새들과도 노래하며 웃고 싶다. 야생화가 맘껏 피는 곳이면 좋겠다. 공해도 없는, 맑은 물이 흐르는 곳이면 좋겠다.
트인 가슴에 맑은 바람이 지나고 별이랑 달이랑 태양이랑 어울려 어울렁 더울렁 가슴을 풀고 싶다. 편히 소리 지르며 거침없이 심중의 말을 터트리고 싶다. 기쁨의 날개를 파닥이며 날고 싶다. 취나물과 달래, 냉이, 민들레, 더덕, 도라지, 돼지감자도 심고, 채전도 가꾸며, 밀짚모자 눌러쓰고 하늘대며 살고 싶다.
느낌이 통하는 사람의 언어들, 느낌이 통하는 길. 그 중심에 즐겨 뛰는 자연인이고 싶다. 때로는 휘뚝이는 감정이 말끝에 묻어나서 같이 선 사람들을 당황케도 하고, 하하 웃으며 내심이 통해도 좋겠다. 거짓 없이, 교만함 없이, 욕심도 없이, 그저 편안하고 즐거운 삶으로 행복을 누리고 싶다.
자유를 누림으로 쉬 손잡을 수 있는 사람을 만나고 싶다.
사람이 정한 경계를 벗어날 때도 죄가 되지 않고, 함께 그 나라에 있어 기쁨을 공감하며 휘파람을 날리고 싶다. 간섭치 않고 서로를 인정하며 진솔함을 주되, 늘 품어 주는 편안하고 따뜻한 사람이 곁에 오면 좋겠다. 성숙한 사람들이 곁에 오면 좋겠다. 자연 속에 자신을 두고 거울이나 물에 스스로를 비춰 보며, 밝은 하늘을 향하고 싶다. 자기 자신을 위해 남을 괴롭히거나 아프게 하기보다, 자신을 돌아보고 진실을 꿈꾸는 일이 많아지면 좋겠다. 살피는 마음이 곱고 생각이 깊은 사람과 친하고 싶다. 때 묻지 않아 곱고 싱그러운 정한 그대를 만나고 싶다. 그대와 친한 사람이고 싶다. 편히 자연스럽게 마음을 주고받는 사람이고 싶다.

동백꽃

관심 많은 꽃 중에 동백꽃이 있다.
당초부터 우리나라에서 피고 자란 꽃을 좋아한다.
해양성 기후에 속한 고향의 산과 대나무 밭 근처에서 종종 보았던 그 동백을 좋아한다.
그 진붉은 빛은 일찍이 나를 꽃에 매료되게 했다.
어릴 적에, 결혼식장에 장식되던 동백꽃을 유달리 좋아했다. 깊이 보면 볼수록 왠지 모를 설렘이 일었다. 동백나무의 짙은 녹색 잎은 빤질빤질 광택을 발했다. 동백꽃을 보노라면, 살아있는 강한 생명력을 느끼게 했다.
겨울엔 무엇보다 싱싱한 생기를 발함이 참 좋았다.
눈 속에서도 꽃을 피워 내던 끈질긴 그 생명력이 좋았다.
두텁고 빳빳한 잎의 생기도 생기지만, 꽃 속에 노란 수술의 빛깔은 왜 그리 예쁜지! 진빨강과 진노랑의 조화가 하도 예뻐, 더러는 한참을 꽃에 빠져들기도 했다.
이 꽃은 고향의 섬에서 많이 보았다. 산에서도, 대나무 밭에서 자라기도 했다. 개화는 지역에 따라 다르나 보통 겨울의 끝 무렵이나 초봄에 핀다. 꽃잎은 오륙 개 정도인데 밑에서 오르며 비스듬히 퍼진다.
꽃 안에 노란 수술을 품은 떡가루들이 뿌려진 듯했다.
꽃잎이 수평으로 활짝 퍼지는 것을 '뜰 동백', 백색 꽃을 피우는 것을 '흰 동백'이라 한다. 또 어린 가지와 잎 뒷면의 맥 위 및 씨방에

털이 많은 것을 '애기동백'이라 한다.
꽃이 지면 열매가 맺히며, 녹색에서 갈색으로 바뀐다. 열매가 익으면 벌어져 안에 갈색의 종자가 보인다.
꽃은 장출혈과 자양, 강장에 좋은 영향을 준다 했다.
꽃말은 기다림, 고결한 사랑, 허세부리지 않음, 신중, 자랑, 겸손한 아름다움 등이 있다. 꽃말들이 다 좋다. 이 꽃들이 해안도로에도 많이 심어지면 좋겠다. 훗날 고향 밖에 살고 있는 이들이 주저없이 고향에 가고픈 이유가 되면 싶다.
추운 겨울에 더욱 진가를 발하는 동백꽃!
꽃이 진 후에도 바로 시들지 않고 끝까지 고고함을 보인다. 겨울에도 싱그럽고 뚜렷한 느낌을 주는 동백꽃이 참 좋다.
강한 심리를 지닌 듯싶다.
동백꽃을 보면 동백꽃은 늘 나를 새롭게 한다.
지는 모습이 추하지 않아 좋다.
가슴속에 지금도 피어 있는 꽃! 그 동백꽃이 필쯤이면 여행을 떠나고 싶다.
핏빛 동백꽃을 바라보기 위하여! 어린 날의 기억들을 다시 만나기 위하여…….

봄빛으로 오라

회색빛을 털며 일어난 미루나무 가지에 바람이 스친다. 가볍고 보드라운 움직임이 내 눈을 튼다.
겨우내 쭈그리고 움츠린 기세를 펴 파닥이는 것 같다.
개나리, 진달래가 피고 목련이 봉오리를 돋운다.
수선화, 달래, 쑥이 싹을 틔워 초록빛을 품어 간다.
봄이 날개를 편 후 여인들의 마음을 엿보려 한다.
보라, 눈부신 걸음들이 생의 비밀을 펴내는 것을…….
아침을 돋우는 새소리들, 기지개 켜는 아침이 심히 말갛다.
숲이 울울창창한 마을에는 새소리가 짙다. 어디서 저렇게 맑게 지껄이는 거침없는 자유를 만나랴. 그 노래에 젖으랴.
생기가 넘치는 아침은 너무나 활기차다. 그 활기를 따라 오늘도 맑고 밝은 시간, 보람 있는 하루를 이어 가고 싶다.
귀한 하루를 누리고 싶다. 서로를 아는 일들이 따뜻한 봄을 닮았으면 싶다.
계절은 마침내 삶에 새로운 씨앗을 뿌려 가슴이 열리게 하고, 더 풍성한 생각들로 견고한 의지를 돋워 줄 것만 같다.
편히 내적 아름다움과 지적 향기를 돋워야겠다.
"지식 없는 꿈은 선치 못하고, 지식이 없는 삶은 망한다."
하니. 더욱 책 읽기를 즐겨하고 꾸준히, 고결한 생각으로 등불을 밝히고 싶다. 그리하여 전함이 기쁨과 포근함과 싱그러움이 되면 싶다. 안에 채우는 말도 지식이 뭉쳐 함축된 언어 되면 좋겠다. 모든 일에 부지런해지고 싶다.
사랑을 배품도, 일도, 날 가꿈도 새로워야겠다.
까닭 없이 마음 울적하거나 서글퍼질 때, 그리하여 여행을 떠나고 싶은 날은 편히 여행을 떠나련다.
그때는 사랑하는 이여! 그리움에 애타다 만나자.
그런 만남으로 인해 사랑은 날로 더 맑고 고우면 좋겠다.
봄의 들녘에 산책하는 연인들같이 들길을 걸어 보자. 봄나물을 뜯고 캐며 길을 가 보자.
그대여, 봄빛으로 오라. 화사하고 가벼운 몸짓으로 요동치듯 오려무나. 깃털같이 가볍게, 솜 같이 포근하게! 순전한 맑음을 지니고 바람같이 오려무나.
노래가 가득 찬 봄이 내게 와 그대를 부른다.
서럽지 않고 낯설지 않게, 안에 기쁨이 넘치게 서로를 보자. 무슨 일에나 결코 아프게 하지 말자.
아무런 욕심 없이, 그냥 푸르른 마음으로 아지랑이 같은- 봄은 우리의 가슴에도 꽃을 피울 것 같다.
그대여! 늘 깨인 삶으로 기쁨을 누리자. 행복을 위해 서로를 품자.
그것이 우리가 함께 살아갈 이유가 아니랴.

봄을 만나다

정체된 마음의 변화를 꾀한다.
마음을 열고 논밭이 펼쳐진 들판의 둑길을 걷는다. 작은 도랑이 흐르는 주변의 둑엔 흔히 볼 수 있는 풀들이 무성하다.
어릴 제 논에 가득 피어 있던 자운영이며 흰빛 클로버며 이름 모를 수많은 꽃들이 피어 조화를 이룬다. 쑥이며 미나리며 한창 키를 키우는 갓도 보인다.
노력만 있으면 먹을거리가 되는 것들이다.
들녘 곳곳에 섬세한 빛을 더해 가는 풀과 화초도 생명력이 충만하다. 자연을 발휘하고 있다. 어떤 구속도 없는 자유로운 삶을 살고 싶다. 영혼의 자유를 누릴수록 넓고 깊은 곳에 이르듯, 형식적인 틀을 벗어나고 싶다. 간섭하고 통제, 지배하려는 권위도 멀리하고 싶다.
생각과 영혼에 아픔과 고통을 주지 않는 길을 가고 싶다.
최대한의 평안을 누릴 야인의 길로 가고 싶다. 돈과 시간과 미워하는 감정에 지배받지 않는 삶이고 싶다.
칭찬하고, 배려하고, 교만치 않고 성실하되 어리숙한 사람 모양 조용히 살고 싶다.
다만 필요에 따라, 자존심을 깨는 일에는 지혜롭게 일침을 놓고, 덕 쌓기에 노력하며 멋진 삶을 위해 힘쓰고 싶다.
생각이 높고 깊고 넓은 사람이면 얼마나 좋겠는가. 사소한 일에 아등바등 빠져 어렵게 살기보다 긍정의 고개를 끄덕이며 여유와 안정을 찾고 싶다. 편안하게 살고 싶다.
생각이 곱고 깨끗한 바로 된 사람이고 싶다. 넓고 다양한 생각을 품고 싶다. 맑은 영혼을 두기 위해 섬세한 생각을 열고 싶다. 복잡하고 힘든 때일수록 모든 걸 내려놓고 평안을 누리련다. 아무리 힘겨울지라도 원하는 일에 최선을 다하고 싶다. 애써 노력하고 싶다.
자연을 가슴에 품고 자연에 어우러진 삶을 음미하고 싶다.
자연과 친한 삶을 살고 싶다. 장작불을 지피듯 영혼에 불을 지피고 싶다. 욕심이나 세상의 틀을 벗어나고 싶다. 아무것도 지니지 않는 빈터요, 욕심 없이 넉넉한 맘이고 싶다.
걱정 없이 길 가는 나그네이고 싶다.

산행

맑고 환한 기운을 높이는 좋은 날씨다.
마음을 열고 산과 들을 바라보며, 내 안의 잡다한 생각과 어둠과 그늘과 무거움을 풀고 싶다.
그 뜻을 풀기 위해 산행 길에 올랐다. 감기몸살에, 옻에, 한 달여 몸을 추스르지 못하다가 모처럼 산행을 감행한 것이다. 순전히 몸을 풀기 위한 목적이었다. 원활하지 못한 생체 기능을 돋우기 위해서였다.
관악산엔 약간은 쌀쌀하고 찬 기운이 돌았다. 아직 잔기침이 있음에도 산을 오르는 길은, 건강 부분에서 한 오 년쯤 더 나이 든 느낌이 들었다.
그동안 온몸을 깨우지 못했고 기능을 정상으로 끌어올리지 못했음이 여실히 느껴졌다. 힘이 없었다. 몸이 무거웠다. 더 편안한 마음이길 원했다. 차분히, 그리고 천천히 산길을 올랐다.
산 중턱쯤 올랐을까. 앞선 한 팀의 남녀 등산객의 복장이 그냥 산책삼아 오르는 사람들이 아니다. 복장 자체에서 산 내음이 난다. 분명 산을 좋아하는 사람들이다.
산을 오르는 그들의 모습이 참 행복해 보인다. 그냥 흘러든 그들의 대화가 다정하다. 호칭이며 언어에서 부부임을 느낄 수 있었다. 오후 여섯 시쯤 그들은 빠르지도 느리지도 않게 산을 올랐다.
얼마만큼 가다 또 한 번 행복해 보이는 사람들을 만났다.
쓰레기를 주우며 내려오는 아가씨들이었다. 산에 비닐, 깡통, 플

라스틱 등이 마구 버려지는 요즈음에 그것을 줍는 젊은이들이라니- 얼마나 예뻐 보였는지 모른다.
마음으로 박수를 보낸다.
그들은 쓰레기를 주우며 산 아래쪽으로 멀어져 갔다.
힘이라도 돋워 줄 걸 그랬다.
산행을 할 자격도 없는 사람들이 많다. 문득 소리 나지 않게, 보이기 위한 관행적 · 가식적이 아닌 사람들의 모임이 떠오른다. 회장도 없고, 회칙도 없고, 회비도 없는 모임이다. 그냥 산을 오르다 쓰레기를 줍고 길가다 청소를 할 줄 아는- 산을 사랑하는 사람들, 자연을 사랑하는 사람들이 좋다.
푸르게 생명이 활기로 넘치는 자연 속에서 진실하고 선한 마음을 보이는 사람들은 얼마나 아름다운가?
자연이 곳곳에 깨끗이 남아 있는 도시는 살기 좋은 곳이다. 공기도 좋고 마음의 안정도 찾을 수 있는 곳이기 때문이다. 개발이랍시고 돈에 빠져 파괴의 행위만 일삼는 회색보다 늘 푸른 자연이 느껴지는 곳은 왠지 평안을 느끼게 한다. 행복을 느끼게 한다. 산행의 길이라도 자연에 가까운 맑고 깨끗한 곳은 언제나 사람들을 즐겁게 한다. 그런 환경이 조성되도록 모두가 정결한 마음이면 좋겠다.

빗속의 길을 가다

모처럼만에 큰 계획을 실행했다.
안사람과 여행을 떠났다. 얼마만의 일인가?
둘이 여행만을 목적으로 떠남은 꽤 오랜만의 일인 듯싶다.
사십여 분 고속도로를 달리다 한 국도를 탔다. 군대 생활 때도 다녀 본 길이다. 길지 않는 길이라 곧 구곡폭포에 가는 길로 들어섰다. 숲과 골짜기가 산책하기에 안성맞춤이라 좋았다. 마음을 편하게 하는 곳이었다.
장마철인지라 골짜기의 물은 맑다 할 수는 없으나 수량이 많아 물길은 힘 있게 넉넉히 냇물을 채우고 흘렀다.
물소릴 들으며 냇물을 따라 오르는 길은 완만했다. 그 길은 숲의 정취가 진했다. 마음이 들뜨게 했다. 둘만의 길이라 생각도 대화도 편안하고 자연스럽다.
옆지기는 흥겨운지 노랫소리가 절로 나온다. 청춘의 시대로 돌아간 듯싶다. 물소리, 물보라, 물안개가 있는 여행길은 운치가 좋았다.
여행은 누구랑 하느냐가 참 중요하다. 뜻과 마음이 통해 한 영혼으로 노래할 수 있다면 제격이다.
얼마 후에 도착한 구곡폭포는 낙수가 풍성하여 멋진 풍경을 보여주었다. 물이 높은 곳에서 떨어지는지라 물보라가 장관이다. 방염재로 만든 오르는 계단 공사가 끝났고, 길 주변은 아직 공사가 진행 중이다. 계단을 오르는 의미를 새기고자 계단 풍경을 사진에 담았고 초목에 대해 느낌도 얻는다.

몇 컷의 사진을 찍고 쉬다가 길을 되돌아왔다. 그리고 도착한 곳에서 춘천 닭갈비를 먹었다. 소문에 맞는 맛있는 요리였다.
강촌을 뒤로하고 이번엔 가평 남이섬으로 향했다. 가는 길에 강 위에 펼쳐진 운무를 보며 탄성을 발하는 옆지기를 보았다. 나도 덩달아 그 분위기에 녹아들었다. 멋진 풍경을 보고 무감각한 상태라면 어찌 인간미가 있다 하겠는가. 풍경에 감응하고, 상황에 반응할 줄 아는 사람은 곱고 예쁜 법이다.
선착장에서 배를 타고 남이섬 가는 길은 잠깐이지만, 그 안에 한류의 바람이 어떤 것인지 느낄 만했다. 중국, 일본, 베트남, 필리핀, 태국 쪽에서 온 관광객 인파가 북적인다.
언어와 의복을 보면 알 일이다.
그들을 살피는 중에 양보의 미덕과 친절한 마음과 배려의 모습이 있어 더욱 눈여겨본다.
우릴 동방예의지국이라 했는데, 그 좋은 전통이 상실돼 가는 때에, 오히려 관광객들에게서 그 좋은 점을 볼 수 있었다.
몸이 불편한 할머니가 오자 선뜻 자릴 양보하는 이가 있다. 외국인이요, 먼저 자리 잡은 이들의 일행이 한 명 다가오자 이들 곁에 앉았던 한 젊은이가 일어서 자릴 양보하는 것도 외국인이었다. 넉넉하고 고운 마음을 전하는 그들이 멋져 보이고 마음이 끌리는 것은 왜일까.
우리나라를 생각해 보니 마음 아프고 아쉬움이 남는다.
남이섬 안에는 잣나무 길과 메타세콰이어 길이 있다.
쭉쭉 뻗은 나무들이 곧고 높기도 하다. 〈겨울연가〉의 촬영지로 유명한 이곳엔 주인공들의 사진, 동상과 촬영 중 감성을 자극하는 몇 주요 장소가 알려져 있다. 그 장소들에는 사진을 찍는 이들이 줄을 있는다. 그리고 흙공예품의 멋진 작품들을 보았다. 관리자의 승낙을 받고 한참 동안 구경을 했다. 유머와 위트가 있는 기발하고 멋진 작품들이다.

마지막으로 남이장군의 묘를 구경하고 섬을 떠나왔다.

옆지기와 함께 한 여행이라 더욱 편하고 즐거운 여행이었다.

꿈 이야기

도망간 주꾸미를 잡으러 갔다. 비무장 지대였고 옴팡지게 넓기만 한 곳이었다. 이 넓은 곳에서 어떻게 주꾸미를 찾나. 참 막막하고 기가 막혔다.
그러나 그건 아무것도 아니었다. 정말 기가 막힌 것은 주꾸미 사촌들이 나를 둘러쌌다. 빨대를 들이대며 포위하는 녀석들- 기름, 간장, 매도초장에 발라도 꿈틀대던 녀석들이 아니던가. 잘린 다리도 옮겨 가려 애쓰지 않던가. 낙지의 기세에 난 의기양양할 수가 없었다. 그들은 남을 개의치 않았다. 자신만을 높였다.
그때 옆에 꼴뚜기가 지나갔다. 어물전을 망신시킨다는 그 꼴뚜기였다. 녀석마저 입을 씰룩거리며 비애의 웃음을 보였다.
'못살아, 못살아, 저 녀석마저 나를 우롱하다니…….'
비참한 마음으로 걸음을 옮겼다. 걸음을 옮겨 가던 길에 게 한 마리가 자식 교육을 시키는 것을 보았다.
"녀석아, 옆걸음치지 말고 엄마처럼 똑바로 걸으란 말이야. 옆으로, 옆으로 걸진 말란 말이야."
"엄마, 똑바로 앞으로 걸으라고? 엄마! 엄마가 옆으로 걷고 있잖아. 엄마가 옆으로 걷는 걸 나도 배웠단 말이야."
녀석이 옴팡지게 소리를 높였다. 난 환한 빛으로 껄껄 웃었다. 내 웃음에 놀란 게들이 달음질을 쳤다.
둘 다 자기네 집으로 숨어든 것이다.
더는 갯벌을 디딜 수가 없었다. 숨이 막혔다. 입에서 단내가 났다.

다리가 후들거리고 온몸이 나른해졌다. 주꾸미를 잡는다는 건 안중에도 없었다. 어쩔 도리가 없었다. 인내하는 일이 버거워졌다. 그리하여 풀썩 갯벌에 주저앉았다.
밀물이 들고 있었다. 그래도 움직이지 않았다. 바닷물이 가슴에 차오를 때까지 한자리에서 버둥대지 않았다. 바닷물 속에 얼굴을 담가보았다. 물속의 모든 것이 낯설고 신비하였다.
갑자기 별난 생각이 떠올랐다. 이름 없이 노예 생활로 전락한 듯 이상한 생각이 날 짓누르고 있었다. 바닥 청소를 하려한 것이다. 하지만, 청소를 하진 못했다.
마음이 식어 갔다. 보혈의 능력이 약해졌고 열정이 식었다.
덥든지 차든지 해야 하건만 미지근했다.
물에 빠진 잘못된 일이 독한 아픔으로 왔다. 피 끓는 아픔이었다. 마음을 풀고 독하게 어려움을 이기고 싶었다.
걱정 근심해 봐야 아무 도움이 되지 않는다. 어설피 떠들지도 말고 무너지지도 말자고 힘껏 바닥을 쳤다.

"아야-!"
손이 아팠다. 잠이 깨었다. 별난 밤이었다. 남해 바다가 다시 생각나는 밤이었다.

끝맺으며

이 글이 완성되기까지 진정 많은 시간을 보냈다.
군 생활을 마치고 쓰기 시작했고,
참으로 많이 읽고 수정을 했다.
꼭 시행했던 인생이 아니다.
좋은 삶의 길을 열고 싶었을 뿐이다.
독서하는 분들이 느끼고 깨달아 복된 삶이 되면 좋겠다.
그것을 바랄뿐이다.